U0925110

骆驼湾

杨江敏——著

山东大学出版社

图书在版编目（CIP）数据

骆驼湾 / 杨江敏著 . —济南：山东大学出版社，2019. 11
ISBN 978 - 7 - 5607 - 6523 - 5

Ⅰ. ①骆… Ⅱ. ①杨… Ⅲ ①长篇小说 — 中国 — 当代
Ⅳ ①I247.5

中国版本图书馆 CIP 数据核字（2019）第 283865 号

责任编辑：陈　珊
装帧设计：牛　钧

出版发行：山东大学出版社
社　址　山东省济南市山大南路 20 号
邮　编　250100
电　话　市场部（0531）88363008
经　销：新华书店
印　刷：济南新科印务有限公司
规　格：720 毫米 ×1000 毫米　1/16
20.25 印张　228 千字
版　次：2020 年 1 月第 1 版
印　次：2020 年 1 月第 1 次印刷
定　价：49. 00 元

谨以此书

献给在脱贫攻坚战中砥砺奋进的践行者

目录

1

公元2012年12月30日，党中央总书记习近平来到骆驼湾村看望慰问困难群众。他这一来，让这个国家级贫困村掀起了巨大的风暴。村支部书记白二蛋没有想到，总书记会到这个小山村来。他也没有想到，一场遍及全国的脱贫攻坚战，就从这里开始了！

镇党委书记刘天亮说：“二蛋同志啊，你现在是全国人民的焦点啊，平时吹牛吹得怎样不要紧，现在可就看你怎样走了。”白二蛋着急啊，打仗要有兵啊，他现在基本上就是一个光杆司令。白二蛋早就想培养几个青年人，可这村里的青年人都走了，近的在县城，远的到北京，还有的去了外国。他都五十多岁了，还被留在村里的人们叫作“后生”。镇上开全体村干部会，他什么都顶了。不管点哪个部门的名，都是他应声答“到”。总书记一走，他就开始给在外面的后生们打招呼，让他们回来参加村里的脱贫行动。可是，发出去了三十多封信，却没有一个人回音。

就在这个时候，不在白二蛋邀请之列、五年前领人私奔未遂、事发后出走、五年不在村里露面的骆山旺回来了。村民们看见的都说：“这鳖孙穿得人模狗样的，还领着一个明星样儿的媳妇，漂亮得超过了五年前跟他私奔、被她父亲追回、以十万块的彩礼嫁到这村里老算子家的顾春杏。”

骆山旺如果不是五年前在高三学习的时候犯了一点罗曼蒂克的错误，凭着他的天资聪颖，凭着他初中开始就占据的学霸位置，现在的他也许是有着中国最高学府毕业文凭的硕士、博士，甚至会去国外留学或当个教授什么的。

但是，就在他备战第二年高考的时候，就在他面临着人生重要的关口的时候，也许是因为复习引起的枯燥感，也许是因为青春萌动的觉醒，他那天突发奇想地对龙泉关中学校花兼他同桌的顾春杏说：“想不想去北京看奥运会呀？”

顾春杏是更偏远的大胡卜村来的，那里山高林密，有山泉从辽道背上流下来，从她家住的地方潺潺流过。高山出美女。据说，乾隆皇帝去五台山，路过这里的时候，曾经招了一个顾姓女人为妃。顾春杏继承了她祖宗的血统：挺拔的身材，就像辽台岭上的一棵小松树；一双欢欢的大眼睛，黑溜溜的能够转出水来。许多同学都被她的眼睛迷惑了。早在初中的时候，她就成为许多男生的梦中情人，有很多的粉丝，骆山旺就是其中之一。

他也就这么一说，但是顾春杏当真了，她真的想去北京看看。她

现在正面临着人生一个重大的关口。别说考不上大学，就是考上了，她也上不了。因为她父亲早就把她许配给了骆驼湾的刘根儿，因为刘根儿家能够拿出十万块钱的彩礼钱。别说是北京，就是阜平县城她都没有去过。要不是上学，她真的连龙泉镇都会很少来。她家实在是离不开人。她爹顾长顺下煤窑，她妈还有点精神毛病。她家实在是太缺钱了，因为他弟弟想娶媳妇，她妈要看病，她就是她父亲手里的一支潜力股。但是，她不想一辈子就这样交代了。她现在不光是想跟着骆山旺去看看外边的世界，还想出去了就不回来，哪怕天涯海角都行，只要不嫁给刘根儿就行。她用口型告诉他："行，什么时候去？"那天他们正在进行一模考试，这一节是物理模拟考试。骆山旺当时幸福得要晕了，好像是走在辽道背山峰上的云朵里。

第二天，骆山旺因为模拟考试发挥得不好，被班主任叫去谈话。

老师是个支教来的上海人。她说："我发现你和你的同桌有点不正常，你们是不是早恋了？"骆山旺低头不敢说话。他是有想法，因为如果一个男人守着一个美女，一点也不动心，那肯定是智障。他对她有了朦胧的想法是在那天进行体能测试后。顾春杏脱下校服外套，里面只穿着一件汗衫，没有戴乳罩。在她脱校裤弯腰的时候，骆山旺下意识地往她的汗衫里看了一下。也就是这一下，骆山旺感到自己完了，完了。

顾春杏把自己的校服往骆山旺怀里一放，非常信任地看了他一眼。不知道她看别人是什么眼神，但是骆山旺觉得顾春杏看自己的时候，眼睛里总是充满了盈盈的海水，是那种容易让人走神的海水。骆山旺本来就六神无主了，她这一放一看，骆山旺感到天要塌了。也就从那天开始，骆山旺的心里充满了对汗衫里面的臆想，这让他寝食难安。

班主任说：“骆山旺啊，我对你寄予了非常大的希望啊，你要是考不上国家重点大学，这个班里就没有人考上了。你要端正态度。说实话，你是不是和顾春杏恋爱了？我给你说实话吧，你们的眼神一动，我就知道你们心里想什么，你敢否认吗？”骆山旺知道老师的战术，他们擅长敲山震虎，先抓住你的把柄，再对你进行狂轰滥炸。

骆山旺头上流下汗来，流进他的眼睛里，蜇得他有点泪水盈出。他知道现在只有顽固抗拒这一条路了，如果他真的把自己的想法坦白地讲了，自己肯定是万劫不复了。他觉得自己不说话，肯定会换来班主任的狂怒。但是，班主任却非常心平气和地说：“骆山旺，你要知道自己的位置，你是我们最看好的种子选手啊，我们还指着你给我们破天荒呢，因为咱们这所学校从建立以来，就没有一个人考上北大清华的。你一定要当第一个，好吗？你也是成年人了，老师告诉你，书中自有颜如玉，这不是笑话，这是真的。骆山旺啊，你要是不走出这大山，我这一辈子都会为你抱屈。”在骆山旺山盟海誓般的决心中，班主任终于结束了她的长篇谈话，她觉得自己的攻心战术肯定起作用了，因为她看到骆山旺脸上流下了悔恨的泪水。

但是，就在班主任找他谈话的第二天，骆山旺和顾春杏同时失踪了。这天是星期天，顾春杏的父亲顾长顺来学校找她，学校才知道，她和骆山旺都不在学校。这件事情在学校掀起了轩然大波，各种猜测纷纷而至。顾长顺这次来是给女儿找女婿的。女婿是骆驼湾刘算盘家的儿子刘根儿，和他在一起下窑。他想让女儿嫁给刘根儿。

如果不是北京打来电话，让学校去领人，人们还都蒙在鼓里。

同学们都惊讶极了，这两个金童玉女跑北京私奔去了啊。为了保证学校的纯洁，为了给社会和家长一个交代，经过多次开会研究，班主任眼睛里含着泪花，在开除骆山旺和顾春杏的决议上签了字。

他们两个在进京检查站被抓起来了，因为他们没有身份证。如果他们连学生证也没有，可能就会被按照社会流动人员关起来。县信访局给学校打电话，让他们去北京领人。学校校长把开除他们的决议给了县信访局，决议的日期是在他们离开学校之前，原因是早恋。校长说，他们已经不是我们注册的学生了。奥运安保是大事，谁也不能够忽视。如果让恐怖分子钻了空子，谁也担不起这个责任。因为他们两个的户口所在地属于镇上管理，信访局只好给镇上打电话，十万火急地让他们去北京接人。

当时刘天亮还是镇长，接到北京急电，马上就给派出所打电话，让他们去北京接人。张所长他们忙得手忙脚乱，因为龙泉关是山西到河北的重要通道，他们每天的安防任务很重。他对刘天亮诉苦："我们就四个警力，一个要坐班，一个要下乡，还有一个抽出去搞重大事件安防。再说……"还没等他说下文，刘天亮说："你自己去。"张所长说："我们的经费非常紧张，你看……"刘天亮开玩笑地说："张所长，你这是故意不出警，不作为是吧！咱们之间还有什么说的，你有什么要求就说话呀。"张所长哈哈笑着说："刘镇，你这话让人听着顺溜。这么说吧，没有车，没有钱，你看着办。"刘天亮也不含糊，当即就答应，他派镇上的小车跟着他去，来回的费用全包。

张所长到了北京事发地派出所，办了手续，带着骆山旺和顾春杏回来了。张所长问刘天亮："这两个人怎么办?"刘天亮说："送回户口所在地。"顾春杏早就有她父亲等着，什么也不说，带着她回了大胡卜，当下就和刘根儿订了婚，当年就嫁到了刘根儿家。

只是这个骆山旺费了一些周折。骆驼湾村支书白二蛋在电话里说：“我们骆驼湾百年不遇地出个人才，你给我们送回来，我们不要，你给送到学校里去。”张所长说：“我的亲哥哥，就算是帮我个忙行吗？”镇长刘天亮也打电话了，他说：“你给我看好了这个鳖犊子，哪儿都不能去。若再去北京，再给我惹事，我饶不了你个鳖孙。”

张所长骑着金城一百摩托车，载着骆山旺来到村里，把他交给村支书白二蛋。张所长给他打电话的时候，白二蛋正在地里收土豆，他身上的仿羊皮夹克，经历了许多烟熏火燎和磨蹭，就像现在人们玩弄的佛珠手串，外面磨出了一层包浆。他挑着一担土豆进院的时候，张所长说：“直到北京奥运会结束，你不许他出门，到哪儿都给我派个人看着他。”

他对张所长说：“看人费多少钱？”张所长说：“什么看人费？”白二蛋说：“你个鳖孙，皇上不使白头工，你让我派人看着，派人不给工钱吗？”张所长嘿嘿一笑，有些无赖地说：“白二蛋，你看你长这灰样，你人不怎么样吧，这话说得也不怎么样啊！怎么张嘴闭嘴就是钱啊。”

白二蛋说：“你个鳖孙的，现在多少钱的工资。你一个月三千多吧，一天合着一百块钱，不给你工资试试，你早就尥杆子了。”张所长从口袋里掏出一盒烟递给白二蛋：“行，你小子既然这么说了，咱们就算算账。这次我们去北京领人，两个人的车费，住地下室三天，还有吃饭，一个人一顿按十五块算，两个人一天三顿就是六顿，六十加五六三十就是九十，三九二十七，二百七十块，还有住了三天，一天一个人六十，两个人就是一百二十，三天三百，二三六十就是

三百六十块，加在一块就是四百八十，去零你给个整数，四百吧。”

白二蛋说：“你个鳖孙的，要不就让山旺住在你哪儿吧。他有文化，说不定还是个好警察呢。让他跟着你实习实习，也就不用人看着了是吧。”张所长说：“你看你个搬嘴扭唇的灰样，我费劲把武地把人给你领回来了，你还屁股后头作揖不支这份情啊。”白二蛋只顾鼓捣土豆，这些土豆在存到地窖里以前，要在太阳下面晒一些日子。他把挖的时候切开了的都拣出来，把有毛病的也拣出来。

张所长讨好地说：“这是山西白吧，你看你真是一把好手，倒弄的这土豆，长这么大个儿，肯定好吃。尤其是吃沙锅的时候，放在锅里，一会儿就软。你看他们做大盆肘子的，净买那些淘汰下来的三尖葫芦头，歪把子老撅什么的。”说着，掏出烟给白二蛋递过去，白二蛋把一根香烟含在嘴边上，向张所长努过嘴去。张所长掏出打火机给他点烟，揶揄地说：“也就是你个鳖孙，换换别人，我也是二十年的老革命了，你说我给谁点过烟？”白二蛋吸一口烟，拿在手里看着张所长：“你个鳖孙的，吹牛不带上税的，那次吴县长来，我看你弯腰提臀的灰样，跑得欢着哩，你没给吴县长点烟啊。”

“你个鳖孙的，你白二蛋不灰？县扶贫办的来了，你可是又杀鸡又宰羊的，人家孙科长比你小二十岁吧，你是进门掀门帘，出门扶门槛，像伺候你爹似的。”张所长坏笑着说。白二蛋也不恼：“唉！他要真是我爹就好了，我要扶贫款就不费劲了。见他鳖孙的就说，爹，要扶贫款，看他不乖乖地给老子送手上来。”

张所长知道，话说到这份上，就是默许了。他怕白二蛋还要说什么刁难的话，就对骆山旺说：“你个小鳖孙的，你现在不是学生了，你是村民了，要听村党委的领导。”骆山旺蹲在地上，默默地看着白二蛋倒弄土豆。张所长推起摩托车要走，白二蛋拦住他，拿了一个小塑料桶和塑料管，从张所长的摩托油箱里抽了一桶汽油。张所长心疼地说："你个鳖孙，真是雁过拔毛啊。"

张所长走了，白二蛋踹骆山旺一脚："起来，个灰样，为个虱子烧了个袄。领人跑哪儿不行啊，非要往北京跑。看奥运会？那个奥运会是你个灰样看的。听说那个妮子漂亮着呢，办了没有？"骆山旺一脸困惑："办什么呀？"白二蛋气愤地说："你个灰样，说办什么呀，我问你生米是不是做成熟饭了。公狗还知道压母狗呢，你压了她没有？"骆山旺还是一脸的疑惑，白二蛋气愤地又踹了他一脚："你个鳖孙，你图她个什么呀？人没有摸着，还让学校开除了，你值吗？你个灰样，给你们老骆家丢人，煮熟的鸭子又飞了。告诉你，小子，奥运会不结束，你哪儿都不能够去，天天来我这报到，知道吗？"

骆山旺头也不回地走了，白二蛋无奈地笑笑："这鳖羔子，还挺犟！"

骆山旺死去的父亲曾经是村里二十多年的支部书记，他的母亲是白二蛋堂姐，骆山旺还叫他二舅，他觉得孩子们为这个事被开除，不让上学，这处理得有点重。他给学校的校长打电话求情，看是不是让骆山旺还回去学习。校长非常为难，因为这个事情是全县通报了的，而且现在是奥运安保时期，这个时候怕不好说话。而且谁敢保证，他不会再去北京。他又给刘天亮打电话，刘天亮说："过了这一阵再说，这时候太紧了。"但是他万万没有想到，这鳖羔子出了白二蛋家的门，就没有回家。直到他堂姐来找他的时候，他才知道，骆山旺不知去向了。为这事，白二蛋还担了一个党内严重警告处分。幸亏这鳖羔子奥运期间没有出事，要出了事，他担不起责任，刘天

亮、张所长他们还都会跟着牵连上。

五年时光，骆山旺干了什么，又去了什么地方，谁都不知道。就是他母亲骆婶，每个月只会接到儿子汇给他的钱，但是她也不知道他在外面干了些什么。在外地的骆山旺经历了他青春期最困惑的时代。他在建筑工地当过小工，给快递公司送过快递，给居民小区当过电梯维修工。他在地铁工地从小工升任到了领工员，这也算是蓝领里的白领了。

但是不管在什么时候，就是在他最困难的时候，就是在他口袋里没有一分钱的时候，他都没有流过泪水。但是，当他从母亲电话里知道，就在他出走的那年秋天，顾春杏嫁到了骆驼湾刘老算盘家的时候，他面对着蓝天哭泣了，他用酒精烧晕自己的神经。母亲说，顾春杏曾经悄悄地来找过他。她父亲对她说："你要是想那个小鳖孙，你去找他，只要他能够拿出十万块钱的彩礼，就让他娶你。"母亲哭着说："孩子，妈不敢应允呀，妈拿不出十万块钱呀。"他恨这个因为贫困而让他蒙羞的骆驼湾，因为在这里有着他刻骨铭心的痛。他曾经发过誓，找不到像顾春杏那么漂亮的媳妇，他就不回骆驼湾。但是，家乡就像一根柔软的刺，时不时地让他微微地疼痛一下。那天，他在新闻联播上看到了习总书记到了他家乡的新闻，他当时就泪如雨下。他想到了父亲的遗嘱，想到了山村里的母亲。但是，他没有想到回来。

如果不是他的女朋友想看看神秘的骆驼湾是个什么样子，打死他都不会回来的。其实，骆山旺知道，这个女友是听说总书记给了骆驼湾十几个亿，一个人就能够分到百十万。她说："你这一百万咱们买房，你母亲的一百万放着养老。"可是，一见了山旺妈，当听说这

只是一个传说的时候，女友马上就心灰意冷了。她是奔着钱来的，既然没有钱，她还有必要待在这个地方吗？骆山旺说："你就住一夜，多少给我留点面子。"女友气愤地说："面子值几个钱？我和你住一晚上，算怎么回事？"骆山旺心里骂了一句。但是为了给自己撑面子，他还是忍气吞声地求她，好歹住一个晚上，他去山上旗子爷的看山小屋住，女友和母亲住一个屋。骆山旺还给了她一千块钱的精神损失费。要不是看那一千块钱的面子上，女友当时就会转身离开。

2

人们都说，骆山旺这次回来要办喜事，要娶这个只有在电视晚会上才能够看到的美女。骆驼湾已经五年没有响过娶媳妇的响器，五年没有小娃娃出生的啼哭声，五年没有喝过娶亲的酒水。五年了，老的老了，死的死了，但是没有新的娃儿出生。再过几年，这些老的都死了，连娶媳妇的老规矩都会失传了。村里的八音会的老人们跃跃欲试，希望能够在骆山旺娶媳妇的时候，把老家什都搬出来，晒晒。这五年，人们看娶媳妇的热闹，只能够从电视上看。看到人家在唢呐的声中，一拜天地、二拜高堂的，就看得人心热，看得人掉泪，看得人伤心，看得人叹气。

狭窄的村街被摩托车碾轧得咯噔响。骆山旺一下车，并回手把他媳妇接下车的时候，整个古老的村街上，一片霞光红亮，晃得在台阶上坐着的老人们眼睛都花了。正在推碾子轧玉米糁的骆婶，看到跟在儿子后边的姑娘，不由得心里一紧。她欢喜得手中的簸箕都掉在了地上。坐在一边吸烟的刘算盘刻薄地说："你先别欢喜，没有梧桐树，就落不下凤凰来。就咱们这穷地方，老鸹都不拉粪的地方，穷得一年半年土豆半年玉蜀黍的，来了也住不下。"

骆婶激动地笑着，张扬着双手不知道说什么好了，高兴得一个劲儿擦眼泪。倒是花婶子见多识广，张罗着说："你还张扬什么，赶紧地回家做饭去呀。"说到做饭，骆婶才想到家里没白面了。

骆山旺领回来一个媳妇的事，在每个石头院里传递着，各种人有各种各样的说法。尤其是老人们，不住地咂嘴："看看，人家领媳妇回来了，自己家的孩子在外地，怎么就不领个媳妇回来呢。"人们想着去骆山旺家打探消息，主要是想看看这个外地女人长什么样子。但是，小院的门关闭得非常紧，只能够隔墙闻到炒腊肉的味道，听到骆婶不时地传出的笑声。

骆婶的心这时候，就像庙会上卖的冰糖花儿，甜虽然是甜的，但是就怕一失手碎了。这些年，骆山旺在外面飘着，就是定不下个媳妇儿。有时候在电话里，她还和儿子吵架："怎么你就不缺胳膊不缺腿的，找个对象就这么难吗？"骆山旺只会歉疚地笑着回答："妈你别着急，会给你领一个美人回去的。"骆山旺在北京当电梯维修工，每个月挣五千块钱，给母亲汇一千块钱。他谈了几个在北京打工的对象，但不管是哪里来的女人，只要说到谈婚论嫁，人家就是一句话："在北京安家吗？"在北京安家，骆山旺在梦中都没有这么想过。他也跟骆婶说过，这让骆婶也感到非常气馁。北京那地方好是好啊，

可咱们住不起呀。

骆婶在外面的灶台上“吱溜吵叫”地做饭。她把腌着的肉拿出来烟熏火燎地把饭做好。骆婶一年养一头猪，到年底杀了，卖一半，留一半，把肉切成四方块，一层肉一层盐地放进去，再在最上面用熬热的猪油封上。这肉能够放一整年，什么时候吃，什么时候取。就是比较咸，吃到嘴里没有了肉的鲜味。大碗里是他们用老家的豇豆、棒子米、小米、老倭瓜熬成的豆儿饭，冒着香气。盘子里有萝卜缨、白菜帮、胡萝卜片腌成的酸菜，还有红烧肉，三合面小窝头，热乎乎地冒着气。

他们回来得本来就晚了，吃过晚饭，骆婶给他们准备睡觉的地方。女朋友告诉骆山旺说：“我已经查了过往的班车了，明天早上七点有一趟，我可是到点就走啊。”骆山旺有些无奈地说：“你看着办吧，你走我也不留，要走你自己走，我可是不送。”女朋友说：“自己走就自己走，谁怕谁啊。”

骆婶悄悄地问儿子：“怎么住啊，让她跟我睡？”骆山旺说：“行，我去找白大勺，我们小时候就一块睡。”白大勺是骆山旺小学、初中时候的同学，也是发小。白大勺是旗子爷的孙子，父母死得早，旗子爷又常年在辽道岭上当护林员，这家里经常就剩他一个人。

骆婶忧虑地说：“这个白大勺啊，你走了之后，他就不上学了。”白大勺的父母是在给山西的煤老板卸车的时候砸死的，他们两个在下面正在用铁锹打后槽帮，突然汽车的自卸开关失灵，二十多吨煤如瀑布一样，把他们两个埋在了下面。等人们从煤堆里把他们刨出来时，人就没有气了。当时的煤老板赔了两万块钱，旗子爷想着把这钱留给大勺娶媳妇，谁知道，到了现在，别说娶媳妇了，就是见面礼都不够。

白大勺要旗子爷把存着的他父母的抚恤金拿出来，他要做买卖。旗子爷让他先去镇上饭馆当学徒，学会了手艺再说。他去了没有一年，就和老板打架不干了。因为他是孤儿，村里照顾他，把县畜牧局给的进口种山羊交给他放牧和饲养。他倒好，不是说羊被狼叼了，就是说掉山下面摔死了，把九只羊给吃掉了八只。旗子爷一生气，就和他分开过，自己到山上看林子的小屋住着，留下白大勺自己在家里胡吃狗野，屋里就是一个羊圈。骆山旺只好到旗子爷的看山小屋里去住。

这一夜，骆婶喜欢得睡不着觉，把办喜事怎么摆席的事情都想到了。她还想到要白二蛋当主婚人，因为白二蛋是自己的娘家兄弟、山旺的舅舅。自从男人死了之后，驼婶就把儿子当成自己的天。她这些年想的都是怎么给儿子娶媳妇，怎么抱孙子，怎么把骆家的烟火续下去。现在，这么漂亮的媳妇领家来了，她的心里要多高兴有多高兴，要多甜蜜有多甜蜜。她早就想好了，这次怎么也是回来了，她就想给他们把生米做成熟饭。先让他们进了洞房，别的后面再说。可是，她没有想到，当她在梦中笑嘻嘻地当婆婆的时候，怎么也找不到儿媳妇了。她着急地喊叫，一下子就惊醒了。她正庆幸是一个梦的时候，一个巨大的恐怖让她浑身出了冷汗。儿子的女朋友不知道什么时候没有了，她随身带着的衣物和双背带的包也没有了。她着急地追到院子里，看到门楼下插得紧紧的木门打开了，通往村街上的大门也开着。她一惊，跑了，儿子的媳妇悄悄地走了！她的脑子里“轰”的一声就炸开了。怎么这么不中用啊，连个人都看不住，怎么给儿子交代啊。她放开嗓子在院子里吼叫起来：“来人啊，来人啊，

山旺媳妇跑了啊！”

这个时候，天还没有大亮，骆婶叫得声音都变了。在这温馨的黎明的时候，她这被狼咬了一样的尖叫声，把整个山村都震惊了。人们纷纷地从床上抬起身子，仔细地辨认着这声音里传递着的信息。但是，人们不知道如何去应对这个事情，因为这事太突然了。这些年的法制教育让人们都知道，如果真的给拦截回来，肯定是犯法的，所以大伙就犹豫了。这一犹豫让骆婶的叫声没有起到多大的作用，她只好着急忙慌地自己去追，这一追就遇到了喝醉酒躺在路边的白大勺和赵四发。

赵四发是白大勺的亲表兄弟，和骆山旺也是同学，后来没有考上高中，就到平原上的定州一个屠宰厂打工。后来因为搞了一个女朋友发生了不愉快，就跑了回来。他爹让他跟着做买卖，但是见识过外面世界的赵四发，已经不想在这个小山村里窝着了。他和他爹两个人见面就犯杠，所以就天天和白大勺混在一起。白大勺吃的八只羊，他跟着吃了一半，因为他会屠宰手艺。白大勺也算在饭馆当过学徒，两个人一拍即合，就混在了一起，非常知心。

骆山旺领回来一个漂亮媳妇的事，他们也知道了。一块儿去找他，一是想看看媳妇，二是想取取经，看他是怎么把这个媳妇骗回来的。他们去找骆山旺的时候，骆山旺家的门紧闭着。白大勺悻悻地说：“这小子，真的是重色轻友！四发，砸门！”赵四发说：“不好吧，我看这样，咱们晚上听房，听听他们两个怎么在这温柔乡里甜蜜。”

白大勺生气地说：“骆山旺这鳖孙的，他搂着小女人舒服，就没有想到还有两个光棍兄弟呢。”赵四发说：“你鳖孙说什么呢，人家搂是人家有，你吃什么醋啊。”

白大勺一甩手说："我吃鳖孙醋，我想喝这个鳖孙的喜酒。"赵四发说："喝他的酒好说，我们明天正大光明地去找他。"白大勺说："我现在就想喝。"赵四发说："我去小卖部拿两瓶枣酒，你的羊肉没有吃完呢。拿出你在饭店学的手艺来，炒个菜，土豆丝炒羊肉怎么样？喝够了咱们就翻墙去听洞房，听听他们怎么翻云覆雨。把他们的声音用手机录下来，明天叫这小子请客，不请客就让他们的好声音曝光。"

白大勺的家里，基本上是一穷二白，就是炕上有一铺被子，灶上有一副碗筷。这五年来，他是吃饭靠救济，穿衣靠捐献，花钱靠慈善。因为每年都有各种各样的慈善组织来村里进行实物捐献，每次白大勺的家就是一个贫困典型。白大勺的表演艺术非常熟练，不管他二叔白二蛋让他怎么表现，他都能够表演到位。也不白让他表现，每次白二蛋都会给他一部分救济款。县畜牧局支持的新西兰种羊，如果下了小羊，不分公母，一千块一只，如果经营好了，两年就翻身了。可是，白大勺头一年还算尽心，第二年见这羊不下崽，他就着急了，一着急就打羊，打得这羊满山跑，一下掉下山摔死了，他就扛回来吃了肉，后来就吃上瘾了。要不是旗子爷夺走了一只，说不定这最后的一只也让他吃掉了。

他从腌肉缸里拿出最后一块羊肉，三八九点地就炒了一个葱爆羊肉。他把肉放桌上，把吃饭的碗拿出来倒酒。赵四发嘬了一口说："你鳖孙手艺还真的不赖，没有白在饭店里学过。说说你在饭店里是怎么弄那个小川妹的，咱们也过过干瘾。"

赵四发期盼地看着白大勺。白大勺说："你个鳖孙的，眼气呀。"赵四发说："我不眼气，就是想听听你的艳遇。"白大勺一下把半碗

酒喝下去，喝得眼睛发红地说："你个鳖孙的还艳遇，只要给她钱，你干哪儿都行。"赵四发羡慕地说："你干了没？"白大勺说："个球的，不干白不干，干了不白干，要钱的。"赵四发"嘿嘿"一笑说："得球个吧。"白大勺吞一口酒："得球个屌毛啊，还没有上去就说快点，快点，还没有完就伸手要钱，真他妈的败兴。你说就这么点兴趣，让她闹得恶心死了。"

川妹是从五台那边过来的，母亲是四川人，大伙就叫她川妹。她不识字，但是心眼却非常多。她说："大勺，你给我十万块钱，我给你生个孩子。"大勺说："你这是要嫁给我啊。"川妹说："你个傻样，我这是跟你谈项目。给你生个孩子就是嫁给你啦？要嫁人我谁都能嫁，嫁给你，说实话，真的不合适。"大勺说："你给我生了孩子，我去哪儿养啊？你得跟我成家呀。"川妹说："成你个头啊，就你这穷山窝子的骆驼湾，我凭什么跟你成家？"

"十万块钱？这小妮子还真敢要。"赵四发说。白大勺说："物以稀为贵嘛，这世界上的小闺女们都不知道到哪儿去了。这一个村里就只看到男光棍，看不到女光棍。女娃们能上学都出去上学了，没有考上学的都去了县城找出路了。一流美女去北京，二流美女到保定，三流美女去县城，就是剩下这些没有人要的，还得给那些发了横财的暴发户留着。一个个歪瓜裂枣的，要起彩礼来真的敢张嘴，原来是三万三，然后是六万六，九万九，后来干脆就二十六万六了。"

白大勺开始并看不上这个川妹，浑身上下就像一个木棍，但是小鼻子小脸的也让人看着不烦。赵四发说："小脸的美女上镜啊，人家电视台里都要小脸的美女。"白大勺叹息一句说："幸亏她长得不漂亮，要是漂亮了也轮不着咱们，是吧。"

白大勺是饭店里的杂工，他当初的目的是去学厨师，但是老板不让他上灶，净干些剥葱剥蒜、剔骨剁肉的活计。川妹把店里的每个椅子和桌子都擦干净了，然后就坐在白大勺的对面，看他用镊子把猪肘上的毛一根一根地拔下来。她身上好像有一股呼呼的热气，烧得大勺身上的每个毛孔都涨起来。她不穿乳罩，非常张扬地让工作服前胸凸起来两个猪肉大葱的小包子。摸猪肉多了，他不知道川妹身上的肉，是不是和这猪肉一个样。

大勺把清理干净的猪肘子放在大缸里渍上，这缸里是配好的料水，据说是祖传的配方。川妹也过来看大勺怎么渍料，她弯着腰在他背后看，大勺一回身，就觉得碰的不是地方。他身上先是一热，可是身后的川妹却不动身。他又用胳膊肘碰了一下，川妹娇声地说："你小点劲，把人家都弄痛了。"这时候的大勺浑身都着了火，那胳膊肘就没有动地方，又轻轻地往外一送。这时候他感到了一股电流通过他的全身，首先把脑袋给烧着了。他一把就抱住了川妹，手就想往川妹的衣服下面摸。川妹冷静地告诉他："你先去洗洗手。"那是第一次接触。真正的有事是在那天下雨的夜里，川妹悄悄地摸到他的房间里，手里还拿着一个安全套。她说："你想吗？想就办吧。"大勺浑身的火又烧起来了。川妹说："不白办的，一次五十块钱啊。"大勺当时想都没有想，就办了。但是当川妹走的时候，他就后悔了，他一天才挣五十块钱啊。可是，他经不起她的诱惑。他干了两年多，也做过自己的梦。他曾异想天开地想到和川妹结婚，然后有几个孩子，但是，他发现，川妹的心里根本就没有和自己这样的人结婚的念头，因为她已经把目标对准了几个来饭店吃饭的外地司机。

那天，他突然闯进包间里，川妹正坐在一个外地司机的腿上，司

机的手就在川妹胸前的衣服里使劲地揉着。川妹看他进来“嘻嘻”地笑着说：“你出去，你出去。”大勺伸手就把那个司机抓起来，一巴掌就打了过去。司机有点摸不着头脑地看着大勺：“你这是干什么？”大勺说：“教训你个狗日的，你这是在欺负人。”司机讪讪地看着川妹：“这是怎么回事，我和老婆离婚了，我是真心的呀。”“滚！”白大勺怒视着那个司机。司机灰溜溜地走了出去，但是老板却把大勺叫去，一阵痛骂：“川妹是老子的招牌，你小子想吃天鹅肉，也不尿泡尿照照自己。就你这个癞蛤蟆，穷光蛋，愿意在这儿干就干，不愿意干就滚蛋。”

大勺拍着赵四发的肩膀说：“此处不养爷，自有养爷处。老子回骆驼湾，不就是天天喝糊糊吗。老子宁可喝糊糊，也不生那个王八气。”赵四发也有自己的心酸处。他原来在山下定州市的一个肉制品厂打工，凭着自己的实诚，干到了班长。这时有人给他介绍了几个对象，但是一说回骆驼湾，就不了了之。他手下的一个女工，人长得非常清秀。她和丈夫是包办的婚姻，所以两个人没有感情。她和赵四发可以说是志同道合。但是，她有自己的家庭，也有了一个孩子。本来赵四想领着她私奔的，可是，就在他们上火车的时候，这个女人的丈夫带人追来了。如果不是那个女人报警，他可能就废了。他虽然逃过一难，但是，原来打工的地方是不能去了。他回到骆驼湾说，原来做工的厂子垮了，但是真正的内幕是他不敢在那个地方呆了。

夜短酒话长，他们两个就这样说东说西的，说说就喝多了。大勺说：“咱们去听房吗，听听这小子怎么和那个漂亮女人睡觉。”

赵四发摇摇脑袋：“去，咋不去呢，没有吃过猪肉，也要看看猪走啊。”白大勺说：“老子就不信了，都是人，他骆山旺凭什么能找这么漂亮的媳妇?”赵四发说:“凭什么,就凭人家上学时学习成绩好,人家脑瓜子好使。”大勺说:“行了行了,你会说别的不,你白吃喝了我的酒肉啊,陪着我去。”赵四发说:“去就去,谁怕谁个球啊。”他们两个出来,让山风一吹,酒劲上涌,俩人不知道谁把谁绊倒了,就睡在了不知道谁家的柴堆上。要不是骆婶的喊叫声把他们叫醒,他们会睡到大天亮。

3

昨天夜里，村支委旗子爷和骆山旺抬了半夜的杠。骆山旺的爷爷和旗子爷是一块长大的，他们都是学大寨时的党员干部，可以说是三代人的交情了。骆山旺从小就把旗子爷当成自己的一个长辈。旗子爷对自己的亲孙子都没有对骆山旺这么亲热。骆山旺每次给母亲汇款的时候，都对母亲说，记着给旗子爷零花钱。母亲就笑他："你不说，也忘不了的。"

旗子爷想让骆山旺留下来。骆山旺说："我这一辈子都不会留下来了，宁可在北京当孙子，也不想回骆驼湾当爷爷。"爷俩说着闹着，闹着说着，谁也说不服谁。

旗子爷把骆山旺给他的一千块钱，生气地甩在床下说："骆山旺，儿不嫌母丑，狗不嫌家贫。你们呀，还不如条狗呢！你还要走，是吧？你走吧，这骆驼湾是地狱，是杀人台。这么好的青山绿水，我就不信活不下个人。”他是骆驼湾的老党员，习近平总书记来，他是见了的。他曾经答应总书记，要把骆驼湾建设好。可是，他已经老了，他就想让孩子们回来。他说：“山旺啊，我就把你当我的亲孙子啊，我真的想让你把骆驼湾的班接起来，你不能够让我失望啊。”

骆山旺低头把钱捡起来，说：“旗子爷爷，你知道人家外面是怎么活着哩。”旗子爷说：“外面，外面，一说就是外面，咱们祖宗辈辈都过来了，难道他们就不想外面？”

骆山旺不服气地说：“他们想外面，那他们怎么不出去？他们怎么不到北京去，到上海去？”旗子爷说不过他，伸手就打了他一巴掌，因为骆山旺个高，旗子爷够不着，骆山旺把头低下，让他打。

旗子爷摇摇手说：“你们呀，真是气死我了。真不知道，你们的脑子是被什么迷惑了。我说山旺啊，不能够忘本呀，你是咱们骆驼湾的子孙。”骆山旺说：“我是骆驼湾的子孙，我在外面干好了，就把你接去，让你老人家也享享福，住住几十层高的大楼，坐坐电梯，看看鸟巢，看看长城。”旗子爷说：“就冲你这话我也不去。金窝银窝，不如咱们的土窝；金山银山，不如咱们的绿山。你要是不为咱们骆驼湾出力，我就不认你这个孙子。”

骆山旺从地上把钱捡起来，放在老人褥子下面，小心地说：“旗子爷爷，我走是肯定的，来看你也是肯定的。你不认我这个孙子，我什么时候都认你这个爷爷。你们就知道在这穷山窝里囚着，你们没有出去看过大世面，你们就不知道人家是怎么活着的。”

旗子爷把手中的拐杖一顿：“他们怎么活着？还不是两个肩膀

一张嘴，两个胳膊两条腿，他还能够成了三头六臂多几个脑袋？你们就是好吃懒做，你说你们三个，大勺、四发，当初我就是看好你，没有想到你也这么让人伤心。到如今，连自己的家都不想要了。你说说，你是为什么？”骆山旺现在也不知道怎么给旗子爷说，他只好不说话了。半天，骆山旺以为老人睡着了，但是，他听到老人“呼呼”的出气声，就知道老人还是怒气不平。

他想安慰一下旗子爷，谁知，他刚一张嘴，旗子爷就说：“旺啊，听说你领了一个女孩子来家了是吧。”

骆山旺说：“人家是我的同事，来咱们这里旅游玩的。”旗子爷说：“你就别哄弄我了，村里都传遍了，说你领了一个小姐回来了。小姐还不就是窑姐呀。山旺，不是爷爷说你，咱们这家庭可是革命家庭，可是好人家。咱们宁可当光棍，也不能娶不三不四的女人。”骆山旺说：“你放心，爷爷，我都懂这些事情。明天一大早，我就打发她走。我这上来看看你，后天我也就走了，这一走说不定什么时候回来呢。我想跟着定州的几个同事，去外国——叙利亚，搞建筑去。”

“走吧，走吧。”旗子爷有点伤感地掉下泪来，这村里已经没有年轻人了，就是白二蛋也都是五十岁的人了，这他还是留下的人里面最年轻的了。开党员会的时候，还叫他“小鬼”呢。

这一夜谁都没有睡好，天快明的时候，旗子爷自己喃喃地说着话起床，他的声调非常的低沉，他说：“走吧，走吧，什么时候我们都死了，这骆驼湾就不存在了，这祖宗住的地方就不存在了。这钱呀，我是用不着的，你拿着，知道你们在外面也难，在家千日好，出门日日难呀。你们撇家撇业的在外面，知道来看看我，我就知足了。山旺，你这次来，还不知道什么时候回来，今天就在我这里吃饭。”

旗子爷摸索着点火，要给骆山旺做早饭。这时候，天刚蒙蒙亮，山下的骆驼湾还沉浸在寂静的山坳中，村中的千年古槐，郁郁苍苍，一幅祥和的山村水墨图。如果不是山那边通往山西省的大道上，长年不息的运煤大吨位车辆的轰鸣声，这里真的就是世外桃源了。

骆山旺急忙起来，过来给旗子爷烧火。旗子爷拿出一个小铝盆，让骆山旺去挤羊奶："上级给的九头扶贫羊，都是好品种的奶羊，是从外国运过来的，好几万块钱一只。你说这个败家的大勺，吃了八只，这只是我从大勺的刀下抢过来的。他，我是不指望了，我就是看好你呀。山旺啊，这村里要是没有了青年人，就像天上没有日头一样啊，你说人过光景是过什么呀，还不是过人吗。"

旗子爷说："山旺啊，我是从小就看你长大的，在你们这几个孩子里面，我是最看好你的。你爹没有死的时候，我就说，你看着吧，你们老骆家将来肯定会出一个人物。三岁看大，七岁看老，你年年的学习奖状，你看看，都在我这里贴着哩。"

骆山旺看着石头墙上被烟熏火燎看不出模样的奖状，这都是他上小学时的，已经有十几年了，没想到旗子爷还贴得这么好。

一头新西兰奶山羊静静地立在木头栅栏里，听到脚步声就使劲地叫了一声。骆山旺过去蹲下身子，把铝盆放在地上，奶羊自动地走过来，把硕大的奶头对准了铝盆。骆山旺双手把羊奶把定，轻轻地往下捋着。像一个成熟的南瓜一样的奶胖子透出温热，大奶羊回头看了骆山旺一眼，嘴里还倒着嚼，把昨夜吃下去的草料重新咀嚼着。骆山旺看到了堆在槽头的山草，他想起鲁迅的一句话："吃下去的是草，挤出的是奶。"温热的奶汁哗哗地落在盆子里，溢出了甜甜的奶香味儿。这个来自新西兰草原杂交品种的奶羊，在骆驼湾的大

山里，吃着枯萎的杂草，却贡献出了这么纯净的奶汁，他不由得有点感叹。

旗子爷把羊奶倒在玉米面里，搅和匀了，他要做的是玉米面拿糕，这也是山区老百姓的家常饭。就是把锅里的水烧开之后，把玉米面倒在锅里搅。骆山旺在山下吃过荞麦面的扒糕，也和这个做法一样。人家把荞麦扒糕切成小块，用香油和作料蘸了吃，别有一番风味。他在定州车站的饭馆里，看到家家都有这道菜。他在外面也算是见多识广了，看到了人家的生活也不少，也看到过城里人们餐桌上的饭菜。他以往也没有这么多的感慨，这么些年了，山里的生活还是没有往前走，还是和老爷爷老奶奶的时候没有区别。

旗子爷烧的是林子里干落下来的树枝，浓烟从灶口溢出来，在小屋里盘旋着发出呛人的烟气。这灶烟囱道里肯定积满了灰尘，一会儿饭熟了之后，他想着给旗子爷清理一下烟道。旗子爷是"文革"前入党的老党员了，他那时候是村里的团支书，带着大伙封山育林，现在这满山的翠松苍柏，都是他们那个时候种下的。掺了羊奶的玉米面在锅里咕嘟咕嘟地响着，旗子爷用搅锅棍不断地搅动着，这稠稠的玉米面拿糕也不断凝固起来。如果说外面的人吃荞麦扒糕，那算是一个传统菜，可是这里吃玉米面拿糕，就是当家的饭食。他说："旗子爷，你怎么也不吃点白面呀？天天吃玉米面，行吗？"

旗子爷笑了笑说："你想让我'变修'了啊，现在吃这么好，还嫌不好啊。咱们吃的是贫困补助，吃的是国家的粮食。你也别说我不吃白面，过年我吃了五斤白面呢。二斤玉茭面换一斤白面。我带着你爹他们满山栽树的时候，那时候吃的是什么？山药面呀，野草啊，野菜啊，都说糠菜半年粮呢。你说现在能够吃上精米精面的，我这就知足了。你看这满山的林子啊，就这么翠绿地长着，看看心里就高兴。”

锅里的玉米面拿糕熟了，刚才的烟气味换来了羊奶的温馨的香味。旗子爷从一个罐头瓶里舀出一小勺白糖来，撒在锅里说：“你小子来了，我当客待你，给你放点白糖，平时我是舍不得吃的。”

骆山旺有点心酸，也怪不得他们，他们这些人已经在苦水里泡了大半辈子，有点枣核甜就能够让他们在梦里笑醒了。就像母亲一样，她悄悄地问儿子：“给跟着你来的这个女孩子啥饭吃？”骆山旺说：“咱们平时吃什么就给她做什么。”母亲说：“平时就是喝玉米糊糊，煮土豆，人家能吃得惯吗？”他说：“那你就给她炒八个菜。”他这句玩笑话难住了母亲。八个菜，在她的记忆中，吃八个菜的时间已经在十年前了。她去龙泉镇上吃一个远方亲戚的酒席，吃了八八六六的酒席。她不知道怎么把这个八个菜做出来。在她对着腌肉发愁的时候，儿子说：“你就炖土豆，吃玉米面饼子吧。”

一个被石头支起来的石板，就是旗子爷的饭桌。他把两个盛满拿糕的大碗放在桌子上，拿出两个干辣椒，搓碎了放在碗里，又拿出一个小瓶子，里面是醋。他给两个大碗里都放上之后，又拿出一个黑色的小陶器瓶子，这是枣儿酒。旗子爷说：“山旺，今天看到你高兴，陪爷爷喝一杯吧。这是白二蛋给我送上来的。这小子当兵时入的党，是我硬把他拦下来的，要不咱们村支部连一个年轻人都没有。人家镇上开会时候就说，咱们这是基层干部会，不是老干部局开会，有几次说得我脸都红了。幸亏当时我拦下了他，但他之后谁接班呢？我就想到了你。可是呀，你们的心都不在村里。”

老人说得非常伤感，让骆山旺的心里也非常难受。他已经和母

亲吵过了。昨天晚上，母亲就说了：“你要是不回来了，我就喝农药，免的老了受孤独。”从小石屋的门望出去，这千山万岭、郁郁苍苍的辽道岭直立蓝天。旗子爷拿出一个用了许多次的一次性杯子，把酒倒在里面，他先喝了一口，又递给骆山旺。这酒飘出一股枣儿的清香，是那么纯绵，那么甘甜。他从小就是闻着这枣儿酒长大的。旗子爷从灶前的小瓮里，把他腌制的树叶酸菜捞出来，说：“这酸菜就枣儿酒，忒好了。”

骆山旺的心里又一沉，树叶酸菜这些年都销声匿迹了，谁知道，旗子爷还保留着这些过时的吃食。他先闻到一股树叶发腐的味道，这味道直冲鼻子，但是他还是大口地吃了下去。他不想让老人心里难受，也怕拂了老人一片心意。这时候他才觉出自己的粗心，竟然只想到给老人钱了，怎么就没有想到去龙泉关镇上给老人买些日用的小吃什么的。钱在他这里，基本上就失去了作用。

红红的太阳升起来了。因为山太高，这太阳就先让云彩载着自己的光芒飞了起来。山巅红了，山顶的树都染上红晕。这时有飞鹰在红晕里出现，矫健的身影都染成了红色。骆山旺站在那里，太阳的光芒从山峰的间隙里透过来，如同一道金色的白光，让他和他身后的小屋都熠熠生辉。他想对着这大山吼一声“我爱你”！就在这时，他的手机响了起来。一看是个陌生的号码，山旺不想接，但是这手机顽固地响着，他只好接了，是白大勺的声音。

他说：“山旺哥呀，两个消息，一个好的，一个坏的，你听哪个？”骆山旺说：“你小子耍什么嗄，说好的。”白大勺说：“你媳妇偷着跑了，我和四发给你追回来了，这是好事。坏事就是追错人了，把来村里的女工作队员当你媳妇了。”骆山旺像被什么蜇了一下似的，跳起来：“什么什么，你搞什么搞啊？”白大勺在电话里面说：“祸已经闯下了，你说怎么办啊？”骆山旺着急地说：“你个鳖孙的，有病啊，她跑她的，你追什么呀。白大勺啊，谁让你干这傻事的。”白大勺说：“你妈，我大姑，让我们追的呀。你在什么地方，赶紧回来。”

4

就在大清早，白大勺和赵四发听到骆婶的叫喊，从柴堆里站起来的时候，把正顺街跑来的骆婶吓了一跳。她“咕咚”一下就摔倒在地上，白大勺的醉眼还没有睁开，但是他从声音里听出是自己的堂大姑。他说：“大姑啊，怎么了，谁跑了啊？”

骆婶就地把腿一伸，一把鼻涕一把泪地哭了起来，说：“你山旺哥的媳妇跑了啊。你说说，我是给他看着人的，她这一跑我怎么交代啊。”白大勺突然笑起来：“大姑呀，山旺领回来的媳妇跑了啊，该跑！你着什么急呀，这也赖不着你呀，他自己的媳妇都看不住，跑了活该呀。”骆婶就骂起来：“白大勺，你个王八羔子，你就看笑话吧，媳妇跑了山旺当光棍，你就该笑了是吧。”白大勺说：“大姑呀，你这话说到哪儿去了，山旺哥娶媳妇我还想多喝几壶酒呢。你说，她跟你睡，他们两个没有在一个屋里睡呀？”骆婶吐他一口说：“啊呸，你个王八羔子嘴里吐不出象牙，还没有结婚怎么会睡在一起啊。昨天晚上，他媳妇和我睡，你说我高兴得睡不着觉啊，就一个劲儿地自己偷着笑啊笑啊，我就没有合眼。刚做了一个梦，梦见他们给我拜高堂，我笑醒了，一看，人没有了。”

赵四发说：“大姑，这就是你的不对了。你说人家都送上门来了，你怎么就不给人家创造条件呢。你说你是当的哪家大灯泡子啊。”白大勺也凑上来说：“大姑，这真是你办醋作酸了。你说，咱们村也不是没有领回来过外地的媳妇，人家还不是霸王硬上弓，都生米做成熟饭了。”

骆婶一巴掌打过去：“你个臭兔崽子，你这是想让你大姑犯法呀。这都什么时代了，你以为这是从前呢，只要在一个屋里睡了，就死跟着了。”白大勺说：“大姑还真的是法制频道看多了，知道法律了。当初我爹和我妈他们还不是你给关到一个屋里的吗。”骆婶一愣神：“我的妈呀，你怎么知道的，这些年了我都忘记了。”白大勺悻悻地说：“人家谁都知道，我怎么就不知道了。”骆婶闻到他们两个扑面的酒味，突然指着他们两个的脑袋说：“这一起来就喝酒啊，你们可真是败家的。”白大勺说：“大姑，谁说我们大早上喝酒了，我们是昨天晚上喝的。”骆婶突然醒悟到她要干什么，就指着两个人说：“你们俩王八羔子，还不赶紧地给我追人去，要是山旺媳妇丢了，我跟你们两个没有完。”

白大勺说：“她跑不了。咱们村到龙泉关大公路上，只有这一条道，我们这就追去，肯定跑不了。她就是现在到了公路上我们也给

你追回来，你放心。她肯定是顺道奔龙泉关去了，咱们村出山就这一条道，她跑不远。大姑她穿什么样的衣服啊？”骆婶说：“穿一身运动服，马尾辫，细高挑，大眼儿，快点啊，快去啊。”

这时候，街上已经有人出来问情况，四发爹也给叫声惊醒了。他说：“白大勺和赵四发，去开咱们家的机动车。走，我给你们发动去。”骆婶高兴地笑着说：“我说四姐夫啊，这怎么谢谢你呢。”四发爹说：“谢什么谢，你让山旺也给四发找一个这样的不就行了。”骆婶说：“我说你这个愚老一怎么开眼了，行，只要追回来了，好说，好说。”

白大勺和赵四发就开了柴油三马子，顺着崎岖的山路追去。“哒哒”响的发动机好像是机关枪一样，把这个山村宁静的早晨搅和得四分五裂。白大勺说：“四发，你可是酒驾呀，行吗？你有驾驶本没有，这要让交警抓住了，扣你二分，罚款二百。”赵四发说：“滚蛋，你这酒还没有醒啊。”

路在山沟里崎岖着，两边不是高山就是沟壑，三马车被山路颠得发出“稀里哗啦”的声音，柴油发动机喷出了急促的吼叫声，就像一个牛犊子一样在山道撒欢，也像山鹰俯冲一样，向着山下就戳了下去。白大勺坐在后马槽上，颠得他的肚肠儿疼。他大喊着：“四发，你个屌球的，你想把老子颠死啊。你能不能把车开稳一点啊，小心我开了你。”赵四发回头说：“你以为你是煤老板呀，娶四个媳妇，有自己的私人司机。我还告诉你了，把结实点，别把你颠到山沟子里，摔个特等残废，让老子一辈子伺候你呀。”白大勺说：“你那碎嘴，叼着个球，说什么话哩。”赵四发说：“我说你把结实点，别摔到山沟里去了，摔你个特等残废，讹老子一把。”他的话刚落，就听“嘣”的一声，三马车跳起来老高，把白大勺甩了下去。

白大勺一个跟头摔在石头上,他疼得“哎呀”地直叫:“赵四发,你杀千刀的,叫你稳着点,你非要开这么快。”赵四发停下车就跳过来,看白大勺摔得怎么样。他摸着他两个胳膊说:“这疼不?”“不疼。”又摸两条腿:“这疼不?”“不疼。”屁股,不疼。两肋,不疼。白大勺摇摇脑袋也不疼,他活动一下两只眼睛,突然笑起来说:“四发,这是沾喝酒的光啊。人喝醉了,摔几个跟头都不疼。我哪儿也不疼。”赵四发一捏他的虎口,这里疼吧。白大勺吼一声:“你个屌球的……”话还没有说完,他就指着停在山道上的三马子,嘴里一个劲地叨叨“你看,你看”。赵四发以为他看到什么东西了,也许是早上出来的山鬼。白大勺一脚踹开赵四发:“你的三马车,你没有上闸呀。”

停在山坡道上的三马车,自己慢慢地往下滑去。这一段坡道,下面就是十几米深的山沟,这要掉下去了,非得摔个酥酥烂了。这车是赵四发他爹攒了十几年的钱买的,别人都买摩托车,他买了一个柴油机三马车。他说:“别看这多一个轱辘,可是比那两个轱辘的用处大多了。”只有过春节走亲戚的时候,他才舍得开一下。平时,恨不得用塑料薄膜把车封起来,连到龙泉关赶集都舍不得开车,宁可走着去。这车也是四发爹的骄傲,看到谁用担子挑东西,或者看到有人用独轮车运东西,他就撇撇嘴说:“都什么年代了,该用机动车,该用机动车啊。”平时他总是说:“咱家四发说媳妇不成问题,咱家有机动车啊。”四发爹只要心里一烦,就去擦这个机动车,只要一摸着机动车,他就什么烦恼都就没有了。

赵四发离机动车滑动的地方有十几米,他就是扑过去,估计这车也都摔到沟里去了。这山沟本来就是平时下大雨走山水的水道,里面都是从山头上崩落下来的卧牛石。他目瞪口呆地看着慢慢滑

动的机动车，嘴里下意识地说："完了，完了，完了……"

白大勺着急地喊他："四发子，你赶快去抓住啊。"赵四发浑身发抖地站在那里，只是绝望地说："完了，完了。"白大勺的腰扭了一下，动一动钻心的疼，但是他知道这机动车掉沟里去的结果，别说别人，就是旗子爷也会剥了自己的皮。他恨恨地踹了赵四发一脚："你他妈的倒是快过去抓住啊。"

就在他们绝望的时候，只见一个人影从树丛里跑出来，飞快地跳上三马车，熟练地踩住刹车，然后大声地叫着他们："赶快过来，找石头把车轮掩住，快点！"赵四发如梦初醒般地找石头垫在车轮下面。那个人从车上下来，指着赵四发说："你不知道坡道溜车呀，怎么连手刹都没有挂上。"

早上的太阳光从山口里照进来，把那个人的身影罩上一层金色。赵四发使劲地瞪大眼睛，连他都不会相信，这是一个二十多岁的妙龄女子。矫健的身体配着一身运动服，欢欢的大眼睛里满是怒视，马尾辫还上下地跳动着。她指着赵四发说："山道下坡一定要注意，必须找一个平坦的地方停车。如果找不到这样的地方，也要注意把手刹拉上，还有找石头把车轮掩住，防止溜坡。看样你也没有驾驶本，以后可要注意，幸亏车上没有人，如果掉下去，摔坏了车没有事，真要是出了人命，你担得起吗！"

赵四发早就被这个女子的风采晃晕了，他现在只有唯唯诺诺，不知道如何对答。白大勺在上面叫了起来："摔死人了，摔死人了。"白大勺叫得欢实，身体没有动弹。他使劲地哎呦着，把他俩呼唤过来。白大勺窝在石头上面一拱手："谢谢女侠，你真挺头啊。如果不是你出手相救，这三马车非得摔个粉身碎骨不可呀。在下白大勺，请问女侠尊姓大名啊。”

那个女子吃吃地笑起来说：“我不是什么大侠，我叫张琟踨，你们叫我琟踨就行。”白大勺心里一惊，这个女子是不是骆山旺偷跑的对象啊。他又一拱手说：“张女士，你是不是来骆驼湾的？”张琟踨迟疑了一下说：“我是。”她这一说，白大勺已经明白了一半说：“你是夜里过来的吧。”

张琟踨不知道他是什么意思，顺口说：“是。”白大勺突然地热情起来：“哎呦，嗨哟喂，四发子，这没有外人。哎呦，我起不来了，你快扶我起来，我这腰摔坏了，你扶起我来。”

赵四发不知道他葫芦里卖的什么药，急忙过来说：“还去不去龙泉关呀，咱们不是去找人吗。”白大勺气愤地说：“你他妈的摔死人了，还找什么人，赶紧扶我上车，回去找捏骨的把我的腰接上。”赵四发害怕地说：“还是去镇上医院吧。人家那里肯定会给你看好的。”白大勺说：“我抬死你个山药蛋，你找谁抬我呀。趁这个闺女在这里，帮着把我抬车上去呀，我一丁点都动不了啦。”

他们把白大勺抬到车上，但是白大勺不让赵四发松手，一松手就爹呀娘呀地叫唤。赵四发扶着他半躺在三马车的后厢里，张琟踨也不放心地说：“要不我开车，让他扶着你。”白大勺激动地连连感谢着：“真是碰上活雷锋了啊，谢谢你八辈祖宗，谢谢你呀。”张琟踨笑着说：“我看你这人能说会道的，你干什么的呀？”白大勺说：“不是给你吹，在这龙泉关上你打听一下，我白大勺也是有一号的人。就这么说吧，我是做大盆肘子的厨师。”张琟踨说：“一来就听说了你们这里的大盆肘子，还真没有品尝过。你说说这大盆肘子的好处在哪里呀？”

赵四发撇撇嘴说："听蝲蝲蛄叫唤，就别种庄稼了。"白大勺擞赵四发一拳："什么蝲蝲蛄，你不上学就是没有文化，学名叫蝼蛄。"张琟竑笑起来，她感到了山里人的淳朴和可爱，就这两个青年人，一个油滑一个憨厚，他们一问一答的让她感到好笑。看来城里乡下一个样，男生们见到小女生都一个德性。她爽快地说："你们是哪个村的？我送你们回去。"白大勺大声说："骆驼湾，骆驼湾的，你送我们回去，好好，好啊。"

5

张琟嵫怎么也没有想到，自己硬闯骆驼湾，会遇上这看着非常醇厚朴实的山里人。她觉得这真是想睡觉就有人送来枕头，幸亏自己大学毕业前就领了驾驶执照。她坐在这三马车的驾驶座上，看着崎岖山路两旁的山色，情绪非常高涨。

她一路春风地开着三马车在山路上飞驰，真的有点心旷神怡。她和镇书记刘天亮的不快，都被这清新的山风刮走了。她下来当扶贫工作队员，是自己争取来的。单位领导说："我们从来就没有女同志下乡的先例，你去是不是不合适啊。"她说："你们就是歧视妇女，女同志怎么就不能够去乡下扶贫了？"

管行政的副行长说："你说说你要去的道理，你本来是开拓国外

业务的尖子，你不怕去了山沟里埋没了你的才华啊？”张琟竑真是烦透了他们这些陈词滥调，她进行已经两年了，怎么就从来没有想到她是开拓国外业务的尖子？她有点得理不饶人地说：“告诉你们，习总书记都去了的地方，你们不让我去，是吧，好，我就去找市委领导说说去，你们这是什么居心。头一条，你们没有理解精准扶贫的重要意义。第二条，你们对老区人民没有感情。你们没有看到啊，什么年代了，他们还在那样地生活着。在电视里看到他们的生活状况，我的心和眼睛都流泪了。”副行长说：“不是不让你去，这个事情非常复杂。前几年，咱们也有人当过扶贫队员，一开始听说是银行派去的，真的是比见到亲人都高兴。可是等听说咱们银行的钱不是能随便花的时候，人家就马上换了一副脸色。我们都是大男人，这些我们还能够受得了。你一个没有结婚的女同志，你受得了吗？”张琟竑说：“我老爷爷就是晋察冀银行的老人，他年轻的时候，就是从大城市去的山里。他们在枪林弹雨的情况下都过来了，我怎么就不行了？你放心，只要你们让我去，不管出于任何事情都与你们没有关系。我家里没有人来找你们算账，我早就在保险公司入了意外保险，受益人是我父母亲。”

来山里之前，她重新看了习总书记在骆驼湾的录像，心中向往的就是这个沉睡在深山里、像世外桃源一样美丽的小山村。她在上学的时候，酷爱孙犁的作品。孙犁所有描写阜平山区的文章都在极力地召唤她。她还看了孙犁的学生铁凝写的《哦香雪》，第一句段就彻底地征服了她。一个小山村掩藏在大山的皱折里，那里应该发生许多美好的故事。她被文学里的浪漫主义思绪征服了，她感到这次扶贫就是上天给她的一次机会。直到她来到龙泉关之前，她的心灵深处还在荡漾着浪漫主义的色彩。

但这一切浪漫的火焰被现实的冷水给浇灭了。从她从汽车上下来踏上老区土地时开始，就感到了一股说不清的冷淡。和她一起来的都是一些单位的处长、副处长，还有一些单位派来的是副厅级的干部，他们在单位都是能够说了算的人物。在和镇党委见面会上，一个个都是大包大揽的许诺，出手就是几百万和上千万的捐助。轮到她的时候，她突然开了一记幽默的玩笑。她说："她带着一百多个亿的资金。"当时，镇党委的人眼睛都亮了，那些趾高气扬的人物们，也都用惊讶的眼光看着她，纷纷打听，这个小女子是什么来头啊，就是习总书记也没有说给这里一百个亿呀。

在人们询问的目光中，她顽皮地笑起来说："吓着大伙了吧，这一百亿是我们银行营业所积累的储蓄额，但是只要项目合适，有着足够的担保条件，会优先给我们镇上每一个单位放贷。"人们嘘了一口气，有些庆幸，也有些遗憾。但是，这些在社会上已经都磨炼得刀枪不入的人们，还是给了这个初出茅庐的小姑娘以热烈的掌声。

下来的工作队都来自各个单位。有的单位财大气粗，有大笔的资金，这些单位就非常受青睐。有的村甚至在工作队来之前，就和那些什么财政厅、物资局、商业部之类的单位进行了联谊，希望他们能够到自己村里来。当了这么多年的国家级贫困村，都已经当出了经验和门道。近朱者赤，近墨者黑，守着宰猪的多吃猪下水。为了抢那些有实权的部门，下面各村争得非常激烈。镇党委开了几次会，包片的干部们也发生了争论。谁都想自己的点上去一个有实权的单位，最起码办事好办呀。可是，油水大、有实权的就那么几个单位，僧多粥少。

不管各路诸侯和那些天高皇帝远的村干部们是进行地下公关，还是公开找刘天亮摊牌，一句话，都是为了自己的工作好开展。扶贫攻坚战，最有用的武器就是钱。任你千变万化，总有一定之规。当了这些年的乡镇一把手，刘天亮有他自己的小六九。他采用了最原始的也是最接地气的方法：抓阄。

镇党委里有人认为不妥，怕下面的村干部们有意见。刘天亮说："我这人不好独裁，充分地尊重民主。要是不用这个办法，那你给我想一个万全之策？"表示反对的都有自己的想法，这些想法只适合于暗箱操作或者潜规则，放到桌面上不好使。既然这样，那就按照刘天亮的办法来，大伙举手通过。说好了分配办法，马上就召集各村的支部书记来。这真是一抓一瞪眼，摸着好单位的欢天喜地，摸着清水衙门的牢骚满腹。刘天亮自是站在山顶上看龙虎斗。好坏都是自己选的，谁也赖不着，就赖自己的手臭。

白二蛋其实早就想透了，凭自己的手气，先抓了也不见得能够抓到好单位，也许他们都手臭，给自己留下财政厅的处长呢。他故意往后蹭。刘天亮却说："我提一个建议，这次，咱们龙泉关能够得到各级党委和政府以及党中央的重视，骆驼湾是立了大功的。为了表示对白二蛋同志的尊敬，我提议让白二蛋同志先抓，行吗？"大伙一致同意。白二蛋扭不过大伙的热情，伸手就抓了一个阄儿，但是他不敢打开，就攥在手里立在一边看别人抓。这真是，月儿弯弯照九州，几家欢乐几家忧。有的欢天喜地，有的垂头丧气。最后人们一致要求，白二蛋必须当众公布他优先抓的阄儿，要不然的话就集体到县委上访，说刘天亮在抓阄事件中，有作弊行为。这些村里的一把手们，刘天亮天天和他们打交道，这虽然是玩笑话，但是真有人认真起来，把事传出去，肯定会让县委对自己有别的想法。他就大度地说："二蛋，你就拿出来，让大伙看看。"

不看不要紧，一看大伙都庆幸，幸亏这白二蛋把一百亿抓走了，要不说不定要落在谁头上。大伙起哄，要白二蛋请客。一百个亿呀，你花得完吗。白二蛋眼睛里直直地放着光，他看着这些幸灾乐祸的人们说："你们真大鸡巴秧，瞎挺。"一个比他岁数小的支部书记说："白书记，你这得了便宜卖乖，我们还想让银行的人去我们村里呢。"白二蛋蹲下身拿出纸卷烟说："你个小蛋子子，你懂个毛啊，刘大官人哄弄人，你也跟着起哄是吧。惹恼了我，你们谁都不得安生。"刘天亮恐怕他反复，就说："这事大伙儿没有意见就这么定了，你们回去赶紧收拾地方，过三天你们来镇上接人，我可没有时间陪着。白二蛋，你怎么样，做到了不？"白二蛋眼睛也不抬，不接刘天亮的话头，继续说着自己的话："刚才谁卖乖了，我抬死你个小蛋子子。"既然人都定了，大伙把手里的阄儿都扔在地上。白二蛋见人们都走了，就把地上的纸阄儿一个个捡起来细看。他看着看着脸色就变了，十二个阄儿竟然有两个银行。这么说，谁第二个抓住了就没有说话。他把刚点着的烟往地上一扔，一脚蹬开刘天亮的门子说："刘书记，刘天亮，没有这么欺负人的，你看你这不明摆着是欺负人吗。"刘天亮也不知道是怎么回事，但是，他难辞其咎，因为他撺掇白二蛋第一个拿的。白二蛋说："我知道你对我有看法，可是，你要是这么着来暗的，刘天亮，我不干了行吧。"

刘天亮是跳进黄河也洗不清了。他给白二蛋说："这里面肯定有误会。"白二蛋火冒三丈地说："这不是误会，这肯定是作弊，要追查。"他说："刘书记，我也五十多岁了，这十几年，在村里坚持工作，

我不敢说有功劳，但是也肯定有苦劳吧，这事查不清，我就不干了，你们另请高明吧。”刘天亮也来了脾气，指着白二蛋说：“你这是干个蛋呀，我看你就是大鸡秧，这些年宠得你不知道谁是大小王了。你还是党员不，你还懂党的纪律不，你不干支部书记了，行，这革命工作，没有谁了也得执行。我还把话撂这儿，你当支部书记，不是我让你当的，是你们骆驼湾全体党员选举的，你不干可以，你给全体党员说去。他们同意，我没有意见。他们要是不同意，我也没有办法。告诉你，只要是共产党坐天下，哪个村也黑不了村。你别觉得你当支部书记奉献了、吃亏了，你入党的时候，没有宣誓吗？为党的事业奋斗终生。什么叫奋斗终生？就是只要你死不了，你就得奋斗。这不过是和平年代，要是战争年代，我早就毙了你了。今天我不批评你了，因为我们工作有失误。你去镇上的党员活动室，背诵入党誓词，什么时候背得倒背如流了，你就自动离开。我还重申一下，党的纪律，个人服从组织。”

刘天亮和白二蛋吵吵那天，张琟竑听见了。但是他们用的是本地口音，让她不知道他们为什么争执得这么厉害。她还批评刘天亮：“你是党委书记，应该充分地说服，而不是这么激烈的吵闹。”作为张琟竑的学兄，刘天亮对她的批评有着十分的无奈。刘天亮和张琟竑同一个大学毕业，只不过他比她早毕业了八年。当张琟竑知道，这个争吵的实质性问题竟然是自己的去留时，她愤怒地告诉刘天亮：“你去告诉白二蛋，他凭什么不让我去骆驼湾。如果他没有这些举动，我还可以原谅他。正是因为他的这些行为，我还是非去不可了。”

白二蛋的行为让张琟竑的内心充满了挑战，也让她对骆驼湾充满了神秘的憧憬。如果说，在这之前，她只是对习总书记去过的地方心存敬仰和希冀，那么现在，她身上与其说是充满了改变旧山河的雄心壮志，还不如说是饱含着维护一个人的尊严受到了挑战时的率性。

白二蛋在党员活动室里默默地背入党誓词的时候，张琟竑进来和他进行了一次不友好的较量。她说："听说你不想让我到你们村去，是吗？"白二蛋并没有将这个充满了傲气的小姑娘放在眼里。他在这个贫穷的地方能够坚持这些年，而且维持了村里的基本现状，见过的上级来人多了。她这样有点奶黄不褪的领导干部，他还尊而不敬。这些出身于高级家庭的人，总是高傲地看待世界，好像这个世界就是他们的似的。白二蛋说："你是一个小闺女，我这是不想让你吃苦。再说，我们那是什么环境啊，兔子不拉屎的地方。你呀最好留在镇上，这里也需要人做工作是不？这革命工作分工不同，前方后方都是革命是不是？这脱贫攻坚也是一场战争，需要后方支援前方。比方说你带着文化站的人，各个村里唱唱歌呀，跳跳舞啊，给大伙唱个表演唱啊。毛主席说过，革命要靠两杆子，一个是枪杆子，一个是笔杆子。你们这些大学生啊，做点文化工作多好。比方说，习总书记不是来过了吗，你就编一个唱习总书记的歌儿，代表我们的心声，向习总书记致敬。你说这多好。"

张琟竑小脸通红地说："白二蛋同志，我知道你在部队上当过文艺骨干，也是一个比较有水平的同志。我就问你一句话，为什么不欢迎我去骆驼湾？你要说实话，说真心话。你要是让我感觉你说得是实话，我也许就不去了。你要是说得是虚心假意的话，我还是非去不可。你不要指望刘大亮会给你做主。"白二蛋说："你可别误会刘书记，他不会替我做主的，你看他这不是罚我了吗。"张琟竑笑着

说:“你拉倒去吧,你们两个这是周瑜打黄盖,一个愿意打,一个愿意挨。他早就让人给你去端大盆肘子去了。”白二蛋说:“你这闺女真是不光人长得挺头,心眼咋就这样透亮呢。我给你说实话,咱们这里穷啊,村里光棍多,我怕你去了有个闪失,我没法给你的单位和家人交代,你说是不是。”

张琟竑紧紧地抿着嘴说:“你是说你们村里都是色狼是不是呀,白二蛋,你这话不是真话,我不信。听说你都是最后生的人,这些老人们会有什么闲杂心肠。再说,你这个治安管理模范村是怎么来的。你魔鬼化你的村民,就是想让我知难而退是吧。”

白二蛋恨不得打自己一耳光,这不是给自己抹黑嘛。骆驼湾是阜平县的治安模范先进单位呀,自己还是模范支部书记。张琟竑说:“白书记,你再编一条理由出来。”白二蛋说:“琟竑同志啊,我这也是为你着想啊。你一个小姑娘家的,当一般的机关干部还行。你说,我们一个村近七八百人,这吃喝拉撒睡的,你是不当家不知道柴米贵呀,我这是爱护你的意思。”张琟竑“咯咯”地笑起来说:“白书记,都说你能够‘白话’,听你这话,也不是不欢迎我去,就是怕我干不好工作是不是。这你放心,我会按照各级党委的部署,按部就班地进行工作,一定要把骆驼湾的脱贫工作做好。咱们就这样,你也没有拒绝我是吧,那就是欢迎我去了。这么办,你是欢迎也好,不欢迎也好,我这个人就是死心眼,我去骆驼湾就这么定了。我去给刘书记说,就说白书记同意我去骆驼湾了。”白二蛋还想说什么,就看见刘天亮拿着一瓶枣儿酒,后面镇上的一个干部端着一大盆炖肘子进来了。白二蛋说:“刘书记,你这是明修栈道,暗度陈仓啊。”刘天亮故作糊涂地说:“你这是这么意思啊,我没有看过楚汉演义,不知道你是要说什么。琟竑刚才找你说什么了，你同意她去了是吧。就为这点，我犒劳犒劳你，大盆肘子枣儿酒。”白二蛋有点被愚弄的感觉。他说：“你这是打一个耳光给个枣核甜，你公开地在镇党委搞‘贿赂’，这八项规定怎么说的，你就不怕纪检部门查你。”刘天亮说：“白二蛋，你少给我扯这个蛋，我早就听到你嗓子眼里咽唾沫，我这是个人请你吃饭，我怕什么纪检部门，八项规定也没有说不让吃饭。还不是看在你这些年支持我的工作的份上，我不光代表我自己，还有我的家属，我们两个一起请你吃饭。”

刘天亮把酒倒在水杯里端起来说：“我刚才可是听说了，你没有拒绝张琟竑去你们村是吧。”白二蛋说：“你是如来佛，我就是孙悟空，怎么蹦都没用。我回去先渗透一下，村里人们的心气正盛着哩，别一看去个小姑娘，怕是心里失望。这么着吧，让她先在镇上多待几天，我把工作做扎实了，打电话再派人来接她行不？”刘天亮说：“我说什么来着，也就是白书记这样的同志，觉悟高，胸怀宽阔，有大局意识。我还要给你说好了，你可得给我把她保护好了。听到没有？出一点儿差错，我饶不了你。”白二蛋说：“你放心，别说你饶不了我，我自己就饶不了我自己。”

张琟竑今天出来只是想悄悄地去骆驼湾私访一下，看看骆驼湾的真实情况，没有想到在这里遇上白大勺和赵四发。她开的三马车飞快，颠得白大勺一个劲地叫唤：“慢点，慢点啊！”她决没有想到，就在她帮着把白大勺抬进院里的时候，这个刚才还“嘿呀嗨哟”的白大勺，突然站起来，把她的双手一绑，嘴里塞上一块毛巾说：“让你跑，让你跑，到了骆驼湾还想跑出去，没有门。”张琟竑还没有醒悟到什么的时候，就被他们两个关进小西屋里，把外面的门锁上了。

6

骆山旺带来的媳妇跑了，又让白大勺和赵四发给追回来了，现在就关在骆家的小西屋里，这一出一出的，就好像演戏一样。现在，全村所有在家的人，都在议论骆山旺带来的媳妇。当然，不同的人有不同的结论。同情地说，咱们山里人娶个媳妇真难呀。不同情的说，就这个坏枣儿擦的，他要能够娶下个媳妇儿，山里就没有光棍了。有些人什么都不说，但是心里也盼着这是一场闹剧，身边的事儿总比电视里看着新鲜。

白大勺给自己表功的时候，这时的骆婶还在花婶家里问神仙。被烟熏火燎地都发黑了的墙壁上，挂着一溜神仙像，有孙悟空、南海观音、如来佛、老子、孔子、狐仙、土地、灶神，还有身穿警服和保安服

装的人像。骆婶恭敬地等着花婶的神起作用。

花婶在香烟缭绕的太师椅上盘腿坐着，一脸的肃穆。她微闭着双眼，嘴里不住地念念有词："山神大王啊，派哪吒蹬上风火轮，快快去追那个小狐狸。这个小狐狸和骆家山旺有着三百年的孽缘，这次她是来还债的。孙悟空啊，你的腿快，如来佛已经说了，让你一个筋斗十万八千里，把她追回来。"骆婶说："大仙啊，这孙悟空飞得太快，找一个稳当的不行啊？"花婶说："是神仙说了算还是你说了算啊。要信就得心诚，你要是这样对神仙起疑心，我就不管了。"骆婶从衣袋里捻出十块钱，放到神坛上说："求求各位大仙啊，看我儿子这婚事还有救吗？"花婶嗓子里发出蚊子般的声音，细细地哼着唱着："我的骆家嫂子啊，你的儿子啊，这辈子犯太岁啊。他是玉皇大帝身边的大将军啊，本来应该配嫦娥呀，只因为犯了天条被罚下界误投猪胎呀。"

骆婶一惊，这一段她在西游记电视剧里看过，这是猪八戒的故事啊。她有点不高兴地说："他花婶子啊，这神仙怎么这么说话呀，是我的儿子骆山旺啊。"花婶也觉得说溜了嘴，急忙地转腔说："这投胎的是猪八戒，这猪八戒后来转世就是朱元璋啊，朱元璋造反当了皇帝，他的三世是乾隆皇啊。这又转了三百年，投胎到骆家当了你的儿郎啊。你家本是佛僧后，侍奉佛祖要认真，尽管桃花来开放，也是风吹过去一阵香啊。"骆婶吃惊地说："你派出去的哪吒，也追不上这个小狐狸吗？"花婶说："你别着急啊，我还没有看呢。这事吧，按说该追上了，可是，这龙泉关神和这个小狐狸有着亲戚关系，追的回来和追不回来，还要两说。行了，谋事在人，成事在天，该成的散不了，该散的成不了。"花婶说："送神仙归位，磕三个头啊……"她

的话音还没有落地，就听外面有人大声地叫着：“大姑啊，你家的媳妇让白大勺给追回来了，你还不看着去，别再跑了。”

骆婶听说人追回来了，急忙地爬起来，踮脚就往外跑。从下街跑到上街的时候，人们都惊讶地看着骆婶，眼睛里满是期待和问询。

白大勺坐在大门前的板凳上，得意扬扬地说：“就她这个小妮子，想跑？也不想想，这是骆驼湾。”他拦住想进去看看的人们：“该干嘛干嘛去，这里不是博物馆，也不是马戏团，没有看过娶媳妇的呀。告诉你们，别眼气，我山旺哥就是有福气，能够娶到这么漂亮的媳妇”。他看到骆婶气喘吁吁地跑回来，就站起来说：“大姑，人给你送回来了。”骆婶说：“人呢？”白大勺说：“我把她绑屋里了，怕她跑了，这个小妞儿劲老大了呀。”骆婶说：“啥？你绑人家了？我的妈呀，你个傻小子啊，这捆绑不成夫妻，你快放了人家呀。你这是往法院里推你大姑呢。”白大勺说：“大姑呀，你这话说的，我这不是怕她再跑了嘛。”骆婶着急地开门，可是不知道钥匙在什么地方，她着急地去找钥匙。就在在这个时候，顾春杏进来了，她问白大勺：“人呢？”

白大勺故作不知：“什么人呀？”

顾春杏说：“你绑回来的人。”

骆婶从正房里出来说：“是春杏啊。”小西屋里“咚咚”地响，顾春杏指着说：“小西屋里是什么？”白大勺说：“是什么你管得着吗。”

顾春杏指着小西屋说：“把门打开。”白大勺说：“没有钥匙。”顾春杏说：“你开不开？”白大勺反瞪着眼睛说：“我就不开。”顾春杏说：“你要是不开，我就砸开了。”顾春杏拿起院子里的一个锤子就要砸锁子。骆婶挡在门前说：“春杏，我告诉你，这人要是放走了，我们山旺当了光棍，我和你算不清的账。”顾春杏着急地说：“大姑呀，我不能够看着你们让山旺犯法，关进监狱里去。”

顾春杏拿起锤子，一下就把小西屋门砸开了。她一脚踹开门子，看到被绑着的张琟竤，急忙给张琟竤拿掉嘴里的毛巾。张琟竤机灵地跳起来：“你是谁？你是干什么的？”顾春杏说：“我是村干部，是村里的妇联主任。”张琟竤说：“你把白二蛋给我找来。”顾春杏说：“姑娘，你受委屈了，这都怪我们平时教育不够，法制教育没有到位，妇联就是你的娘家人，你有什么事情先给我说说，我给你解开绳子。”

张琟竤说：“你就是顾春杏是吧，我知道你，但是，今天我不是不给你面子，白二蛋不来，谁也不好使。你去叫他。还有，我口袋里有手机，麻烦你给刘天亮打个电话，就说我被骆驼湾的村民非常热烈地欢迎进村了。”顾春杏脸上堆着笑说：“同志，是不是这样，咱们先把你身上的绳子解了，有什么话好好说，该怎么处罚他们，我们一定不会护犊子。”张琟竤说：“不行，有句话你没有听说吗，请神容易送神难，有错抓的没有错放的。你们骆驼湾是土匪呀，见人就抓，见人就绑啊，我就不信了。”

昨天，听说了骆山旺领回来个媳妇的消息，顾春杏不知道是该高兴还是失望。五年前的浪漫让她和骆山旺都损失惨重。骆山旺不仅没有考上大学，而且还被迫流落他乡，她自己也不得不和一个没有感情的刘根儿结婚。尽管她们的两个家庭就在上下街，在自己家的台阶上，就能够看到骆山旺家的小院里，但是她们真的是被天河隔开的牛郎织女。牛郎织女还有一年一度的七夕会，她和骆山旺已经五年没有见过面了。

粗粝贫困的生活已经把她磨砺得非常平乏了，如果不是自己还有个五岁的儿子，她对这个世界真的没有什么可留恋的。她已经看到了生活的尽头，骆婶就是她未来的形象。谁都不知道她已经和刘根儿离婚了，这事突然的她都没有想到。虽然刘根儿不是她的梦中情人，但是身上也有着山里人吃苦耐劳的性格。他和她一年之内，也就是能够在节日期间见面，其他的时间都是去山西的小煤窑下坑。但是，就在前年的秋天，她突然接到了刘根儿寄回来的离婚协议书。刘根儿信上说，他借了高利贷，为了不给她添麻烦，他和她协议离婚，这样就不会让她负担债务了。

刘根儿在外面干了什么，又为什么借了高利贷，这她都不清楚。接到这个信之后，她哭了两天，她不是哭自己和刘根儿的婚姻，而是哭自己竟然被刘根儿休了。就在她心情十分糟糕的时候，白二蛋找到她，让她担任了村里的妇联会主任。这虽然要进行选举，但是，到会的妇女们没有一个低于五十岁的，二十三岁的顾春杏自然而然地就当选了。开始她还没有感到什么，但当她真的走马上任之后，她才觉得自己是开始了一段新的生活。如果只是一个骆驼湾的弃妇，她就是一个人在黑夜的山里转悠悠。但是，作为一个骆驼湾的村干部来说，她看到了一个更广的天地。这个时候她已经不是这个小村里的媳妇了，而是一个连接山外更大事业的村基层干部。她还有了一个更重要的经济基础，就是每个月三百块钱的财政补贴。有了这三百块钱，她就有了高于其他人的经济基础，就有了在公爹老算盘面前的话语权。她愿意在这个骆驼湾待下去的原因是：一个是她有一个儿子，她不想让儿子接受另外的环境，特别是换一个爹。另外一个就是离着骆山旺近一点。虽然她和骆婶之间有着许多不可言传的尴尬，但是，她总觉得骆婶看她的眼光还是非常亲近的。老算盘对她的态度非常复杂。有时候，他表现得非常卑贱，好像他是一个被亲子抛弃的老人；有时候，他又非常高傲地看待顾春杏，认为是自己家在村里的位置，让顾春杏有幸进入了干部队伍。不管生活发生了什么变化，顾春杏的心中依然放不下的是骆山旺。她在偶然的机会，看到了晒在小院里骆山旺的布鞋之后，就悄悄地按照这个尺寸为他做鞋垫。在纳鞋垫时，她心里想的是那句古诗："临行密密缝，意恐迟迟归。"愿君不负妾意，恩爱一生。可是，她这些年没有见过骆山旺，心里有许多惆怅。这些事轮得上我来做吗？可是每次纳好一副鞋垫，她的心底就会油然升起一种自豪感。她会拿着鞋垫，反复地看来看去，欣赏不已。一个女人，如果愿意一针一线为一个人尤其是为一个男人纳鞋垫，那是她在一针一线地缝制着自己的爱，刺绣着自己的情。

这个早晨，是顾春杏充满了爱意和遐想的早晨，因为白二蛋已经开会说了，工作队就要来了。这个被外界遗忘了的骆驼湾，会因为习总书记的来临，再一次被外界所认识。而且许多中央的大部门的扶贫队伍都来了，他们肯定会带来优厚的资金，带来能给骆驼湾人幸福的金钥匙。白二蛋富有煽动性的讲话让村两委的人都激动得有点不能够自持。

顾春杏一大早就上山了，她去自留山上砍点柴禾。因为有几株树上出了干枝，她要把这些干枝砍下来。她背着柴禾下山的时候，看到了街上看热闹的人们。她背着柴从后院进来的时候，看到公爹老算盘正在伸头看下面骆山旺家的小院。

春杏说："爹，看啥呢？"老算盘有些嫉妒地说："骆家那小子，领

回来那个闺女跑了，又被追回来了。”春杏说：“爹，你别瞎说！”

老算盘狡黠地笑笑：“我亲眼看到那个闺女背着个包出来的，可又被大勺和四发给绑回来了。”春杏一惊说：“什么，绑回来了，他们想干吗？”

顾春杏把柴一扔就往外走。顾春杏原来以为只要她出面，这事就悄悄地解决了，没想到这个姑娘这么倔。她也没有处理过这种事情，觉得时间越拖越对山旺不利。事情到了这个节骨眼上，顾春杏只好去和骆婶商量。骆婶说：“你赶紧把人放了，别把事情闹大了，好说好散，行不？要不我去找二蛋，让他出面行不？”顾春杏说：“大姑呀，这事咱们还是小范围地处理了好，要是让书记知道了，这事就是刑事犯法呀。民不告官不究，你说是不是呀？”骆婶说：“春杏啊，你和山旺是同学，你可别让他在这个事情上栽了啊。”

气喘吁吁的骆山旺从山上往回跑的时候，没有想到事情会这样。也没有想到，白大勺捅了这么大一个窟窿，竟然把上面派来的工作队员给绑了。进到院子里的骆山旺看到还被绑着的张琟竤，就知道事情不太好处理，但是多年的社会闯荡，让他养成了遇事不慌的性子。他已经不是五年前，带着顾春杏浪漫的骆山旺了。他连声地说：“误会，误会了，美女呀，这千错万错都是我的错，你该罚罚该打打，你说怎么处理都行。”

张琟竤被骆山旺这略带普通话口音的语音感动了，没有想到在这个偏僻的小山村里还有人会讲普通话。这几天她天天听的都是山里人的口音，这口音让她始终处在一边听一边翻译的位置，偶然听到骆山旺的话，她的内心生出了一种亲近感。她笑了一下，说：“我是上面派来的工作队员，是来你们骆驼湾扶贫的。现在请你用我的手机把我现在的情况拍下来，将来我写回忆录的时候，肯定会增加情趣是吧。”骆山旺说：“美女领导啊，你是不是这样，大人不记小人过。”张琟竑说：“手机在我的口袋里，你自己拿，自己拍吧。”骆山旺说：“你是不是想留下证据啊？行。”他拿出手机，给她拍了几张照片说：“这总行了吧。”骆山旺帮她解开绳子，一边解一边道歉。张琟竑活动活动身上的筋骨说：“你们这样把我欢迎进来，我还没有吃早饭呢。”骆婶一听急忙说：“这好说，我马上就去做饭。”

7

白二蛋是接到刘天亮的电话才知道，张璀竤已经入住骆驼湾了。刘天亮说：“白二蛋同志啊，你不愧是咱们的老同志啊，觉悟就是高。我要在全体大会表扬你。”白二蛋当时还不知道发生了什么事情。他昨天晚上去了县城，他老伴现在在县城给儿子看孩子呢。他去城里有两件事儿，一个是看孙子，一个就是走访一下老上级。现在的副县长就是从龙泉关走的。他和副县长主要是讨论了一下，这次采用什么方法，能够多争取一点扶贫资金。现在村里有六百人，如果按一个人一万块钱计算，这就是六百万。他想用这钱，在县城付六十个单元的首付，这样就能够解决六十户人家，让他们住到城里来，不管干点什么，就都算是脱贫了。等着习总书记再来的话，就可以在城里接待他了。但是，副县长说，这是不可能的事，要是能够这样，县里又不比他傻，还用他说。他是坐山西运煤的大卡车回来的，还在路上刘天亮的电话就到了。

刘天亮可能心情比较好，白二蛋能够听出来他脸上肯定开着花呢，白二蛋却是心里七上八下的，不知道刘天亮又给自己摆了什么阵势啊。关于张琟竑进村的事，他早就有了自己的计策。他想采取先拖后推的战术，反正就是不答应让张琟竑进村。什么时候把刘天亮拖烦了，他自己就会想办法去了。他绝对没有想到，今天早上刘天亮这“新闻三十分”是来自什么通讯社。什么派人迎接了，百姓空巷相迎啊，这哪儿和哪儿啊。他说：“刘书记，你瞎忽悠呀，我还没有到骆驼湾呢。”刘天亮说：“我还不知道你的指挥能力，什么时候不是运筹帷幄、决胜千里之外呢。我别的不说，既然你们欢迎琟竑同志入住了，就要按标准进入程序马上进户调查，赶快做出表格来，上面催得紧着呢。”刘天亮在一阵发自肺腑的笑声之后，把电话挂了。他也是刚才接到张琟竑的电话。她本来想私自去骆驼湾考察一下，没想到在半路遇上了白二蛋书记派来的人和车，她就顺便进了村里，先到几个困难户看看真实情况。她还说，如果顺利的话，就直接住在村里了。这让刘天亮有些意外，也有点惊喜。这个白二蛋，干什么都会这样让你目不暇接。他真的希望手下的十二个村支书，都像白二蛋这样就好了。

白二蛋骑着摩托车进入自己家的时候，他的小院子里已经聚满了几个两委的老伙计。一个个蹲着的，立着的；眼睛有看天的，有看地的，反正谁都躲闪着他的目光。白二蛋把摩托车放到棚子下面说：“怎了，都蔫抽了，平时不是一个个都谝的高着来？今儿我这是起集

呀还是兴庙啊，有什么事去大队说去。”一个支委说了：“工作队来啊哩，你怎么也不言语一声。”是呀，大伙都埋怨他：“你怎么不和我们打个招呼啊，你说你派我们去接多好，你让白大勺去。你说，你这事办的有点主观啊”。白二蛋说：“什么，你们说什么呢，别装大鸡秧，有什么话就说。”白二蛋这些年在村里和他们打交道，还不知道他们的心思，肯定这事有点棘手。张琟竤突然空降到村里，这背后肯定有原因。刘天亮给了一个堵心锤，现在这几个人又给他来了一个闷葫芦阵。他说：“你们干脆的扳倒罐子撒了油，掰开葫芦数籽吧。还是那句话，炒了豆儿大伙吃，爆了锅算我白二蛋的。”他这一表态，人们才说，是骆山旺家的事情，因为骆山旺的母亲是他的大姑。

当他听完，白大勺为骆山旺追媳妇，把张琟竤抓回来之后还绑在小西屋里的时候，白二蛋一下子就蹦了起来。他说：“你们还有没有党性啊，你们还是不是党员啊，咱们这里可是从三七年就是抗日模范县啊。说吧，怎么解决”。人们都不表态，就等他说怎么办。白二蛋说：“先把这几个小兔仔子给我绑了，我这就给派出所张所长打电话。”管公安的村委说：“早就换人了，管咱们这一块的是王副所长了。”白二蛋说：“我不管谁管咱们，咱们先按村里的规矩办。”

骆婶手忙脚乱地不知道先干嘛，抓了水瓢丢了马勺。她现在非常后悔让这两个小蛋蛋子去追人。她真的丢不起这个人，她也曾经是村干部家属，也曾经当过妇女队长。现在，她成了什么人啦，成了一个给儿子抢媳妇的无赖女人了。

顾春杏手脚比她利索，刷锅，添水，看到水缸里水少了，就让蹲在院子里的两个人去担水。赵四发跳起来：“我去。”白大勺说：“你歇着，我去。”赵四发说：“你的腰摔疼了，我去吧。”白大勺说：“你的腰才疼来着哩。”俩人抢着一个扁担。顾春杏说：“四发去，大勺，你先安生地呆着，好好地反省一下，你是主犯，这主意是你出的，要不咋能把人家骗回来。”

白大勺闷着头说：“春杏，你给说句求情的话呗，我们这也是好心啊。”顾春杏说：“你这叫好心？你这叫陷害。”白大勺说：“你这帽子扣得有点大了，我这说破天也是好心把事办砸了。春杏，我给你烧火做饭吧，反正我也跑不了，你让我劳动改造行不？”顾春杏说：“这事我可是说了不算。”白大勺低头说：“你要当了大官，我还不得被枪毙了。”他自说自地走进厨房里，把骆婶搡到一边说：“大姑，你闪开吧，我烧火。大姑你可要说句实心话，我这是为了山旺哥的媳妇犯的错误啊。”骆婶急忙闪开，小声在说：“你们都别嚷嚷了，山旺已经和人家说这么半天话了，我看这个闺女慈眉善目的，肯定不会为难你们。”

看着顾春杏苗条结实的背影，看着她弯着腰在擀面，骆婶心里涌出一股悲伤。要是当初她和骆山旺能够走到一起多好啊。但是，当时顾春杏的母亲犯着精神病，需要看病，还有一个兄弟，这些都需要钱，也只有刘根儿才能够出的起十万元的彩礼钱。

骆山旺从小西屋出来，直奔厨房。骆婶急忙地迎出来说：“怎来，说的怎来？”骆山旺小声地叫着顾春杏说：“你和大勺、四发都进去，她要搞一个调查研究。”骆婶说：“这是要问口供啊，儿子，这事可是怨妈呀。”骆山旺说：“没有事，妈。这事就是有责任，也是儿子惹的，与你没有关系。”赵四发挑着水进来说：“白书记来了，我先躲了吧。”骆山旺说：“你躲了初一，躲不了十五，放下水过来。”白大勺说：“山旺哥，你看我给你惹的这场事。”

白二蛋满脸火气地进来。他先看了看骆山旺，骆山旺笑笑说：“二舅。”白二蛋又看白大勺和赵四发，看得他俩浑身冒汗。骆婶也急忙地迎出来：“二蛋来了，山旺给你舅拿座位。”白二蛋吭一声说：“你们抢的人呢，山旺，你抢回来的人呢？”张琟竤从小西屋出来，说：“白支书，我在这。”白二蛋急忙地走到她跟前说：“他们没有难为你吧？你先回镇上，剩下的事情我处理，肯定让你满意。”

张琟竤说：“白支书，你这话好像是不欢迎我是吧？”

白二蛋急忙地抢过去说：“这是哪儿的话，怎么不欢迎啊，可是这毕竟不是一个合适的欢迎方式啊。”张琟竤说：“怎么着合适，敲锣打鼓，手持鲜花，高呼‘欢迎欢迎’啊。”

白二蛋说：“不是这个意思，你这次来我们骆驼湾，有点、有点那个。”

张琟竤不高兴地说：“什么这个那个的，你什么意思，好像我来的不合理是吧。不管你们用什么形式欢迎我，我都来了。告诉你，白支书，你要是不欢迎我就直说。”白二蛋搔着脖子说：“张领导，琟竤同志，你这话可是磕碜我哩。别说是你，就是给我们派一个少先队员来，也是上级对我们的关怀。不过这抢来的形式，将来怎么说呢。”

张琟竤说：“行了你别拉客观原因了，我既来之则安之了。”白二蛋说：“既然是这样，我的意思就是你先看看村里形势，然后回镇上细细地谋划，之后咱们有计划地进入工作，你看行不行啊？”张琟竤说：“你这意思是这村里有我不能够看的东西，等你安排好咯，我再来是吧。我这人和别人不一样，你要是撵我走吧，我还是就不走了，这可是你的村民把我请来的，你应该知道有句话，是请神容易送神难哪。”

白二蛋笑笑说：“知道你今天受委屈了，你放心，我会让你满意的。”他回身对着骆山旺说：“看你办的这好事，张璀竑同志是市里派下来的扶贫工作队领导，就你们这几个小山蛤蟆，还想吃天鹅肉，能耐死你们了。别说是领导，就是普通人，你们难道就能够这样抢回来吗？我问你们话呢，说呀。”

骆山旺他们三个都怯怯地看着张璀竑。白大勺小声地说：“不是故意的，这是误会。”白二蛋看着院里围观的人们说：“误会，误伤人命难道就不偿命了吗？”

赵四发也喃喃地说：“闹差了，闹差了，对不起，对不起。”

白二蛋晃晃身子说：“你们是不懂法还是装蛋，对不起？你们这是非法拘禁，是犯法。”骆山旺急忙说：“是，是，是犯法。”

白二蛋气愤地打了骆山旺一个耳光：“光天化日之下绑架，咱们这里还是不是中华人民共和国的土地，你们还是不是党领导下的村民，谁给你们的权利，敢于这么横行霸道。”

骆山旺赔着笑说：“二舅，这肯定是误会，误会，有什么责任我担着，要打要罚就冲我一个人。”白二蛋说：“你担着，你以为你是谁呀，你五年前的案底还没有撤，你这惯犯，屡教不改。你担着，你担得起吗。骆山旺啊骆山旺，想媳妇想疯了是吧，敢抢扶贫工作队领导当媳妇，丢人啊，来人，都给我绑喽！”他这一喊，等在外面的村两委干部们，还有几个帮忙的都拿着绳子进来了，把他们几个围上。

骆山旺还想解释说：“二舅，你听我解释——”白二蛋不容分说：“绑了！”赵四发想跑，被人抓住按在地上。白大勺说：“二叔，别绑行不，你让我们上哪，我跟着去行不。你这一绑，我们还有没有脸在

这村里待呀。”白二蛋说：“你抓人家张领导怎么着来，人家还有脸在咱们村呆不。”白大勺年轻力壮，几个老年人按不住他。白二蛋说：“山旺，你把大勺绑了。”骆山旺拿起地上的绳子，递给白大勺说：“兄弟，你先把哥哥绑上，这不丢人。大勺，给村干部一点面子，也算是给张琟竤同志一个补偿。”

白大勺不服气地说：“咱们要不是生在这个穷地方，还能出了这个事情？不服，要绑你绑，我不绑。”骆山旺说：“你就是这么倔，你得让二舅我下不了台是不。”白大勺冲白二蛋说：“二叔，我们这可是看你的面子。”白二蛋说：“你别看我的面子，我的面子不值钱，你看法律怎么制裁你们吧。”白大勺说：“制裁，制裁就制裁，你让派出所的来，我白大勺要是怂了，这脑袋揪下来当球踢。”白二蛋上去扇他一个耳光说：“你的脑袋当球踢，美的你，就你这脑袋到了球场上，美国的球星都踢不赢。”白大勺说：“你支部书记打人，共产党就不打人。”白二蛋说：“共产党不打好人，像你这样的，打死了不偿命。”

白大勺跳起来，把按着他的几个两委的人闪开说：“二叔，你干脆打死我算了，免得受这样的罪，反正活着也是当光棍的命。就咱们这个国家级贫困村，连一个说媳妇的媒人都不来。人家一说，骆驼湾，常年吃照顾，天天喝糊糊，自己都养不活，还想娶媳妇？我和四发、山旺，都到了娶媳妇的岁数，为什么没有人跟，还不是生在这个穷村，生在这个穷地方吗？”

白二蛋说：“你小蛋蛋子，反了你了，就是你爹活着也不敢这样说话。你还说国家级贫困村，别的村想争还争不到手呢。我维持这国家级贫困村容易吗，你说全村几百口子人，要吃饭，要看病，穿衣服，要不是咱们是国家级贫困村，能有这么多的照顾吗，我自己开银行啊。就冲你这句话，春杏，你们这些村干部是干什么的，就这样的混蛋，还留着干什么呀，绑起来，绑起来，送镇上派出所。”

白大勺突然拿起一个木棍说：“我看你们谁敢绑我，告诉你们，老子早就活得不耐烦了，反正当光棍，迟死早死一个样，你们谁要是想试试，我这手中的木棍可是不饶人，打着你了，误伤了，怨不得我。”

白二蛋把身上的军大衣一扔，拉开一个军拳的架势说：“小子，你二叔也是干过特务连的人，你小子这两下子，还吓不倒你二叔。来，冲你二叔的脑袋上来一下，你死了是杀人犯，你二叔死了是烈士。来呀。”

白大勺虽然叫得欢实，但是，他真的不敢对二叔下棍子。他两个正对峙着，骆婶端起一个破盆子摔在地上，大声地说：“二蛋兄弟，你这是给谁亮本事呢。大勺，你个兔崽子，你给谁充大料豆子呢，都给我放下。你们这戏是唱给谁看呢。白二蛋，你是村里的书记，人家市里来的工作队，主动来咱们村里，你不先问问人家吃饭了没有，喝水了没有，工作安排了没有。你一上来，就绑啊抓的，你这是给谁好看，我看你就是不想让人家来咱们村。你这是表面上给人家长脸，实际是给人家下马威。春杏，拾掇饭，先让人家上面来的人吃了饭。二蛋兄弟，你也在这吃。他们三个，跑不了。吃了饭，你说让他们上哪儿，就上哪儿。你用脚画个圈，他们要是敢出圈了，你大姑这几十年的饭就白吃了。告诉你，咱们这个门里就没有这样的人。”

骆婶的话句句打的白二蛋心里咕咚响，他这一点小计谋，让大姑一下就给猜中了。他有点不好意思地对张琟竑说：“琟竑同志，你看看，山里人就这么不懂事。这么办，这饭就在我大姐这吃，这饭钱

我结账，你今天也算是碰上几个不懂事的人，我不会放过他们。吃过饭，我用摩托车送你回镇上，你看行不行？”

张琟竤说：“白书记，我可是住在骆婶家了，你撵不走了。这么着，既然今天的人都到得这么全，吃了早饭，我们就开一个两委会。你看行不行啊？”

白二蛋没有想到这个小闺女子，这么精明，让不走了。他心里有点遗憾地说：“你看，你连铺盖也没有，我还是请示一下刘书记吧。”张琟竤爽朗地一笑说：“行，你愿意怎么请示就怎么请示，我就住这小西屋了，挺干净，挺好。骆婶，先吃饭吧，我可是真的饿了啊。”

8

骆驼湾的人们怎么也没有想到，这两个毛草小蛋子竟然把扶贫工作队的女领导当骆山旺的媳妇给劫了，这事儿实在是出乎人们的意料之外。聚集在街上的人们对这件事，持什么态度的都有。有人说，这是好事；有人说，好事，怎么好，这两个混蛋，劫一个黄毛丫头来，她一个刚毕业的大学生，一没有权，二没有钱，能够给咱们带来什么。你看人家青羊沟，去的是省里的财政厅长，人家一开口就是一个人一万块钱。

看到村会计从自己家里出来，还抱着一摞账本册子，就拦住他，问他弄账本子干嘛，是不是要发钱了。村会计说，你们怎么就知道钱啊，今后啊，等着天上掉馅饼的事，没有了。人们不解地看着他：

“你说什么呀，怎么叫天上掉馅饼，你说说给我们听听。你是说扶贫款不给了是吧。咱们阜平当年是十万人的县，二万人参战，死了五六千人，这天下就是咱们打下的，只要共产党坐天下，什么时候都得扶贫，你这是造谣。”村会计摇摇头说：“这人没有文化真是可悲，告诉你们，以往的是扶贫，这次是脱贫。”

原来在墙跟前蹲着吸烟的老算子挤过来，问他：“这脱贫不就是扶贫吗，不扶怎么脱呢？”村会计说：“告诉你吧，扶贫就是看谁贫困得走不动了，就扶你一下。这脱贫呀，是把你身上的穷皮子给脱了。”老算子的眼睛有点发直地说：“脱了穿什么衣衫啊？”村会计看到老算子穿着一件旧羽绒服，里面的羽绒都露了出来，说：“老算哥，你这是唱的哪一出啊，怎么穿这么破的衣服出来了？”老算子说：“你不知道啊，我们现在穷得吃不上饭了啊。”村会计说：“你这是哭穷给谁看呀，三间屋子两头住，谁不知道谁呀。”老算子白他一眼：“家家都有一本难念的经，一家不知道一家的难啊。”

会计把自己的帆布兜一拍说：“这是咱们村里的基本情况登记，这里面什么都有了。这么说吧这次是量体裁衣，你适合穿什么衣衫，就给你什么衣衫。工作队还要一家一家地核实情况，你说穷也没有用，你说不穷也没有用。懂了吧，老算子哥。”

村会计踏着街石向村委会走去。老算子冲他的背影使劲地说：“你核实我也穷，我也贫困。”从家里出来的花婶听到老算子的话，就说：“你家养着好几头大肥猪，你还穷啊。”

老算子着急地说：“他婶子，你这话是什么意思，我养了几头猪就不是贫困户了呀，我养猪是为了响应上级号召，你知道这一头猪天天要吃多少饲料啊，吃都把人吃穷了。”

花婶不和他接话，和几个老娘儿们小声地说话，故意地不让他听见。老算子这人有个毛病，只要看到有两个人咬耳朵，心里就不舒服，非要打听人家说什么。就是有些不是他的事情，他都往自己身上揽。为这，顾春杏说了他许多次了，可是他的毛病就是改不了。他凑近一点听，花婶他们就不说话了，还都笑了起来。

老算子愤愤地说："你们再说什么，我也是困难户。"花婶说："老算哥，你在骆驼湾不算困难户吧。你家根儿在外面下窑，你在家里养猪，你家哪年都进一万多块钱吧。怎么着也说不上是困难户吧。"

老算子恼了，指天画地地说："你什么时候看到我家有一万块钱了。我家的钱你怎么就知道了，你是在哪儿看到的。我的钱都藏在被窝里，你怎么知道的？"花婶吐了他一脸唾沫，嘴尖舌利地说："你个老不要脸的，你藏在被窝里，你藏在裤裆里都不要紧，你给儿媳妇花钱的时候，你就解开裤子从裤裆里拿是吧。"

"你，你这是侮辱人。"老算子有点恼怒，他指着花婶说："这骆驼湾就你是一个有钱的。你这钱来的多容易呀，吹口仙气就来了。你装神弄鬼，算卦看病，你都是挣的坑人的钱。"

花婶一拍大腿，脱下鞋就拍老算子，一边拍一边骂："老算子，拿着你当人你就不是人了，我算卦看病，碍着你蛋疼了。你个老扒灰头，你别忘了，你找我算卦想找一个老伴，你的卦礼钱还没有给呢。你现在就给，你要不给，今年你宰了猪，我就去拿肉。"

花婶的鞋底子拍在老算子身上，把裸露着的羽绒都打飞起来，好像是下雪一样地四下飘落。老算子一边躲避一边嚷道："你们都快看呀，这兄弟媳妇打大老伯子了。"他抱头躲避着，被脚下一块石头绊倒在地上，人们拦住花婶。

老算子翻身坐在地上，一横眼睛说：“好男不跟女斗，好鸡不跟狗斗。”花婶还要打他，老算子说：“你别耍二百五了，我给你们说，会哭的孩子有奶吃，你们没有看到白大勺啊，他不就是好吃懒做啊，怎么年年的照顾款都有他的，为什么，他穷啊，他穷就有理了，别人不穷啊，还不因为白二蛋是他二叔啊。今后，咱们要齐心协力，也要拧成一股绳，这次来的工作队可是带着钱下来的，我们都要长个心眼，要不旱的旱死，涝的涝死，旱涝不均。”

花婶一拍他脑袋上的破帽子说：“你个嘴里嚼着蛋子似的，你说就说，不说就别掰扯，怎么话到了你嘴里，听起来这么费劲呢。”老算子说：“你也不傻，什么事情不知道啊。我给你说，你没有听别的村说呀，上咱们村来的这个小闺女呀，带着一百个亿的款呢。一百个亿，你知道咱们全中国多少人吗。”花婶说：“我连这个都不知道，我不就成真傻子了吗，告诉你，十三亿人口。你个老算子，你问这个干什么？”

老算子嘿嘿一笑说：“就是全国每一个人都给咱们村里一百块钱，你这清楚了吧。”花婶这当然清楚了，她回娘家印钞台村，去给一个孩子消惊的时候，她在村里当干部的侄儿就说过，这个小闺女是带着一百个亿来的。她说：“老算子，你说这话什么意思？你明说。”老算子说：“我明说了吧，咱们要个公平，别像原来，白二蛋说给谁多少就给谁多少。这钱是国家给咱们骆驼湾的，不是给他们一家的是吧。”

花婶听他这么一说，心里也有了气。本来，她觉得自己应该吃低保的，可是，村里没有评上她。一问为什么，白二蛋说，你们家闺女当教师，她挣着国家的钱呢。还特别关切地说：“花嫂子啊，你平时这外快也没有少挣啊。”这当然是说她给别人装神治病的事情。以往她没有觉得什么，这次老算子一说，让她的心里一动：自己和老头子都没有收入，她这装神弄鬼的事情，本来就挣不了多少，虽然扶贫款年年都有，可这次是一百个亿呀。她撇下老算子他们，踩着街石就去了骆婶的小院。在骆驼湾，她和骆婶还算是走得比较近的，因为俩人的脾气相投，平时也悄悄地说个体己话。

骆婶正在拾掇小西屋里的东西，看到花婶，赶忙让她到屋里去坐。

花婶问："嫂子啊，山旺还没有回来？"骆婶说："没有。"花婶安慰她说："你可别上火啊，这小孩子们不会办事，让村里教训教训也不算什么。再说，二蛋是他堂二舅哩。村里事村里办，二蛋也不是别人，他怎么也不会把山旺往监狱里送吧。"

白二蛋带人把骆山旺他们押走，当时骆婶真想拦住。可是，这事太大了，劫了上面来的工作队，这是多大的事啊。虽然许多人都来劝骆婶，别着急上火，骆婶表面上也说不上火，可是这是她的心病啊。山旺这么大岁数了没有娶上媳妇，这都是当妈的心病啊。这次如果儿子被判了刑，一辈子打光棍就定死了。她想到这里鼻子一酸："你说这过的什么光景啊。"

白大勺把张琟竤劫回来的候，骆婶就开始卖后悔药了，都怪自己当时心急火燎的，这是给儿子挖了一个坑啊。要不是让大勺他们去追人，也不会惹出这么大的乱子。

她的平静是故意装的，凡是宽心的话也都是撑着劲说的。她也懂的法律，这是公开的抢劫，要是在严打的时候，肯定会被枪毙。虽然，张琟竤跟着去村委会的时候，一再地说不要紧，但是事情就怕上

纲上线。她是心里有火，面上不显的人，可是嘴角上早就出了火燎泡了。

花婶这么一说，她只有愧疚地拍打着大腿，说："都怨我，旺儿从北京处了一个对象来家，人家就不满意，嫌咱这地穷，我就怕她跑了，前半夜我没敢合眼，后半夜刚打了个盹，人就没啦。也怪四发和大勺这两个王八羔子，我让他们追去，她们把工作队的人给抓回来了。"她本来想去村委看看，但是，她不想给白二蛋添麻烦。论着娘家那头，白二蛋是自己的亲堂兄弟，现在这事是让他两头遭难。说着，骆婶的眼泪下来了，花婶也跟着落泪。只顾着悲痛了，到走，她想说的话都没有说。老算子来找她打听消息，问她骆婶怎么说的。花婶抢白他说："你们家春杏就在村委里，你这是放着近道不走。人家孩子还没有个着落，我问别的合适吗？"老算子说："你呀，真是，头发长见识短。"花婶说："你长，你问我干什么，我可不上你的当，你把我卖了我还不知道多少钱呢。"

白二蛋现在也是进退两难，他现在要把事情控制在自己手里，如果一上交，他就没有办法了。这次工作队进村可是国家的大战略，把工作队员当媳妇抢来，这是怎么着也说的上够刑罚了。白二蛋和村两委的人开会，研究怎么处理骆山旺他们三个。人们都说白二蛋："你说怎么办？支书，你是一家之主，你说怎么办？"

白二蛋表示，他会大义灭亲，不护犊子。关键是这事涉及了工作队。按张琟竑的意思，这是一次误会，她建议不要追究。但是白二蛋不这么想，他知道，如果这事不一次处理了，以后还会有后遗症，他不敢隐瞒事实，请示刘天亮怎么办。他刚给刘天亮打完电话，张琟竑就推门进来，气呼呼地坐在对面。白二蛋急忙给她说："正在

商量怎么处理骆山旺他们三个。你放心，我们肯定不会护犊子，肯定给你出这口气。我用我的党性做保证。”

张琟竤一指村委会的厢房说：“你们谁绑的骆山旺？”

白二蛋说：“我让绑的，咋啦？他这样的没有打他就便宜了。”

张琟竤说：“放了他。”

白二蛋说：“放了他？”

张琟竤盯着他说：“放了他！”

白二蛋劝张琟竤：“基层工作你不太懂，这人不能放。”

张琟竤有些生气地说：“为什么不能放？”

白二蛋说：“你不要冲动，你刚进村，出了这样的事，我们必须慎重。”

张琟竤说：“我已经调查了，骆山旺确实是交了一个女朋友，他把咱们这里夸得山清水秀，景色宜人，环境良好，可是人家来了一看，一年大部分时间吃土豆，人均收入只有900块钱，人家走了。你说，就这个样子，哪个姑娘谁愿意来这里，谁愿意往这穷山窝子里来受穷？”

顾春杏说：“我同意琟竤的意见，骆山旺的事情是事实，咱们村里的光棍娶媳妇难，这也是事实。”

张琟竤说：“我也知道了，你们这个村已经五年没有娶新媳妇了。”

白二蛋说：“琟竤说得对，青年人娶媳妇是成了老大难问题。但再难也不能抢人吧？必须重重地惩治他们，要是村里的光棍都抢工作队员，这不翻天了呀。”

张琟竤庄重地说：“白二蛋，白书记，我以村第一书记的名义告诉你们，马上把骆山旺他们放了。再不放，我就以私设法庭、捆绑吊

打公民的罪名起诉你们。”

白二蛋想想说：“春杏，你去把他们的身份证都收了，让他们几个取保候审。这事不算完，在没有处理他们之前，谁也不准出村。这事就暂时这么处理。张琟竑同志，现在，咱们是不是开一个扩大的支部会，你正式进入骆驼湾，也算是一个见面会，然后学习镇党委关于开展脱贫攻坚战、精准扶贫的计划。”

张琟竑笑起来说：“白书记，你同意我来骆驼湾了，是吧，太好了。”

白二蛋有些愧意地说：“同意不同意你都来了吗，现在，不是你来不来的事情，而是，咱们应该马上开始进行宣传调查。你是第一书记，你说吧。”

张琟竑收起笑容说：“根据镇党委的规定，现在咱们进行第一次干部会，重温习总书记来龙泉关的录像。我带着笔记本电脑来的，也带着U盘。现在，开始！”

张琟竑的电脑上出现了习总书记来骆驼湾的镜头，大伙的眼睛里突然都湿润了。这些年来，人们终于盼到了党中央领导来这穷乡僻壤，终于盼到了党中央把扶贫工作纳入了国家计划。从一部分人先富起来，到后来的西部开发，改革开放三十多年了，贫困人群终于看到了曙光。白二蛋也非常感慨，原来的扶贫都是撒芝麻盐，现在这是彻底地拔掉穷根了。看到习总书记亲切地坐在骆驼湾的土炕上，白二蛋的眼泪哗哗地流了下来。

9

旗子爷听说，白大勺把工作队的张璀竑当作骆山旺的媳妇给劫了回来，一股怒火直冲脑门。他把手中的拐杖一抓，起身就往山下走。孙不教，爷之过呀。除了他这个宝贝孙子白大勺，这村里就没有人能够办出这样的事来。

他对孙子白大勺是爱恨交加啊！十年前他父母双亡，旗子爷是中年丧子，白大勺是幼年丧父，他们爷俩过的是什么光景啊，如果没有年年的贫困照顾，也许这个白大勺就活不下来。他常常告诫孙子："你是共产党养大的，你一定要给共产党争光。"大勺这小子有条好处，只要是旗子爷说的话，他是当面百依百顺，可是只要一掉过身子，就由他自己了。每一次旗子爷咬牙教训他的时候，都拿山旺作

比较，一边打一边说："你学学人家山旺，你学学人家山旺。"

每逢挨了打之后，白大勺总能得到骆婶的母爱。而旗子爷也是每次打了大勺之后，就来找骆婶说说话，他对孙子的疼爱无处诉说。每次旗子爷都心疼地说："这个小牲口啊，就不是个省油的灯啊，爬瓜溜枣，上房揭瓦，什么都干。你说我管得松了怕他不成气候，管得紧了吧，这心里又不好受。你说说，他婶子啊，我这是左右为难啊。"骆婶知道旗子爷的心情，就劝说他："旗子爷呀，你这又当爹又当妈的，也够不容易的了。他一个小孩子，不懂事，大了就懂事了，是吧。你看我们家山旺还不是一样，倔起来能够把人气死。要是他爸在，我能少费多少心呀。"旗子爷这时候反而会劝骆婶："山旺就够争气的了，我听老师说，他在班里数一数二的好学生啊，将来他要是能够考到北京去了，你有的是享福的时候。"骆婶这时就擦一擦眼泪说："旗子爷，盼着吧，让大勺和山旺都到北京去，你也去。"旗子爷笑起来："我可不能够去，这些年山上的树都长起来了。要不是国家用飞机撒种，咱们这山顶上，谁也上不去。哎呀，山旺妈呀，我哪儿都不去，我就在这里看着山上的树长起来。山旺爸当时就想着把辽台岭上都绿化了，哎，什么都别说了，我是替他看着这树哩。"

骆婶的心里一紧，当时人们都去下窑，去城里建筑工地当大工小工，都出去了。镇上来人说："老骆，你不能够走啊，你是多年的队长了，你就当支部书记呀，这村里必须有人当干部。再说，都去了城里，咱们山区也要建设啊，是吧。"为了村里建设，山旺爸什么都试验过，种药材，种果树，养小尾寒羊，当时还上了报纸，牵着小尾寒羊奔小康。可是，这瘠薄的山地，真的是不养人啊，人们都走了，他还带着老少残兵去种树。他是累死的，那天晚上他觉得，心口里不舒服，几个老汉把他抬到山口，离着龙泉关卫生院就几里地的时候，他合上了眼睛。但是，他的手还指着辽台岭上的树，当时旗子爷就在旁边。

封山育林，退耕还林，这是山旺爸在的时候的上级规定。旗子爷知道，这是好事，但是就是太长远，这是前辈栽树后辈乘凉的事。山旺爸当时开党员会就说："咱们阜平有五千多烈士，他们都没有看到新中国的成立。作为后辈的咱们享受到了好社会。咱们要像先烈们一样，有自己受苦、为后代造福的雄心壮志。"他给旗子爷说的最后一句话就是："看好了咱们的树啊。"

从辽台岭上下来，还要下到大沟里去，然后才能够爬上骆驼湾。旗子爷赶到村委会的时候，只有村会计一个人在计算数据。他问："那几个小牲口在哪儿？"村会计说："旗子爷呀，都回去了，你没有回家看看？"旗子爷说村会计："你给我打开喇叭，把他们几个给我唤到大队来。"

村会计迟疑地说："旗子爷，你要干什么？"

旗子爷说："你给我打开机子，我要说话。"村会计说："旗子爷，这是村委会的广播工具，你有什么事回去说好不？"旗子爷说："我这也不是私事，我就是要让人们知道。"村会计说："已经处理了，你就别多管闲事了。"旗子爷说："你给我开机子，开。你要是不开机子，我去找镇上的刘天亮，刘书记不行，我去县里找王县长，找宋书记。"村会计说："你看你看，我这是为了你好，不就是几个小孩子办错了事吗。算了，算了，谁不知道，你旗子爷是老模范，老耿直，老党员。"旗子爷扬起手里的拐棍说："你不开是吧，我砸了它。"村会计急忙说："我打开，打开还不行啊，你说你都这么大岁数了，怎么脾气还是

这么急呀。”

村会计打开广播喇叭，叫白大勺回村委会来。刚进家的白大勺，不知道又发生什么事情了，急忙地返回村委会，没有想到一进门就挨了一脚。旗子爷说：“反了你了，你他妈的什么人都敢劫呀。”白大勺急忙说：“爷爷这是误会，是误会。”旗子爷说：“告诉你，工作队是党中央派来的，是给咱们全体骆驼湾老百姓来办好事的，谁要拿她不当领导，就是对不住我白旗子。”白大勺委屈地说：“这事是误会。”旗子爷又一巴掌打得他倒在地上：“你就从来没有承认过错误，这样下去，迟早就是进监狱的苗子，子不教，爷之过呀。”说着还想拿拐棍打他，他的拐棍被人从后面拉住。他一回头是骆山旺，生气地说：“山旺，你当着我的面说得好好的，怎么大勺他们犯错误，你也不拦着他。你们可是从小到大的好朋友，好伙伴。”

骆山旺急忙给旗子爷解释说：“爷爷，这都是误会，真的是误会呀。”旗子爷手里拿着拐杖，喘着粗气说：“骆山旺、四发和大勺，你看你们闹的，丢人呀！告诉你们，要不是有人上山采草药，告诉我这件事情，我还蒙在鼓里呢。这龙泉关十二个村子，就咱们骆驼湾的人着急娶媳妇，把工作队员抢来当媳妇，你们怎么想的这件事情，这是人干的事吗！告诉你们，抗日战争打了八年，我们龙泉关就没有出过一个孬种，你老爷爷给聂司令喂马，像你们这岁数，就当了营长。你们，看看你们都什么岁数了，你们还这个当社会流氓。”

白大勺说：“要是放在战争年代，我说不定是团长呢。”

旗子爷又要扬起棍子说：“就你当团长，你给人家团长提溜尿壶，人家还不要你呢。你还嘴硬，你干嘛把人家工作队的人抓回来呀？”

赵四发说："旗子爷，要知道是工作队员你打死我们都不敢呀。"

白大勺说："真的不认识，再说，原来也没有来过女队员呀。"

旗子爷又要踹大勺："走，给工作队员磕头道歉去，你们要争取宽大处理。"

白大勺说："爷爷，你还有完没有啊！让我跳山都行，给她磕头道歉，我不去！"

旗子爷气愤得用拐杖打大勺，大勺不动地方让旗子爷打。骆山旺用脊背挡住旗子爷的拐杖，旗子爷不忍心打骆山旺，愤然地放下拐杖说："你们要当着全村人的面，给工作队员磕头认错。"

白大勺不服气地和旗子爷争辩："我们是做错了，但我要是生在山下面，别说北京上海，就是生在定州，也比这骆驼湾的小山沟里强，说不定我早就是有钱人了。爷爷，你天天在山上，你不知道，人家过的是什么光景。"旗子爷气地骂他："要不是这个小山沟，还没有你呢。你现在嫌弃这小山沟，这里躺着许多的八路军烈士，这里是最早的抗日模范根据地。告诉你，八路军的政策就是对错误行为坚决不留客气。"

白大勺也生气地告诉爷爷："这误会是谁造成的，是我白大勺吗。世界上都饿不死瞎眼大老雀，可是，我们这里都成了光棍村了。比我小的不说，比我大的，有多少？我们迟早也是个光棍苗子。谁给我们磕头道歉。"

旗子爷被白大勺说到要害，他何尝不想给孙子娶个媳妇，可是他是手里无剑杀不了人呀。光要彩礼就十几万，他们这个国家级贫困村，谁家也拿不出这么多的钱娶媳妇。旗子爷的眼睛里突然闪出泪花，孙子的话，他无法回答呀。骆山旺突然看到扩大机还开着，急

忙地关掉，他们的对话外面肯定都听见了。

他们的对话在每一个山村的小院里徘徊着，让许多的人都听到了。别人听见之后，有没有感触，没有人知道。但是，骆驼湾有名的老算子听到这些话的时候，心里不由地有点幸灾乐祸。吃不穷，穿不穷，打算不到就受穷啊，这话真是千古不变的真理呀。

当初，白大勺的爹妈，同时死于煤场的时候，他找过旗子爷，让他把这事交给他来办。他说："旗子爷呀，你放心，我出面，怎么也得给大勺要下娶媳妇的钱，也给你要下一个养老的钱啊。这人不能够白死，你知道人家外面给多少钱吗。"旗子爷说："给多少？"老算子说："二十万。""二十万，"旗子爷一脸的惊颤。老算子说："怎么样，我只要百分之一的手续费用。"谁知道，旗子爷冲他呸了一声说："你刘算盘呀，我这都死了人了，你还来计算。告诉你，我们白家祖宗三代丢不起这个人，咱们不坑人，不讹人，人家开煤场的也不容易，人死了，我们是想挣人家的钱来，人家是故意的吗，是咱们自己不小心呀。我除了要人家的埋葬费，多一分都不要。"

老算子也生气地对他说："这俩人怎么也得赔偿十万块钱。"旗子爷说："咱们山里人就是这山杠子脾气，咱们凭什么要人家十万块钱。"老算子说："你岁数大了，大勺还小，你拿着这十万块钱，在龙泉镇上买一个小门脸。这样你俩的吃喝什么都有了。"但是，旗子爷拒绝了他的好意，真是死要面子活受罪。

他在心里骂过旗子爷，自己也突然闪出一个想法。这次的扶贫工作队有点特别，和以往不一样，他们不是按照村里的花名册进行补助，而是一户一户地进行调查。他们要干什么呢？老算子心里有点摸不着底。他要看一看，摸一摸，试一试，怎么样才能够在这次工作队进村之后，自己保证不吃亏。就像自己养的这几只样板猪，发挥出最大效益来。

老算子圈里养的是山里黑猪，长得很慢，要一年多才出栏。他这猪要养一年半，他这是展览用的。山下的人，一到腊月里就来山里买猪。他们说，下面的猪都是养殖场用饲料喂大的，而且还是速生的，催肥起来的，这哪里是肉啊，其实就是饲料集合体。山里的猪生长期长，宰了之后二寸厚的肉膘，煮熟了之后，山下猪的肉皮是收缩的，山里猪的肉皮是向外涨的。

从山外面来的人把车停到龙泉关，跟着老算子来村里看猪，看好之后撂下定钱，当面把猪称了，然后他就找人杀猪，然后就雇人把肉抬到山道上去，装在他们的后备箱里。一个腊月，老算子能够卖掉几百头猪。一头猪赚五十块钱，他就能够赚个几千块钱。虽然，他每次要补助款的时候，都把自己说得非常贫困，但是，白二蛋每次都不会答应，就算给也是最末的等级，算是照顾他一个面子。

他给自己家猪圈里的几头猪喂上料，坐在猪圈前的石头上吸烟。孙子乐乐也在他面前玩耍着。在家家户户的儿子都当光棍的时候，如果不是老算子的精明打算，自己的儿子刘根儿也会和骆山旺他们一样，当上预备光棍。

他非常为自己当初的决定自豪。当看到儿子肯定没有希望通过上学考出去的时候，他决定让自己的儿子休学去下窑。大胡卜的顾长顺就在山西下小煤窑。他提着一盒点心来到顾长顺的家时，真的被顾长顺家的贫困状况吓着了。

光秃秃的三间小石头屋里，多年的烟熏火燎，还有多年的尿水混合的骚味，让他差点呕吐出来。他给了顾长顺五百块钱，不但说

定了让儿子去下窑的事，还当面谈定下来，顾长顺的女儿顾春杏给自己当儿媳妇。

人们都说老算子把什么都算到了，就是没有算到自己的媳妇会很快就死了。人们对他媳妇的死有许多说法，大多都说是因为他的吝啬，舍不得给媳妇看病。他媳妇死于肺癌，人们在街上就能够听得见她疼痛时叫喊的声音。不管外人说什么，只有他自己明白，为了给媳妇减轻疼痛，他亲自给媳妇注射杜冷丁。这是麻醉止疼药，一针十几块钱。媳妇说："刘算盘，你把我掐死吧，我就是疼死也别打这个针了，这不是打针是打钱啊。"人脸都疼得变型了，但是她还是抓着刘算盘的手说："你给儿子留着钱娶媳妇吧。"

媳妇是疼死的，一个人的毅力有多大，就看她是给谁奉献。在漫长的几个月的时间里，老算子陪伴着媳妇，他是看着她在被疼痛撕裂的时候死的。她身上已经没有肉了，只剩下一层皮，但是，她最好的器官要在疼痛中死亡，这死亡的过程是非常漫长的，漫长的让老算子现在想起来，就一阵阵不寒而栗。除了媳妇的死亡，还有一件事情，是老算子的心病，那就是骆山旺。他和顾春杏同时失踪，又同时被派出所押回来。他们之间究竟发生了什么，谁都不知道。尽管，上面也没有追究骆山旺的责任，但是，这老算子心上的一块病。

如果说，在骆山旺出走之后，这四五年都没有看到过骆山旺，老算子心里的刺慢慢地消失了，但是就在骆山旺领着一个漂亮女人回来之后，他心里的刺又开始长出来，而且长得非常快，钝钝地刺着他的心。当他知道，白大勺抓回来的是女工作队长的时候，他心里一阵窃喜，这次骆山旺肯定要进去了。

谁知道，他竟然没有进去，而且那个女工作队长，还力保他。老算子愤愤不平。要是按照老算子的心理，不但要抓进去，还要重判才好。他知道，骆山旺这次回来，最高兴的要算顾春杏了。你看她以往总是郁郁的脸上，时不时地泛起一丝悄然的笑容。这是她来骆驼湾五年中，从没有发生过的事情。他心里已经预感到了，顾春杏不知道什么时候就会飞走了，从自己家的小院跳到下面的骆婶家去。

顾春杏和刘根儿办理的离婚协议，村里谁都不知道。老算子跟他说："闺女呀，你最好别说给外人听，这样你在村里就不好待了，是吧。有些不正经的人，也会打你的主意。我还是那句话，你什么时候有了好人家，我当闺女聘你。"骆山旺的归来让顾春杏的生活出现了一线生机。她知道，这事情离着自己的想法还很远，但是毕竟目标就出现在面前了，她不想再像五年前一样任凭人们摆布了。以往，她和骆婶说话，都有些避讳，尤其是怕老算子看到，现在因为张琟竑住在骆婶家，她就以一个女村干部的身份出现，别说别人，就是老算子也不敢翻白眼。

昨日给张琟竑做饭的白面，就是顾春杏从自己家带过去的。尽管老算子极力反对她的行为，但是，他现在真的不敢管得过于严厉，因为毕竟是儿子刘根儿跟她离了婚。当时，顾春杏接到刘根儿的离婚协议，就想带着儿子离开这里。但是，老算子说，"你妈妈死了，你爹又在山西没有回来，你能回大胡卜村吗？"这一问就把顾春杏问住了。大胡卜村就是她的噩梦，当初她和她爹吵闹着要上学，就是为了离开那个让人窒息的家庭。贫困的噩梦总是在她脑海里挥之不去。老算子说："春杏啊，根儿干了这缺德的事情，我不能够缺德。我是乐乐的爷爷，你是我的儿媳妇，我就把你当闺女一样行不行。

根儿这王八蛋哪天回来了，咱们说个清楚，我不认他，也认你这个闺女行吧。如果真的有了合适的，我当闺女聘出你去。”说着竟然给顾春杏跪下了。他不想让孙子回到大胡卜受苦，也不想让顾春杏受苦。现在，他和儿媳妇的关系，已经成为父女关系，因为只有这样，才能够让顾春杏留下来。

昨日晚上吃饭的时候，他问顾春杏：“山旺这小子又放了？”他的声音里满是失望。顾春杏听出了他声音里的不快，就说：“怎么，不该放啊，你说该怎么着啊？”老算盘悻悻地说：“山旺吧，人家不在家，这个大勺啊，放了也是个祸害。”

顾春杏说：“那你说应该怎么办呀？”老算子嘴里说：“我不懂你们的事情。”但是心里却想骆山旺不走留在村里，他和顾春杏是否会旧情复燃，这是他最关心的。他摆出一本正经的样子对顾春杏说：“杏啊，你是村干部，我觉得山旺这个人，肯定不会办这样的傻事，就算是他们把工作队员抓了，也肯定是误会，你既然是村干部，就要站稳立场，坚定地维护他们几个的利益。我看这白二蛋，这么抓住他们不放，肯定会有自己的小六九，咱们当村干部，别给别人当枪使。”

顾春杏突然觉得，这个老算盘公公，今天怎么说了一句人话。但是，她没有听懂他背后的意思。

10

上午，跟着村干部们走进农户进行排查的时候，突然听到了喇叭里的现场直播，这给张璀竑的心灵带来很大的震动。她走在这个寂静的小山村，看到了一个纯洁的农村的真实面貌。他们的贫穷，决不是他们的过错。虽然革命已经过去了好多年，但是她仍然能够感受到曾经的革命年代在这里留下的深厚的积淀。他们一家家的屋内非常简陋，但看得出是一个个非常干净的家庭。

作为当年晋察冀边区的首府所在地，这里的人们曾经生活在一个激情四射的时代。虽然这个时代过去了那么久，但是，曾经的激情依然还在。白大勺的问话让张璀竑感到非常沉重，他们的生活这样，谁该给他们磕头道歉？直到中午，她回骆婶家吃饭的时候，还在一遍

一遍地问着自己。她再一次感到了自己身上山一样沉重的担子。

以前，她总是认为，贫穷是由于懒惰。贫穷的人即便非常可怜，但是肯定也有可恨之处。但是走过许多家庭之后，她的思想产生了巨大的改变。一个为了共和国的诞生输出了热血和汗水的地方，他们的付出长期得不到回报。就在人们以破坏环境为代价疯狂地进行金钱生产的时候，这里的人们却甘愿清贫，只为守护绿水青山。只有在雾霾肆虐的地方待多了的人，才知道这里的清新是多么得宝贵。这一上午，她都在被他们的崇高震惊着，她再一次感到了老区人民的情怀。

本来，他们工作队员是要求自己起火做饭的。其实，老早之前，白二蛋就已经让人把生活器具购置齐全了，安排在村委会后院的石房里。这里和自己家离得不远，有什么事情可以随时照顾他们。白二蛋没有想到会是张琟竤来，她一个女同志住在村委会里肯定不安全，这让他有点作难。张琟竤主动说要住在骆婶家，这让他松了一口气。他知道骆婶的为人，而且山旺爹生前就是村里的支部书记。

顾春杏也说："白书记，你放心，我和山旺家就是前后院，琟竤有什么事情，随时就能够叫我过去。"张琟竤回来时，骆婶正在烧火做饭，在灶火前忙活着，看到张琟竤回来，就从水缸里舀水让她洗脸。张琟竤说："骆婶，我去挑水吧。"骆婶说："有山旺在家，你挑什么水呀。"她看到原来的水管龙头，就过去拧了一下说："这不是有水管吗，怎么不用啊？"骆婶说："有是有啊，这水管安装上了还要掏电钱不是。好多人家，都不愿意掏这点电费，其实也不多，一个月一家也就十几块钱。"

山下就是水源地，是山泉水，水泵把水打到村里来，再流到各家去。张琟竑说："十几块钱还多呀。"骆婶说："一块钱人们也不愿意拿呀。再说，身上的力气是随身带着的，使用了还长呢。"张琟竑从小在城里长大，她的父母都是大学教授。她生在大学里面，长在大学里面，像这样的思维，她感到非常新鲜。昨天晚上和今天早上，骆婶都是给他按照过春节的形式做的饭。其实，这些东西真的不是太合张琟竑的胃口。她走的时候说："骆婶，你就按照你们基本的生活形式给我做饭吧。"骆婶说："你是说我做的饭不好吃吧。"张琟竑说："骆婶，你们平时吃什么，就给我做什么，我一定要知道，你们平时是什么生活状态。"骆婶看她说得认真，也不是嫌弃她做的饭不好吃，就一口答应了。

听到锅里又响起油热了的声音，张琟竑大声说："骆婶呀，你别麻烦，你们吃啥，咱们就吃啥。"骆婶把饭端到小饭桌上，炒腊肉，煎鸡蛋，还有白面饼。张琟竑着急地说："骆婶，你这是拿我见外了是吧。"骆婶笑着说："你放心，我这是两种的都有。"说着又端上了一盆煮熟的山药蛋。张琟竑欢喜地拿起个山药蛋剥了皮就着吃，真好吃，绵，真绵。

她吃得太快，噎住了，山旺妈赶快地从暖水瓶里倒碗凉水递给她。张琟竑喝水喘一下气儿说："大婶啊，你们这山药蛋真好吃。"骆婶说："你要是爱吃，天天让你吃。闺女呀，今天串户怎么样啊？给我说说，你赶紧地吃，吃了饭歇息一会儿。"

张琟竑说："骆婶，山旺怎么没有在家？"

骆婶忧郁地说："这个犟种，在家闲不住，和他二舅吵了几句，就到镇上去了。二蛋扣了他的身份证，不让他走，说是他的事情还没有了结，要等着镇上说了结果才让他走。"张琟竑不好说什么，就说

起刚才她们去的人家，说起了人们的心情和家境。一个老大妈问她。“张队长，咱们这没有外人，你私下里给我说说，你们是带着多少钱的指标下来的？听说是一百个亿呀。”张琟竑感觉有点好笑，但是她绷住了脸说：“多还是少啊？”老大妈说：“一百个亿，是多少啊？”张琟竑说：“大娘，这么比方吧，一个人十万块钱，咱们这个村六百人，六千万是吧，才花了一百里头的一个。这样说就明白了吧。”老大妈高兴地说：“哎呀，这钱是不少啊。长这么大没见过这么多的钱。这太好了，这太好了，估计什么时候发钱啊。”

张琟竑说：“大妈，这钱是要扶持项目的，不发现钱。”

老大妈有些沮丧和气愤地说：“怎啦，不发现钱？那你们来扶啥？”

张琟竑说：“你说扶啥？扶项目呀。”

老大妈愤愤地说：“我对你说，我可是认识聂司令的，我公公就是给聂司令当过警卫员的，你们是来糊弄人的，扣着钱不发，装自己兜里，我要上北京去告你们去。”

骆婶笑起来：“这个老婆子，他公公是给聂司令当过警卫员，但不是贴身的警卫员，是司令部的警卫连战士。聂司令来的时候，曾经给过她五百块钱。她男人活着的时候，去过聂司令的家。咱们阜平，可以这么说吧，谁家都能够跟北京攀上亲戚。不过，琟竑呀，婶子替你担心，咱们这村里呀，这些年人们吃扶贫款吃惯了。常言说，吃惯了的嘴，走惯了腿，人都歇懒了，吃馋了，你的任务可是不轻啊。你要是觉得吃力，我给二蛋说去，让上级再派一个男人来，换了你。看着你长得嫩葱似的，我的心里就心疼哩。”张琟竑笑着说：“骆婶，你是说我不行啊。”骆婶说：“不是说你不行，是说村里人的心思不

行，他们总觉得吃照顾容易呀。再说，你们这次和以往不一样，人家以往来，发钱，你们却不发。”

张琟竑说：“婶子说得对，这次就是要让大家依靠项目发展经济，自己富起来，才能够把穷根拔掉。”

骆婶说：“闺女，吃吧，山林大了什么鸟儿都有，山头多了什么风都刮，你要心里有个大张主，该怎么干就怎么干，看谁敢给我闺女眼里上眼药，我抬死他。”

骆婶拿起山药蛋，连皮都不剥就往嘴里塞，自己噎着了。张琟竑急忙地给她捶背说：“婶子，你真好。”顾春杏端着一碗油炸的面鱼儿进来说：“婶子，你尝尝我做的炸面鱼儿。张队长，你也尝尝。”

顾春杏的眼睛瞟了她们两个一下说：“怎么就你们两个呀？”骆婶知道她是什么意思，就说：“山旺到镇上去了，他说不让走，也不能够在家闲着，他去找短工活去了。”顾春杏的脸上明显地有些失望地说：“这个山旺啊，和上学时一个样，什么都爱争第一。你们吃，我回去，拾掇一下，后半晌还有两个组呢。”

看着顾春杏走出去的背影，骆婶的脸上有着明显的抑郁。张琟竑说：“春杏可是一个好女人呀，都说高山出俊鸟，真是不假。骆婶也是个美人胚子，你年轻的时候，肯定更漂亮。”骆婶轻轻地叹了一口气说：“都是缘分啊，都是缘分啊。”

张琟竑高兴地说：“你是说山旺和春杏之间有段故事是吧。婶子，你讲给我听听吧。”骆婶一下子就笑了：“你们这扶贫要建档立账，这个也算呀。”

其实，骆婶还是非常看好顾春杏的，虽然人长得细腰削肩的，但是干起地里活儿来，一点也不饶旁人。如果说这村里的女人漂亮，

老一番的就是骆婶了，这新一番的嘛就是顾春杏了。好女不出村，这是多年的老规矩了。谁定的？当然是老一代传下来的。顾春杏跟了刘根儿，人们都说，这是鲜花插在牛粪上了。可是，好汉无好妻，赖汉子娶个花枝女。骆婶叹一口气说："不说了，不说了，这个春杏啊，也是一个苦命人。她们大胡卜，也是个小山凹，穷得比咱们骆驼湾还穷。她有个精神病的妈，她爹常年下窑。她妈死了之后，她的一个兄弟也跟着她爸下窑去了。都说红颜薄命，这一点也不假呀。你说说，唱戏的说书的，这漂亮的女人都是非常悲惨的。"张琟竑笑着说："婶儿，你这么漂亮，当年就没有想嫁给外面的人呀。"骆婶说："你个小闺女子，别拿婶开玩笑，漂亮什么，少穿的没戴的，长得磕碜白怪的。"张琟竑搂住骆婶说："婶儿，你给我说说，咱们村要脱贫，走一条什么道路好呢？"

骆婶的神色一下就严肃了。这些年，她跟着丈夫，可以说，只要能够让山里人富裕的道路，基本上都探测过了，可是，太难了，这市场经济发展得太让人摸不着头脑了。她和丈夫的雄心壮志比现在的年轻人不弱，但是怎么样呢，都碰得头破血流了。其实，也不是没有挣钱的机会，就说这龙泉关地处山西和河北交界的地方，后山上就出一种黑色的石头，有人就想用破石头的机器，把黑石头破碎了，掺和在山西的煤里。许多人找到丈夫，只要他一点头，票子就到手了。可是，他都拒绝了。过了龙泉关到了山西地界，就有人干这事情，一吨石头卖到一百多，一天下来，就卖一两千块钱。一个二十吨的煤车，只在窑上装十吨好煤，到这里搀上十吨石头，到了山下当好煤卖。这是坑人，是给祖宗挣骂哩。

从山西到河北的大道上，有许多小石渣场，就是靠这些挣了昧良心的钱。骆婶说到这些，眼睛里就有了泪水。这个时代，当好人是要付出代价的。“你看看，山旺是个好小伙子吧，这样的人，愣就是找不下个媳妇儿。”

她也曾经说过儿子：“山旺啊，山外面如果有人家招女婿，你就找一个好人家。”骆山旺说：“妈，一个人要是光想着个人享乐，什么办法都有。我不想让人家指着脊梁骨骂三代祖宗。”骆山旺出去闯荡这些年，也曾经有过富婆想包租他的事情，就因为小伙子长得精神。骆县有一个房地产的老板女儿，只要他答应入赘，马上就给他买宝马，还给他在北京买一栋别墅。

听了骆婶说的，张琟竑对骆山旺突然有点崇拜。如果说刚开始她对骆山旺只是感到好奇，那么现在，她对他的看法就有了质的提高。她在骆山旺的身上看到了一股历史的脉络，一股传统的伟大力量在他身上流动着。这样的人，只要给他一个支点，他就能把地球撬动起来。张琟竑突然觉得自己非常有信心了，她找到了让山村富裕起来的金钥匙，就是人，就是有着伟大理想的人。但是，她知道，她面临的阻力不是贫困，而是这些贫困的思维。因为她走访的这些人家，无一例外的都是问她，上面给多少钱。

唯一没有问她钱的就两家：一个是骆婶，一个是顾春杏。就连村委里的某些人，也隐约地透露出这种想法，问她到底带着多少扶贫资金。张琟竑的父亲是大学的马列主义研究室教授，博士生导师。她母亲是大学金融学院的副院长，她只是一个金融学校毕业的大专生。她之所以想到这里来，就是想在父亲和母亲的期望下，干一番事业。但是，父亲知道她来扶贫的时候，告诉她，这世界上最大的革命动力，是人。母亲说，最大的历史推动力是钱。他们两个总是辩论，

父亲说，马列主义不能够只谈金钱，庸俗。母亲说，谈钱庸俗，不谈钱更庸俗。

她这时候有点想和骆山旺谈谈，因为他毕竟生在这里，长在这里，他知道人们最需要什么。她已经没有退路了，她是自己跳到这里来的。置之死地而后生，这是世界上的真理。她也明白白二蛋的心思，想让自己知难而退。她也想到过，回到银行里给领导提一个要求，找几个他们银行支持的大的行业公司，出一部分钱，她的威信马上就会飞涨。白二蛋也几次旁敲侧击地说过这件事。如果张琟竑只是想走一个过场的话，她也有自己的办法。但是，她不想这样做，她真的是想走出一条让骆驼湾人真的富裕起来的路子。她不想让骆驼湾，再一个五年没有娶媳妇的唢呐声。现在她就想和骆山旺谈谈，从他的身上找到突破点。

但是，骆山旺自从自己住进来之后，就没有回过家，他搬着被子去了白大勺的"狗窝"。这是骆婶说的，白大勺一个人住的三间石头房，那就是狗窝。她问骆婶儿："山旺还走吗？"

骆婶说："他倒是想走，二蛋扣着他的身份证呢。我问过他，'只要咱们骆驼湾真的能够找到富裕的路子，你走吗？'儿子说，'妈，你和我爸找了半辈子，你们找到了吗？'"

早春的骆驼湾深夜里还很冷，本来张琟竑自己住在小西屋，但这天她想跟着骆婶睡一夜。骆婶说："想家了是吧？"张琟竑说："不想家。"她是在保姆手里和托儿所里长大的，后来就是幼儿班、小学、中学、大学，她没有别的女孩子那种家的概念。她靠在骆婶的身边，感到了一股热力悄悄地传过来，鸟的叫声从深山里传来，悠长而明亮，明天的太阳会更热烈地从东山后面升起来。

11

一大早，刘天亮就打来电话，县扶贫办公室的人要下来调研，进行项目验收。前年，县里给了骆驼湾十只新西兰波尔奶羊。骆驼湾山高林密，没有污染，草场和山泉都是达到标准的。如果他们试验成功了，可以在龙泉关这些山里推广，因为现在羊奶在世界上已经成为高级的营养品，一包五百克装的羊奶粉，就能够卖到三四百块钱。

当时，还有几个乡镇争这个项目，刘天亮和管这个项目的农牧局长一番理论。农牧局长说："刘书记啊，这可是我们农牧局的重中之重啊，这是从欧洲引进的品种，是国家农牧总局的研究项目，因为咱们国家也要打进欧洲市场，要破掉他们的壁垒，这羊可是花了外

汇的，一个种羊一万多欧元呢。”

农牧局长和刘天亮是省党校的同学，都是县里的副处级候补队员，刘天亮说：“这么重要，你往下放干什么，你养在自己家的单元里多好，环境优美，各项指标都达标。”农牧局长说：“你小子，当乡镇一把手当得有毛病了，说话不是调侃就是讽刺。我给你说这些，就是想让你提起注意。这可是我们农牧系统的重点课题之一，我们还指着这个项目拿科学项目奖呢。”

刘天亮说：“你这么重大的项目，我可不敢揽这个事。如果出了差错，你这项目拿不了奖，我可担不起这个责任。行了，你给别人吧。就算咱们不是同学，我也没有你这个兄弟。”

农牧局长说：“你呀，怎么当了几天龙泉关的党委书记，人和山大王一样了。我给你还不行啊，其实，我这也不是私心，我们在全县都化验过了，你们辽道背上非常适合养殖，因为你们那里没有污染，许多地方还是原始状态。你可要给我把这个项目看好了，我还指着这个项目拿国家科学基金呢。”

刘天亮给白二蛋交待的时候也说过了：“你什么也不干，就把这个项目给我看好了，我拜托你了。”刘天亮也有他的想法，这事办好了，上下都沾光，因为县里管农业的副县长已经到了岁数，肯定要在下面选人，这个农牧局长平时扣得要紧，这个时候，花钱引进波尔奶羊，肯定是和这个有关系。他不怕农牧局长进位，因为棋盘上的位置就这么几个，只要有一个棋子动了，其他的都活了起来。在下面当一把手的，谁不想回去当个局长什么的。

白二蛋看到农牧局送来的九只奶羊，一个个还刚摘奶的样子，被山风一吹浑身哆嗦。他说：“刘书记呀，这还是奶娃子，别说羊了，就是小孩子也不敢说不得病啊。我给你说，这事你找别的村去吧。你看我们骆驼湾，山高草少，老头孩子当家，凡是年轻人都出去了。要不我辞了支部书记，专门来当这个波尔奶羊养殖户，行不行呀。”刘天亮说：“白二蛋，你就是滑头一个，怎么四两的劲都不想担呀。”

“你说这一个小羊羔子，还没有摘奶，我不敢保证都活了。”白二蛋什么事情都不想担全责，他不想在当村干部这个位置上出事，他就想着再干几年，平安落地，回县城给儿子看孩子去。刘天亮知道他平时的思想，可是，农牧局长说了，除了辽道背，你哪儿也不要放养。这内情他肯定不能够和白二蛋透露，但是这些基层的支部书记们，都成了人精了。

刘天亮不敢给他放口子，尤其是白二蛋这样的支部书记，没有缝子还想钻，有点针尖大的缝隙，他就能够给你撕出一个山口子来。刘天亮说：“只要不是人为的死亡，都不追究村里的责任，这行了吧。”白二蛋说：“这人工费用什么的，谁出啊。”刘天亮说：“我说你怎么一点党性都不讲了，学会和组织上讨价还价了。”

白二蛋知道刘天亮的脾气，事说到这就行了，再说也就没有多大意思了。虽然这事是个麻烦事，但是蚂蚱不大也算是肉啊。这说明，刘天亮把自己当知己了。他听说，这一个小羊羔六七万块，不由地心疼地说：“这事闹的，这是金子做的呀，九只羊就六七十万块，这钱要是给了村里，就能够给一半以上的贫困户在县城付首付，买一套住房。”只要人到了城里，不管是干点什么，都能够养家糊口。他要是不当这个村支部书记，老伴早就在县城给自己找了一个位置，就是给一家公司当门卫，一个月两千块钱。

要不是刘天亮打电话来，白二蛋还真忘了这件事情。当初，几

个小羊羔子，谁都不要。人们都知道，有根的多栽，张嘴的少养，一看这个外国羊羔子，肯定不好伺候。尽管白二蛋说破嘴皮子，也没有人要。这里面也有原因，因为这是扶贫资金项目，谁要了这几个小羊羔子，就等于领了扶贫补助，再发扶贫款的时候，就会扣掉。这羊羔子一年两年的长不大，等长大了得喂多少饲料啊。这账谁都会算，还不如安然地领几个扶贫补助。

没有想到，白大勺竟然自告奋勇地接了这个烫手的山芋。其实是旗子爷让他接的，就这几只羊，让他们少领了几千块钱的贫困补助，他当时心里还非常地过意不去。这两年，他也没有怎么注意这个事情，因为几只羊羔子在旗子爷的精心照顾下，都长了起来，虽然，白大勺曾经杀着吃了几只，但毕竟还是留下了一只，就是旗子爷山上的那只。后来，乡里和县里也没有问过这件事情，他也没有放在心上。谁知道，这次县里要来验收了。

刘天亮说："我的白大书记呀，波尔奶羊怎么样了啊？"白二蛋当时就断片了，因为他的脑子里根本就没有什么波尔奶羊的概念。他说："什么波尔奶羊，你说什么呀？"刘天亮说："我大前年交给你的九个小羊羔子啊。"白二蛋说："它们呀，我问问，估计都没有活下来，我给你查查记录啊。"白二蛋从柜子里把自己的日记本拿出来。一页页地翻下来，总的来说，这几个小羊羔子，已经牺牲了八个。当然，这些死的都有记录和原因。刘天亮说："什么？就剩一个了！我的老天爷呀，你真能够造的呀，怎么就剩下一个了？"

白二蛋说："就一个了，不过，这每一个死的过程都有记录，而且是第一手资料。"刘天亮说："我的妈呀，你真行啊。"白二蛋说："刘书记，你别这么表扬我，这让我的心脏受不了啊，你说什么事吧。"刘天亮说："只要有一个我就好给人家交代了。你等着啊，哪儿都别去，一会儿县里和国家的技术人员要来看结果了。你千万哪儿都不要去啊。"

挂了电话，白二蛋马上给旗子爷打电话，让他无论如何也要看好那个奶羊。谁知道，旗子爷在电话里怒气冲天地说："昨天大勺上来了一趟，到晚上奶羊就不见了。你去看看，他是不是把羊弄走了？"白二蛋一听着急了："我的老娘啊，这小子是什么都敢吃的主儿呀。"白二蛋和白大勺的房子就隔着几条坎子，他从自己家里出来，着急地跳过墙，还没有走到白大勺的房子后面，就闻到了风里传来了一股股羊肉的香味。白二蛋当时就有点晕了，我的老天啊。

这几天，白大勺心里非常的愧疚，他们三个被村里没收了身份证，闹得骆山旺想走也走不了。自己无所谓，骆山旺耽误一天就几百块钱呢。骆山旺是鹰啊，他要飞呀。他几次去找二叔，想把骆山旺的身份证要出来，可是二叔总是不哼不哈地看着他，就是不松口。

赵四发这几天没有去镇上杀猪。他爹说了："你跟着山旺好好地学习，你看看人家，领着一个天仙一样的媳妇回来。你看你，在定州找个对象，到是找一个没有结婚的呀，你却找一个有男人有孩子的，你纯粹就是一个笨蛋。"他说："骆山旺，你给我们传传你的经验行不？"骆山旺说："这是你爹说的还是你想的？"赵四发嘿嘿地笑起来说："谁的都有。我爹说我就是一个笨蛋，你说我是不是笨蛋啊？"

骆山旺有点心情沉重地说："这事不怨你，我去了许多的地方，人家一个个像咱们这岁数，孩子都打酱油了。你看，咱们还都打着光棍，一句话，穷啊。不过，咱们骆驼湾刚从山西迁过来的时候，肯定是个好地方。要不咱们的先辈为什么在这里扎根，要都娶不上媳

妇，咱们村早就绝后了是吧。咱们村能够流传下来这么多年，肯定有咱们村的优点，肯定有着留存下来的理由。”

赵四发说：“从前一说咱们是革命老区，威风得不得了。我爹说，他们到天津去修海河，一说是晋察冀来的，老百姓可崇敬了，一个个地拉着他们往家里去。可现在，一说咱们这里，人家第一句话就是，老山老峪，穷地方。”

白大勺想借管工作队饭的时候，搞得丰盛一点，连他二叔白二蛋也叫来，趁此机会要出他们三个身份证来。他想让赵四发从家里拿点白面，可是，赵四发他爹说，就是有也不借给他，这小子就是好吃懒做。他借咱们家东西多了，什么时候还过。白大勺不高兴说：“四发，我借你家东西，我给记着账，我会还的。”

赵四发说：“大勺啊，你说这话可是亏心了，你借我们家的东西多了，你什么时候还过？”白大勺说：“你给我举例说明。“骆山旺说：“举什么例，你这尿性我还不知道。你小的时候，和四发争奶吃，你着急地咬着赵婶子的奶头不放，你就忘了吧。你还过吗？上小学的时候，你借过四发多少作业本子，你还过吗？”白大勺说：“我什么时候说过不还了。”骆山旺说：“大勺你什么时候都嘴硬，你这是砂锅里煮驴头，脑门子软，嘴帮子硬。你是镇上卖的南方的咸水鸭，浑身软嘴巴子硬。”

白大勺一气之下，老子谁都不用，把旗子爷的奶羊背下山来，一刀子捅了，一半肉卖给镇上的饭馆，一半自己下锅炖了，还买了烧饼、烧鸡、烧酒什么的。他把这一切都拾掇停当，刚要出门去请而二叔和张琟竑，就看到二叔走过来了。

白大勺对白二蛋说：“二叔，我正想去请你呢。你来了，我就省事了。”

白二蛋眯着眼睛说：“大勺啊，你是不是把羊宰了？”

白大勺说：“是宰了呀，工作队到我这吃饭，请你作陪，我给你们炖羊肉。”

白二蛋的眼睛一瞪，铃铛似地看着白大勺说：“你真把羊宰了？”

白大勺笑着说：“二叔，不宰你带毛吃呀。你放心，我在镇上学的手艺肯定错不了。”

白二蛋着急地指着他说：“大勺，你这是吃第几只羊了。”

白大勺扳着指头说：“第九只咋啦？”

白二蛋伸手给他一个耳光说：“我叫你咋啦，不咋啦，你他妈的真行啊，吃光搂净，一个子不剩啊。”

旗子爷也赶了进来，抡着拐杖先把灶上的锅砸了，又去打白大勺，他气愤地指责他：“你这个王八羔子，我怎么就修下你这么个混账啊！”

白大勺跳着脚躲着棍子：“爷爷你着什么急呀，这几只破羊早就该吃了。这两年，就因为这几只破羊，咱们少领了多少困难补助，少领了多少扶贫款。这工作队来了，怕什么，他们手里有的是钱，爷爷我是为你好。”

旗子爷顿着脚：“逆子啊，逆子啊。白二蛋呀，你给派出所打电话，送他进去得了。”白大勺在院子里跑圈，旗子爷在后面追着打。旗子爷这岁数打不着他，白大勺还故意地气旗子爷。唱着他自编的歌谣：“党是母亲我是孩，一头扎在娘的怀，咕咚咕咚喝奶水，打我骂我也不起来。”

旗子爷顿着拐杖：“二蛋，你去，给我把这个逆子打死！”

12

波尔奶羊事件让刘天亮和张琟竑都受到了处分。农业部科技司的人对此事非常重视，县里负责的副县长做了检查，农业局长为此引咎辞职。刘天亮是党内警告批评，因为张琟竑是骆驼湾第一书记，也背了一个通报批评。镇党委要求白二蛋做深刻检查，白二蛋却要求严厉地处分自己，也要引咎辞职。他把辞职信交给刘天亮的时候，刘天亮虽然骂得他非常难听，但是坚决不让他辞职。因为如果白二蛋撂了挑子，骆驼湾能够挑旗的就是旗子爷了，你不能够让一个七十岁的老人，担起这么重的担子吧。

刘天亮非常温和地笑着说："白二蛋，你退党吧，你写退党报告吧。"白二蛋跳起来说："刘书记，你骂我什么都行，这样骂不行！"刘天亮严肃地说："你知道这是骂你了，知道还故意装蛋！工作队都进村这些天了，你拿出一个方案了没有啊。告诉你，这次脱贫攻坚战是党中央下了死命令的，谁也别想支应。我和县委都是立了军令状的，2020年之前，必须全部脱贫。"

白二蛋这人，不能够表扬，必须骂，只要一挨骂，他的雄心壮志就马上出来了。其实，他也有自己的小算盘，他就是想着支应过去之后，村里依然吃国家贫困村照顾，这比干什么项目都保险，也不费力气。看样，现在是不可能了。

张琟竑不想让白二蛋一个人挨批评，也想分担责任。刘天亮说："琟竑，你别给他当挡箭牌。他这人我知道，他是一个响鼓，可是，响鼓必须用重锤敲打。"

白二蛋和张琟竑商量村里的第一个项目时，张琟竑提出来："关于大勺宰羊的 事件，其实，你有责任。"白二蛋说："琟竑，你这话说得我不愿意听，好像是我让他宰羊似的。"张琟竑和白大勺谈过话，知道他就是想让白二蛋把身份证还给骆山旺。白二蛋笑了笑说："你听他瞎说，这小子什么时候都能够找到他没有错误的证据，他宰羊还怨着我了。"张琟竑说："我看还是要还给他们好。"白二蛋说："这个事我处理。你知道，咱们马上就开始进行项目了。第一个是修路，第二个就是你说的养牛。这些事谁来办？你干还是我干？要打仗首先就要有兵不是。这俩小子还有四发，我早就看好了，我不把他们扣住，我到哪儿去找人去。你放心，这事将来有人追究起来，都是我的责任。我找他们谈话，不过你要配合一下。慈不掌兵，诸葛亮用兵都是用激将法。常言说，用将不如激将。"

张琟竑说："白支书，这是不是有点不光明正大？"白二蛋说："不

光明正大？咱们怎么不光明正大了，你不懂农村人的脾气，有些人属于捣蛋骡子，必须歪着上套。”正好，张所长来村里进行民情调查。白二蛋说：“你这些年也不进步，怎么还在龙泉镇上当所长。”张所长说：“你这是狗眼看人低，告诉你，我这是高职低配，因为你们这里重要啊。告诉你，我是副局长的待遇，你知道不。”

办完了所长的事，白二蛋就和他商量，想让他当一次假钟馗。就说：“上次抓张琟竑的事情，这案子还没有完，这案底还没有撤。”张所长说：“白二蛋，你个鳖孙啊，这要传出去，我是要挨处分的。”白二蛋说：“行了，行了，你干的违纪的事情还少啊。告诉你，你这次是配合我们脱贫攻坚战招兵买马的，这事只有你来办。”张所长只好听从他的安排。他们来到白大勺家，大门开着，里面没有人。白二蛋问了几个人才知道，他们去镇上劳务市场去了。

骆山旺和白大勺今天揽的活是给人家抬棺材。幸亏有了他们两个年轻人，一群花甲老人们抬着棺材上山，在山道转弯的地方，一个人的腿窝了一下。如果不是山旺用肩膀抗住棺材，这棺材和几个人非得掉下山崖去不可了。管事人千恩万谢地给他们两个敬酒。要不是这两个年轻人，今天这事就闹大了。

本来说好一个人一百块钱，管事的坚持多给他们一个人二百。骆山旺不多要，因为君子爱财取之有道。管事的说：“今天就是有道。”他给骆山旺端着酒说：“小伙子呀，今天如果棺材掉下去，再伤几个人，没有十万八万的解决不了。你们就是主家的救命恩人呀。”他让在场的人都把帽子和头巾摘下来。他说：“你看看，有一个黑头发的没有。”在一片白花花的老人中间，骆山旺和白大勺的一头黑发，如同青春的花朵一样，在太阳下面闪射着青春的光彩。

他们兴高采烈地走到村口的时候，白二蛋阴着脸在等着他们。他们一进村委会的屋门，张所长把手铐一拍，拿出询问记录来往桌上一放。问过了他们的姓名之后，让他们汇报最近这几天的行踪。他们两个互相补充说过之后，张所长让他们在上面按了手印，然后告诉他们，最近他们不能够外出，要有什么事情外出，必须经过村里同意。张所长说："骆山旺，你可是有前科的人。还有白大勺，你竟然把国家的科研项目的羊宰着吃，你这是犯罪，知道吗？"

张所长还要说什么，白二蛋进来，给张所长递烟说："张所长，张所长，他们两个，一个是我的外甥，一个是我的侄儿，咱们这么办，村里事村里办，以后，就交给我行不？"张所长说："行是行，但是，出了别的事情，你可是有连带关系的，知道吗？"白二蛋说："你放心，他们出了事我兜着。"张所长说："看在白支书的面子上，今天就不记入档案了，你们要听白支书的话，听到了没有。"他们两个异口同声地说："听到了。"张所长把手铐和询问记录收起来，让他们先回去。

白二蛋给骆山旺和白大勺下了死命令："你们两个，一个是我的外甥，一个是我的侄儿，我给你们把话说明了，最近，你们谁都别想离开村子。什么时候让你们走，我会把身份证还给你们。不过，只要我当支部书记，也不亏待你们，村里有了工程和用人的事情，我会第一个找你们。"

骆山旺说："二舅，我还得走，人家电梯公司打了好几次电话了。"白大勺也说："我这次跟着山旺哥走，出去见见世面。"

白二蛋说："这话别给我说，给张所长说去，谁让你做下这些事情来，我这是为你们好，别给脸不要脸。如果派出所给你们的用人单位打一个电话，看哪个单位敢用你们。你们不把屁股擦干净了，

就别想离开骆驼湾。告诉你们，你们是否能够擦干净，还得我说了算，还得我给你们出鉴定。山旺你是个明白人，我说的话，你听懂了没有啊？”骆山旺说：“二舅，我听懂了一半，还有一半没有听懂。”

白二蛋说：“行，听懂了一半就行了，还有一半回去慢慢琢磨吧。”

看着他们的背影，白二蛋悄悄地笑了。张琟竑说：“革命工作靠自觉，你这样硬把他们绑架起来，他们要不干怎么办？”白二蛋说：“别的我没有本事，管这两个小鸡崽子还是有办法的。”

话还没有说完，张所长过来说：“白支书啊，你真行啊，这次不要汽油了，怎么把我的摩托轱辘给摘了。”白二蛋懵了，这事儿，这事儿怎么说呢。一看果然，张所长的前轱辘被人摘了。白二蛋只好让他骑着自己的摩托走。张所长说：“白二蛋，你小子这是给我唱的哪一出啊。”白二蛋有点悻悻地笑着说：“这是给我上眼药哩，与你没有关系。”

村里有一股抵触情绪，都是对着扶贫款来的。以往这时候，扶贫款都下来了，今年却没有一点动静。白二蛋耳朵里也灌了不少闲话，有些人说：“白二蛋，你充什么能耐，你如果把村里这国家级贫困村给闹丢了，你就成为历史的罪人，这些村里的老家伙们能够活吃了你。”他知道，背后少不了老算子、村会计，还有花婶等人。他们这些天都在议论什么一百亿的事情。骆婶也问过他，她也担心自己把事情搞砸了。张琟竑还年轻，他指望不上，村里的事情，还要自己去趟平。

虽然他知道，他这样对待骆山旺非常不公平，但是，目前，他手下还真的少不了这几个年轻人。他悄悄地去找骆婶。白二蛋给骆婶说："大姐啊，咱们这个家族，是革命家族，有着红色的历史，过去打日本鬼子，打国民党反动派，咱们没有草鸡过，今天，咱们同样地要打仗了，还是攻坚战。我知道，拦下山旺，你心里不高兴，可是，到了危险关头，咱们的后代不上你说让谁上。你说是吧，大姐，我留下山旺就是想让他给我打先锋的。"

骆婶说："二蛋呀，你的心情我理解。你放心，你大姐也不是糊涂人。只要是党的事业，你说怎么办，我听你的就是了。"白二蛋说："大姐，我不要求你别的事情，你给我把山旺稳住，让他的心在骆驼湾停下来，你看行不？"

这是骆婶一生中遇到的最困难的任务。以往不管是修梯田，开水渠，还是进行荒山承包，在山上种树，她都没有感到过困难。可是，这个任务却让她的心情十分纠结。如果让山旺真的窝在村里，不走了，他这辈子的光棍就当成了。

白二蛋说："大姐啊，我也是非常困难啊。咱们党支部发出去了几十封信了，让外面的人回来，建设咱们骆驼湾，可是，没有人回信。咱们也知道，外面是什么样的世界，咱们家是什么样的条件，鸟虫儿都奔着旺处飞呀。不过，话说回来，入党的时候，我们都宣过誓。你说党下达了脱贫攻坚的命令，咱们不上谁上，咱们的孩子不打头阵谁打头阵。"

骆婶说："二蛋，你什么也不要说。你大姐夫为了骆驼湾，当了几十年干部，也寻找了几十年的道路。从学大寨开始，到后来的退田还林，他是为了在承包的荒山上种树累死的，这你都知道。只要是能够让咱们骆驼湾富裕起来，脱离贫困，你放心，我会让山旺跟着你干的。"

骆婶知道儿子的脾气，他这人和他爹一样，有什么事都在心里憋着，憋到一定程度就会爆炸。这爆炸有时候也会误伤了好人，也许就会把自己炸伤。她想找一个什么借口，给儿子说说，让他安心地在村里留下来。

骆山旺和白大勺前脚刚回到狗窝，白二蛋后脚就到了。他说："山旺，给你和大勺一个任务，找出是谁摘了张所长的摩托车轱辘。"白大勺说："二叔，我们可没有干，再说我们也没有作案时间啊。"

白二蛋说："勺啊，我知道你心里憋屈的慌，知道你在心里骂二叔。可是你看你办的事，哪一点让人省过心。这次是二叔求你们两个，把摩托轱辘给我找出来。"白大勺说："二叔，你也是村里领导，有白用人的吗？"

白二蛋说："给你脸就不是你了，不白用你，找到了我谢谢你行吧。"

骆山旺说："二舅，我肯定给你找到。这村里不就这些人吗，我一个个查人头，也会给你查出来的。"白二蛋说："大勺，你看人家山旺，你学着点行不，你该长大了。还有，工作队让各家各户报项目，你们想个项目出来。告诉你们，习总书记说了，没有人直接给你荣华富贵，只会给你一个发展的平台，明白吗？这次脱贫就是这个方针，机会是给有准备的人的，你们都不傻，机会现在就在你们面前，就看你们怎么掌握吧。只要发展起来，娶媳妇还不是小事？漂亮女孩站着队让你们挑，就看你有没有这个本事了。"

白二蛋的话让骆山旺的心里一震，这些天他走不了，就是因为白二蛋扣着他的身份证。如果白二蛋不是他二舅的话，换成别人，说不定早就打个头破血流了。不过关于项目的事情，他也有考虑，

他想实在走不了的话，就养牛。因为他去后山给人抬棺材的时候，看到那里人家养着牛，一头牛一年下一个牛犊，也能够卖个五六千块钱，如果养几十头牛，一年下来，就能够挣个二十来万块钱，算起来比外出也不孬了。他在那天吃晚饭的时候，还悄悄地问了一下母亲。

骆山旺问："妈，你说咱们这里养牛行吗？"

骆婶说："不行，鼓捣毛毛虫，十个九个穷。"

骆山旺说："我看人家后山里人家，养的牛可好呢。要不咱们买几头牛？"

骆婶说："你别琢磨我手里的几个小钱，这是留着给你定媳妇的。"

骆山旺笑起来说："妈，你真小气。"

骆婶认真地说："别给我说牛，你要是说媳妇，你看我大方不大方。"

骆山旺踏着薄暮的夜色，走进自己家里。锅里热着玉米面饼子，下面是热汤，上面是咸菜。他叫了几声妈，没有人答应，就自己吃起来。外面的门一响，有人进来，听脚步声不是母亲，进来的是顾春杏。他站起身来说："来啦。"

顾春杏没有想到他会一个人在家。她有点头晕，虽然这些天，她和他近在咫尺却又远在天涯，应了那句老歌谣："见个面面容易，拉话话难。"猛然一见面，她和他都不知道说什么好了。

骆山旺还是先说话了，问："这些年，你过得好吗？"

顾春杏低着头，脸上的红色不知道是灯光照的还是红晕。她猛地抬起头来，眼睛里满是泪水，声音虽然很低，但是，每一个字都非

常清楚。她说：“我能够在骆驼湾活下去，就是为了在这里能够看到你。看不到你的人，也能够看到你家的房子，看到你的母亲和你的家人。可是你一走就不回来。”顾春杏的眼睛里喷着火说：“你就这么仇恨生你养你的骆驼湾吗？”

骆山旺的心被她的热情击中了，有些辣辣的疼痛。在外面的女人们，他也经历过，但是没有她这么的火辣和具有冲击力。但是，他什么话都说不出来，他不知道该怎么回答她的话。他张着嘴，忘了把嘴里的饼子咽下去。他被这个经历过生活磨砺，变得这么硬朗，说出话来像大山上的石头一样的女人震惊了。

顾春杏咬着嘴唇说：“留下吧，这里需要你。”还没有等骆山旺回答她的话，她就像一阵风一样地走了，只剩下骆山旺呆呆地立在那里。

13

顾春杏是来找张璀竑的。说到改变骆驼湾的贫穷面貌，没有比顾春杏更迫切的了。如果说五年前，她和骆山旺的北京之行，只是一种的青春期的叛逆的话，那么，这个来到面前的大变革，就像一轮红日，照亮了她现在灰暗的生活。自从屈服父亲，嫁到骆驼湾，她就是一个让生活抛弃了的女人。多少个日出日落的早晨和黄昏，她对着辽台背高高的山峰，对着山上郁郁苍苍的山石和树木，甚至对着贫旧的山村，一遍遍地追问苍天，难道，她来到这个世界上，就是要用这样贫瘠的生活和屈辱的情感来磨损她逐步走向苍老的青春吗？

她对这个大变革有着非常热烈的向往。她知道，一个热火朝天

的时代正在向她招手。如果不是这个时代的到来，她也许会一辈子淹没在这深山里。如果不变革，她已经看到了自己的未来。十几年之后，她也会像骆婶一样，日日夜夜为儿子找媳妇忧心，为儿子当光棍凄惶，为儿子的埋怨委屈、屈辱蒙羞痛苦不已。她不能够失去这个机遇，这是个能够让自己看到光明和前程的机遇，是能够改变自己和后代的最佳时机。

骆驼湾的人们对待这个大变革的态度，和她不一样。他们已经习惯过这样的日子，已经不想再有什么变动了。吃低保，吃照顾，已经让他们麻木了。虽然他们的生活保持在一个非常低的水平，但是他们也不想失去虽然不多但是能够维持他们低层次的生活贫困补贴。

老算子虽然没有吃着低保，但是，按照人头每年给国家级贫困村的照顾款，也是一笔不小的收入。他这些天也在忙碌着，忙碌着串通人们，就是想保持现在的状况不变，让国家永远地养着他们。这样虽然吃不太饱，但也不至于吃不上。

他们已经在花婶家悄悄地聚会几次了，今天晚上他们又去了。顾春杏从儿子乐乐的嘴里知道，他们准备围攻张璀竤，让她答应马上给人们发扶贫款。老算子说，不给就去上访，不行就去北京。顾春杏怕张璀竤吃了亏，也怕她一时不小心，答应了他们的要求。

但是，顾春杏不知道，张璀竤今天没有回来，她回保定去了，正在为村里的发展日夜奔忙。她现在已经从一个出了学校门就进机关门的两门干部，变成了骆驼湾的一个成员，已经学会了用骆驼湾的眼睛看世界了。因为通村公路的图纸设计，已经进入最后阶段，她要按图纸造预算，然后落实资金。

白二蛋想让人陪她去，她没同意。她表示，村里的事情这么多，这些事情她一个人就办了。看着白二蛋疑惑的眼神，她说："你不信是吧，告诉你，有时候，事实是最好的雄辩，你等着看事实吧。"

顾春杏去找白二蛋，可是，他也没有在家。村里的这两个支柱都不在，现在，就剩她一个人了，她不知道该怎么去制止他们聚会。她给白二蛋发了一个短信，告诉他，有些人正在悄悄联络，准备围攻工作队员，可是白二蛋却没有给她回短信。

春风肆虐的晚上，山头的弯月被云遮住，顾春杏第一次感到心里这么的慌乱。突然她看到了一个身影走过来了，走的是那么的沉稳和坚实。骆婶，她的心上突然地涌上一股热流。骆婶也看到了顾春杏，说："杏啊，你这是要干吗去啊？"顾春杏着急地说："大姑，他们正在花婶家聚会商量事呢。"

骆婶抓住顾春杏的手，感到她的手非常凉，不由地一摸她的身上，只穿着一件薄薄的毛衣，就说："春寒，你怎么不多穿一件衣裳啊。"顾春杏着急地说："我怕他们这些人把琟竑给赶走了。"

骆婶笑了说："你放心，这帮子鳖孙们，成不了什么气候。被子里的跳蚤，蹦跶不了多高。没有想到，你这孩子还有这心思。你是怕工作队走了，这担心是对的，不过这事情还真没有你说的那么严重。就你老公公那个灰样，他闹不起来。不过不怕狗咬，咱们也得拿起个打狗的棍子是吧。还有，我看好琟竑这闺女，她没有咱们想的那么弱气。我总觉得这闺女和别人不一样。她身上一股子咱们山里人的脾气，没有什么困难，能够阻挡地住她。"

骆驼湾早春的晚上，天还是有点凉。看着顾春杏消瘦的肩膀，骆婶不由自主地把她揽在身边。骆婶的心里也有点凄凉，如果这闺

女当时跟了山旺，该多好啊。她不由得心里一颤。脚下还是高低不平的石头路，身边还是多少年前就有的石头垒的街墙。时光飞逝，骆婶当年嫁给山旺爸的时候，浑身的志向高远。她也是初中毕业，当时就敢教日月换新天，一转眼就老了，成为天天为娶儿媳妇发愁的乡下女人。顾春杏靠在骆婶身上，有着一种说不出的靠实感。她觉得她身边的骆婶就是骆山旺，这样她就觉得离骆山旺近了点。

两个各怀心事的女人，一路做伴又回到骆婶家的门口。骆婶说："到家里坐坐吧，你说的事，有大姑一个人就挡住了。杏啊，你放心，他们这帮子鳖孙，赶不走琟竑闺女。杏啊，我知道你的心事，你把自己将来的念想都放在了琟竑身上。不光是你，大姑也是这样的。这次，真的成功了，山旺就不会打光棍了。"

顾春杏的心提到嗓子眼上："大姑，怕这次又是一场戏呢？"

骆婶说："这还不敢说呀，唱好了是戏，唱不好，又是腌臜又是气呀。大姑比你还难，二蛋是铁了心地要把山旺留在村里，可是大姑拿不定主意呢。"

顾春杏心里一震。骆婶叹了一口气说："我也难呀，不让孩子走，怕他腌在这穷山村里。让他走吧，可这打仗不得有兵吗。没有兵，二蛋这当书记的也难。你大姑父当年咬了牙，不戴这顶贫困村的帽子，为什么，就是怕别的村的人看不起，怕孩子们娶媳妇遭难。现在，你看到了，自打你嫁过来，办了喜事，这村里就没有娶过媳妇。这仗啊打也艰难，搬倒穷山容易，搬倒人们心上的穷山，不容易啊。不过，有了习总书记的领导，咱们这次肯定会成功的。"

她拍拍顾春杏的肩膀，看着顾春杏从坡道上往自己家门口走去。她走得非常迟疑，走得非常艰难。五年前，作为接新人的女客，她就是看着顾春杏这样走进刘家的大门的。那天，她从心里能够感受到一个小女孩凄凉和绝望的心境。她那天看着这个水葱一样的女孩走进老算子家的大门，骆婶的心里升腾着一股酸酸的妒意，如果这个闺女是自己的儿媳妇，该是多么好的事情啊。

骆婶听到乐乐喊“妈妈”的声音，她的眼睛里突然有泪水流出来。她擦了一把，可是泪还是涌了出来。如果，这次脱贫攻坚战不打赢，再过十几年，顾春杏是不是也会像自己现在这样，天天为儿子的媳妇发愁，天天晚上睡不着觉？

她这晚上也去了几家，就是想听听人们怎么说。在顾春杏面前，她故意装出不在意的态度，是怕顾春杏心里担忧。她已经感到了老算子他们这股风正在背地里慢慢地凝聚。一方面，骆婶心里想让他们闹出点事来，这样儿子走得就不心愧了。

但另一方面，在她的内心深处，她还是期望骆驼湾能够成功地实现脱贫。因为不管什么人，都不能阻挡住脱贫攻坚战的脚步，这是她心里认准了的事情。这也许也是大部分骆驼湾人们心中的向往。丈夫曾经多次说过，最后一升米交军粮，最后一尺布做军装，最后一个棉被盖在伤员身上，最后一个儿郎送到战场上，这是咱们阜平人的性格。骆婶觉得自己非常的有力量，非常的坚强，她也想铁了心肠让儿子留下来，让他跟着白二蛋，把这场攻坚战打胜，实现丈夫几十年都没有实现的愿望，走上富裕路，为儿子娶上媳妇。可是她真的拿不定主意。

早两天，花婶就来找过她。那天，她正在地里种土豆，花婶从山路上过来，老远地看到她就说：“山旺妈，你可是老村干部家属，这扶贫款老不下来，有些贫困户可是断粮了啊。她们让我们这些贫困户

代表找工作队,你去不去?"

骆婶说:"谁这么睁着眼睛说瞎话呀,这年头还有断粮户,胡说八道。"

花婶说:"人家说断就算是断了呗,还不是想找村里要扶贫款吗。往年这时候早就下来了,今年人们心里可都上下忽悠着哩,就怕把这个贫困村的帽子给摘了。"

骆婶说:"你没有听说,今年不发现金,要上项目啊。"

花婶说:"咱们这都什么岁数了,村里也没有年轻人,上什么项目啊,还不是干部带红花,老百姓吃补差吗。我们也合计好了,无论如何,也不能够把咱们这个国家级贫困村的牌子给摘了。你是老干部家属,你应该给我们困难户出头啊。"

骆婶头也不抬地笑着说:"花婶啊,你这跳大神的也是困难户吗?你哪天不收入个百儿八十的呀。"

花婶着急地说:"他骆婶啊,你这话可就冤枉人了。你找我的时候,我要过你的钱吗?我怎么就不是困难户了,给你说吧,我比谁都困难。"

骆婶说:"你困难,可我不困难啊,我儿子在外面挣着钱呢。这个头,我不出,也劝你们别去出。这次和以往不一样,这次上面是铁了心地要让咱们脱贫。这习总书记刚当选就来咱们这里了,有这样的领袖,咱们怕什么呀。"

花婶神秘地说:"我已经打探到了,这次的项目款是一百个亿。为什么工作队和村里的干部都挨家挨户地调查,都立上名号,这不是明摆着的吗。这钱是肯定有的,只要咱们大伙齐心了,她敢说不给吗?山旺妈,大伙可都等着你出头哩。要是一个人领十万块钱回

来了，你给山旺娶媳妇，不就有指望了吗。我给你说的那个后山的闺女，人家张口就要二十万呢。”

骆婶思忖着，看着辽台山上郁郁葱葱的树林子，说：“也行，这倒是可以问问。”花婶喜出望外地说：“那我们就把你算上一个代表了。”

想到这里，骆婶的心里一阵慌乱。她没有进门，转身坐在自己家的门楼下，她想好好地捋一捋思绪。

白二蛋在骆驼湾算是一个裸官，老伴在县城给儿子看娃娃，儿子媳妇都在天津塘沽保税区打工。这个从他爹那辈就建起来的小院里就他一个人。一个人的饭好做，他在灶火里塞上几块木柴，让小火慢慢地烧着。他这早饭非常简单，一锅玉米面炖山药蛋。他把去年秋天晾的干白菜，也放在锅里煮了。其实，孩子们给他送来了一袋白面，还有一袋大米。儿子怕他嫌贵，特意给他买了一个二手冰箱，那里面有从阜平城里带来的新鲜蔬菜：黄瓜、西红柿、小西葫芦。从正月里开始就放下了，到现在他还没有吃过。吃这些山里的饭食惯了，真吃不惯顿顿炒菜，三个盘子五个碗的麻烦。

骆驼湾的早晨，非常的安静。只有几个公鸡在柴垛上叫唤，下蛋的母鸡也在咯咯地叫，偶尔还能够听到谁家的电视机放的大音量，正是中央电视台的《朝闻天下》在播出的声音。

白二蛋在院里的小石桌上摊开上级的文件，他每天都是在这个时候，把上面的指示精神和村里的情况结合着琢磨。以往，他没有这么复杂，只是把每家的扶贫款发下去。只要发的数目没有出差错，他就没有什么重要的事情了。如果没有额外的奢求，如果没有过分的希望，这个小山村里没有雾霾，没有污染，没有尔虞我诈，没有刑

事案件，真可以称得上是世外桃源了。

他已经平静地在这个地方消磨了十年的时光。他本来的想法是再干上五年，然后找一个比自己岁数小的人接班，自己就去阜平县城，享受人生的最后时光了。

骆山旺进来的时候，看到白二蛋正蹲在地上对着张所长的摩托车吸烟。这个缺了前车轱辘的摩托车，就像一个没有前腿的马一样，半卧在地上。

骆山旺进来蹲下说："二舅找我？"

白二蛋站起身说："找你，怎么，我就不能够找你了。知道你对二舅有意见，心里不满意，今天就是想找你说说这事的，你有什么心里话，就直接给二舅说。"

骆山旺看着南边辽台背上的云彩说："二舅，我就是想走，我不能在这山沟里等着当光棍。"

白二蛋眼睛不离摩托车，问："你说这摩托车缺了轱辘能走吗？"

骆山旺说："二舅，你放心，我今天给你把这个轱辘找回来。怎么摘下来的，让他怎么给你按上。但是有一句话，我把车轱辘找回来，你把身份证还给我。"

白二蛋笑笑说："咱们先不谈你的事，我就不明白，这车轱辘要卸下来，没有工具不行，你说是这么回事吧？我想想，这村里谁会有这样的工具？我想了半天，只有两个人有，一个是你家有，一个就是四发家有。你没有时间干这个事，因为当时你和大勺在接受张所长的询问。再有一个就是四发，四发他爹是个树叶掉下都怕砸脑袋的人，四发也不会干这事吧。我看，就是你这个混蛋才会干这事。"

骆山旺说："二舅，我是混蛋，可是再混也不会干这种低级的勾当。我们来的时候，摩托车还有前轱辘，我们走的时候就没有了。张所长怎么不就地破案？"

白二蛋不能说张所长是他叫来的，他来村里是私人之间帮忙的，这也不算是公干。他说："什么张所长，什么就地破案，咱们村可是治安模范村，从来就没有发生过偷盗案件。我给你明说，这不是盗窃案。不是盗窃案，张所长就不能够参与进来。"

骆山旺说："既然不是盗窃案，这算什么案件？"

白二蛋说："这还用说吗，这是给我的眼睛里插棒槌，是给我好看。行了，你也别问了，没有吃饭就在我这吃，叫你来是让你把我屋里的冰箱搬到你家去。"

骆山旺急忙说："二舅，这不行，这不行，我要用我买。"

白二蛋哼一声说："谁说让你用，琟竤不是在你家住着吗，让她用。"

他俩只顾说话，灶上的锅里飘出一股糊锅的味道。白二蛋急忙撤火、端锅，一锅菜拿糕糊了半边。

白二蛋拿出两个黑陶大碗，说："你还没有吃吧，你使个大碗吧。"他说这话的时候，骆山旺笑起来，因为他在外地听普通话惯了，白二蛋的山里话听起来，就成为你是个大王八。

骆山旺正要推脱，忽然顾春杏风风火火地跑进来。张琟竤刚刚进村，就让一群老娘儿们给围住了，要她给村里放扶贫款。白二蛋好像没有听见一样的，只顾端着碗吃得呼噜响。顾春杏着急地说："白支书，怎么办呀，怎么办呀。"白二蛋慢腾腾地说："催命还不催食呢，如果琟竤出了什么事，你不用怕担责任。"骆山旺把碗放下，看着顾春杏。顾春杏过来把白二蛋的饭碗一夺说："你还有心思吃饭。"

白二蛋无可奈何地说：“这群鳖孙，连饭也不让人吃啊。”他对骆山旺说：“你赶紧地去找轱辘，找到了给我说一下，鳖孙们，走。”他一边走还一边教训顾春杏：“你也是村干部，怎么不制止她们。”顾春杏委屈地说：“她们不听。”白二蛋大声说：“这帮老鳖孙，还想成精啊。”

14

当张琟竑满怀兴奋地从镇上返回村里时，就看到一群老弱残疾的女人们，坐在村口的大石头下面。她刚把摩托车熄灭了火，还没来得及和她们打招呼，就被她们围了起来。张琟竑认识花婶，她笑嘻嘻地问花婶："你们这是干吗，要学习跳广场舞啊。"

花婶紧绷的脸被张琟竑的笑容稀释了，她努力地笑笑，但是马上就把眼睛一紧说："我的活菩萨啊，你可回来了，你再不回来，我们就想死了啊。"

她这夸张的语调和声音，让跟在她身后的女人们都笑了起来。张琟竑说："花婶，你有什么问题就说吧。"花婶看看身后的人们，这些女人们虽然在背地里都挺仗义的，但是真的面对着张琟竑的时

候，又都退缩了。花婶看谁，谁就悄悄地低下头或者扭了脸，这让花婶很不高兴。而且看到大伙都这样，她自己也想退缩。这时候她看到了老算子鼓励的眼神，还悄悄地给她比划了一个十的手势，花婶的心气壮了起来。她使劲地咳嗽了一声说："张队长，我们就是来问问，这扶贫款什么时候发？"老算子猫在人群里也大声说："对，什么时候发？听说，一个人十万哩。"

大家附和地大声说："是呀，什么时候发呀？你可是快发吧。"

张琟竑耐心地向大家解释："乡亲们，这十万块钱只是个立项的基数，根据咱们村的人口来立项的。我们必须要有项目，没有项目，这钱下不来呀。"

老算盘说："是呀，没有项目你们就不好吃回扣吧。有了项目，针尖大的项目说成大笸箩，你们好揣自己的腰包啊。"花婶接着他的话说："听说大官们都有钱，听说他们都是花的扶贫款。他们都是搂着下一代，想着下下代。幸亏咱们骆驼湾来的是女领导啊，这让我们都放心了。"

这群女人们都笑起来，笑得很开心。其实，她们都是来跟着起哄的。她们都是村里的低保户，就怕这村里脱了贫困帽子，她们的低保钱就没有了。花婶也最清楚低保户的好处。她的女儿在县城里超市当服务员，她的外孙女上幼儿园都不收费。只要还是贫困户，她上到大学都不需要交学费。

张琟竑说："我知道你们不理解。不过，你们放心，我用党性保证，这扶贫资金全部用在项目上。大伙说说，谁有什么好项目？"

老算盘从人群外面探出头来说："我说姑娘啊，咱们这骆驼湾呀，山高水寒，道路崎岖，什么项目都落不下来呀。你呀，也别遭这个难了是吧。该发的钱发了，你该干什么就干什么去，别耽误了你的前程啊。我觉得你最好和上级说说我们大伙的意见。”

他这一说，人们就像蜂群一样，嗡嗡地响起来，大伙都说，谁也听不到谁说什么。就在人们围着张琟竑纷纷攘攘地叫喊时，谁也没有看到，不知道什么时候，白二蛋已经悄悄地站在街旁的高台上，正在默默地拿出一支香烟，点着，很响亮地咳嗽一声，吐出一口痰，又响亮地咳嗽了一声。这次没有吐痰，而且是非常响亮地打了个喷嚏，然后，把手机拿出来，冲着人群开始照相。他这一照，人们就像一群麻雀看到鹰似的，都开始躲避起来。

张琟竑正陷在人群的漩涡里不能够自拔，感觉好像是发了洪水一样地飘在人们的吵闹声中。就在她感到无能为力的时候，突然，这周围的人们安静了下来，好像是谁把电视调到了静音，刚才非常热烈的场面突然凉了下来。

人群里的老算子低下头想缩出人群，但是，他看到的是刚刚赶到的骆婶。她身边也有一群老娘儿们，都在怒视着他。花婶高高地昂着头，一幅不在乎的样子，但当她看到骆婶的时候，高昂的头低了下去，有些羞愧地把眼睛转开，把嘴紧紧地抿上了。这时候，人们都突然地不发声了，自动地给张琟竑让开路。

白二蛋却似乎没有看够似地对人们说：“别散了啊，有什么要求提呀，都提，都提，谁还没有说话，现在说啊。”他走下台阶，走到人们跟前，对着老算子说：“算子哥，你这是唱红色娘子军啊。她们都是女兵，你是指导员是吧。”

老算子说：“二蛋兄弟，你看你这话说的，好像我鼓动大伙了。”

白二蛋说：“我没说你鼓动。不过，你这大老爷们，你说你怎么

和老娘儿们掺和起来了，这话好说不好听啊。你可是单身啊，如果有人说你有什么企图的话，让春杏知道了，你还有脸待家里吗？”

老算子一眼看到顾春杏正在人群外面看着自己，眼睛里有一团火，就一下低下头来，急忙地往人群外面钻。花婶却抓住他不放地说：“老算盘，这事可是你鼓动的。你这时候想走？不行。”

老算子哀求地说：“我的花嫂子啊，你就饶了我吧。”

看着他这样的狼狈，顾春杏的眼里气愤地溢出泪花。她接过张珆竑的摩托车说：“真是丢人啊，还让不让人出门了！”

白二蛋也过来说：“珆竑还没有吃饭吧，到我哪儿吃去。这帮鳖孙，连饭也不让吃安生。你怎么这么早就赶回来了，打个电话，我去接你。”张珆竑说：“一个保定的慈善协会，募捐了一批白面大米和衣服，人家想早早过来。我这是来打个前站，到了镇上，借了刘书记的摩托就过来了。”

他们说着走回白二蛋的小院里，锅里的饭早就让几只鸡给吃上了。一只大公鸡一边吃一边叫，院墙上还有几只母鸡，探头探脑地想过来。白二蛋大笑着说：“你看你看，这帮家伙，来吃大户了。珆竑快说说，办得怎么样了啊。”

张珆竑拿出设计图和方案说：“都说好了，资金也落实了。”白二蛋说：“马上开会，研究布置工作。”张珆竑说：“你早饭都没有吃呢。”

白二蛋一甩胳膊：“吃什么饭！这完成了任务，比吃饭还高兴。”他从锅里捞出几个山药蛋，急忙地往嘴里塞着，说：“走走，到村委会去。”

顾春杏虽然人在会场，但是，她的心里好像塞满了羊毛一样，扎呼呼的难受。省了盐坏了酱，省着柴火睡凉炕，冰得孩子拉稀尿，合算合算是一样。前天刚擦黑的时候，东下关的三秃子来了。这个三秃子谁都知道。他曾经带着一伙人，在龙泉关省道路段上，公开地抢劫来往的货车，被判了六年刑。

三秃子进来的时候，老算盘正在喂猪呢。他从猪圈前站起来说："你找谁呀？"三秃子看到老算盘就说："你是刘根儿的什么人呀。"

老算盘说："你是干什么的，你找刘根儿干什么？"三秃子把胳膊一撸，露出上面刺着的蛇头说："这是刘根儿的老婆家吧，你是他什么人？"

老算盘说："我是他爹。你要干吗呀？"三秃子说："我要干吗，和你说不着，我找他老婆。"顾春杏闻声从屋里出来说："你来找他老婆干吗？"

三秃子嘿嘿一笑说："高山出俊鸟啊，没想到刘根儿个鳖孙，还有这么漂亮的老婆。你问我是干什么的，我也明人不做暗事，我们是来要账的。"

老算盘一惊说："要账，要什么账啊？"

三秃子拿出借条来说："刘根儿欠我们老板的赌账，看好了，这是刘根儿写的，三万块钱的借条，欠债还钱。"

顾春杏一听，伸手要借条："我看看。"三秃子把手往回一收说："你看，拿钱来再看。"

顾春杏气愤地说："他已经三年多不回来了，他欠没欠账，我们不知道，我们一分钱都没有花他的，我凭什么还钱？"

三秃子说："凭什么，不想还是吧，那你看看这个，这个孩子是刘根儿的吧？"

三秃子拿出一张照片来，这是在龙泉关幼儿园前照的，一群跑着的孩子，顾春杏的儿子乐乐跑在最前面。三秃子说：“这是你们的儿子乐乐吧，你们不想让他出点什么事儿吧。比方说，你的儿子突然地从教学楼上掉下来，或者说突然地在回家的路上失脚掉下山崖去。”

顾春杏害怕的瞪大眼睛说：“你们，这是……”

三秃子拍拍她的肩膀说：“你别害怕，这事不是还没有发生吗。”顾春杏气愤地说：“你们这是讹诈，是讹人，你们给我滚。”

三秃子从腰里拿出一把水果刀说：“你说我讹你，给你这个，哪儿好插就插哪儿。”顾春杏伸手就要接他的刀子，老算盘急忙地拦住她，软弱地说：“爷们，爷们，都是吃江湖饭的，这事咱们好好商量行不行。你们，你们……千万不要伤害乐乐，咱们可以商量。”

顾春杏说：“不行，我不认这个账。”老算盘着急地说：“我没有让你认，我认行不行。”他对三秃子说：“这账我们认，我们认行不？不过，这钱当下是没有，不过，我们会慢慢地还你的。”顾春杏还想说什么，老算子却着急地拦住她说：“去，女人们少管男人的事情。”顾春杏负气地进了屋子，老算子和三秃子怎么说的，她也不清楚了。一会儿，老算子进来说：“杏啊，这事啊，与你没有关系，这事有我挡着。”

顾春杏说：“你挡着不还人家钱啊，你这是怎么了，刘根儿到底干什么了，你说清楚啊。”老算子哭了起来说：“杏啊，这话我不该说呀，当初娶你的十万彩礼钱，有刘根儿借的三万块。我这一辈子怎么就修下个不争气的鳖羔子啊。”这夜里，老算子不睡觉，在他的屋里面不住地来回鼓捣。顾春杏让乐乐去看爷爷在干什么。乐乐回来说:“爷爷说,你带着我走,他找农药哩。”

顾春杏把老算盘的房门一开说:“爹,你这是干什来,你喝什么农药啊。”

老算子说:“杏啊,只要你不走,只要乐乐守在我身边,我就是再难也要想法过这个火焰山。你答应我,不管出现什么事情,你都不要带着乐乐走啊。我就怕你带着我的孙子,再跟了骆山旺去。”

顾春杏气愤地指着老算盘说不出话来,但是一股眼泪却涌了出来。她本来想一走了之,但是想到是自己给这个家庭造成的困难,而且看到老算子孤苦无依,她的心就软了下来。老算子看到春杏阴沉的脸色和颜悦色地说:“只要这次村里真把扶贫款给了,咱们还怕还不起这三万块钱。”

顾春杏捂着脸哭起来,转身走出去。老算盘在她身后搂住乐乐说:“孙子,你答应爷爷,不跟着你妈妈走,去叫别人爸爸。你爸刘根儿还没死呢!”

现在,顾春杏的心里非常地矛盾,她希望张琟竑这次能够让这个贫困村脱贫致富,她和自己的儿子就有了幸福的明天,但是,她也想让张琟竑实现不了脱贫目标,现在就把钱分到村民手里。哪怕,老算子把钱还了三秃子也行,只要他们不伤害乐乐。想到这里,她的心紧紧地颤了一下。就算是还了欠款,她还不是和以前一样吗。她的心里又想让这次脱贫攻坚战打胜了,如果打胜了,她就不会重走骆婶的旧路了。她虽然精神上走私了,但是当白二蛋说到骆山旺的时候,她惊醒了。骆山旺能够留在骆驼湾吗?

15

骆山旺一进白大勺的家，就闻到一股酒味。他急步地进到屋里，还闻到一股腐烂的羊肉味，白大勺在就着放了几天的羊骨头喝酒。白大勺看到骆山旺眼睛一翻说："哥，你喝一口。"骆山旺说："怎么又有了酒钱了。是不是又把人家送的衣服贱处理了?"白大勺说："怎么叫贱处理了，这是易货换货。你看，给了一件呢子大衣。你说我是穿这个的人吗。唉！一个贫困户，家里穷得饿死老鼠，还穿着一件呢子大衣，这还不让人家骂咱个灰样吗。你说这捐献的鳖孙，真不长眼。你捐献什么不好，捐献呢子大衣。"

骆山旺说："捐献二锅头最好，还要带着牛肉罐头，最好连酒杯都捐出来，要不咱们还得用大碗喝。"白大勺嘿嘿一乐："你说得真

对。你还没吃饭吧,先喝一杯吧。”

骆山旺把桌子一拍说:“白大勺,你过得还挺滋润的,是吧?”

白大勺嘿嘿笑着说:“你这就不懂什么是幸福生活了是吧,小酒一喝,炕头一仰,胜似乡长,半个皇上。”骆山旺说:“你就没有个上进心,这些年,你天天就这么过,有意思吗?你就没有想过,换换方式。”

白大勺说:“哥,这隔三差五的有人送东西,有人送钱,你说我还上进什么呀。再说了上进的目的是干嘛,还不是喝个小酒,炕上一仰,是吧。”骆山旺上去扇了他一个耳光,把碗都打到地上。白大勺恼怒地说:“骆山旺,你鳖孙的,看你个灰样,你上进了还不是打光棍,你奋斗了现在还不是在骆驼湾猫着。你给我当个县长,当个大官的让我看看。你上学的时候,是前三名。你出门打工,你挣得多,你行,我不行。可是,就咱们这个破骆驼湾,你让我干什么。不信你给我一个岗位,让我当个团长什么的,你看我干的了干不了。还有我二叔,天天教导我,他当这个书记十年了,五年咱们村就没有娶过媳妇。你以为我愿意呀,可是,我不是没有地方去吗,我不是没有舞台吗。你今天发这么大的火儿,山旺哥,怎么了?”

骆山旺说:“你说怎么了?把摩托车轱辘送回去。”

白大勺说:“哥,你这就找错人了,咱们俩可是没有作案机会呀。”骆山旺说:“你小子,拿过手机来,我看看。”白大勺说:“我手机丢了。”

骆山旺气愤地说:“你呀?真有你的,你说都多大岁数了,还玩小孩过家家的事情。去给我打电话,让四发赶紧过来。你给他发短信,让他到我家拿的工具,你以为我傻呀。你的手指头一动,我就知

道你要干什么。”

白大勺说：“山旺哥，我二叔不让咱走，我就天天给他们上眼药。我还想给他捅个大窟窿，看他让不让咱们走。”

骆山旺转身要走，又转回来说：“走，走，这家，我们祖祖辈辈的家，就不要了？”

大勺怔怔地看着骆山旺，端着酒杯的手颤抖着说：“山旺哥，你这是怎么了，你山下的媳妇不要了，你在北京的工作也不要了？我还想跟着你去大城市享福哩，你怎么想留在村里当光棍啊。”骆山旺一怔，拍拍额头：“是呀，我们不走出去，就只有当光棍这一条路了呀。”

白大勺将碗里的酒一饮而尽说：“你说吧，我二叔如果不给咱们身份证，怎么办？”

骆山旺说：“大勺，给我也倒上一碗酒。”白大勺惊讶地看着他说：“哥，你没有事吧。”骆山旺说：“让你倒你就倒，是不是没有酒了。”白大勺说：“看我哥说的，怎么就会没有酒了啊。”

一碗酒下肚，骆山旺感到浑身的血都动了起来。昨天下午，他替母亲去山上的地里挖地，准备种山药蛋。顾春杏也挑着担子上山来，看到骆山旺在挖地，走过来。骆山旺正低头挖地，看到一个人过来，抬头见是顾春杏愣了一下。他和她这些年都没有单独相处的机会，他先四下地看了看，怕有人看见说闲话。顾春杏就直直地看着他，眼睛里有许多话，但是嘴却不知道该怎么张开。积攒了五年的话太多了，她在心里也不知道说了多少遍了，但是真的这么面对面的时候，只觉得胸膛里涌动着春潮，酸甜苦辣就像黄河里的水一样，翻上翻下，不知不觉就有泪水流下来了。

骆山旺觉得有点不自在，看着辽台背上的云彩，他的外套就挂在地头的小树上。他把铁锹一插，就往地头走。顾春杏叫住他，气愤地说："骆山旺，你以为一个活寡妇的生活，好过吗？"

骆山旺这次真的愣住了，他不知道为什么顾春杏突然说出这句话来。这些天他看到的是一个风风火火的顾春杏，看到的是一个富裕家庭里快乐的儿媳妇，看到的是一个尽心尽意地为村民办事的妇女主任。她什么都不提，突然地说出这句话来，什么意思啊，难道她和刘根儿之间，发生了什么事情，不会吧？

顾春杏看到骆山旺犹豫的脸色，知道他心里还在乎自己。她知道，今天这机会是天赐良机，她的话怎么也要说出口，扳倒葫芦洒了油，她豁出去了。她好像是在对着大山一样低低地喊叫着："骆山旺，你不要忘了，是谁把我一脚踹到火坑里的！"

骆山旺看着顾春杏满脸的疑惑，他不知道这话是什么意思。他说："春杏，你是不是有什么难事，需要我帮忙吗？"顾春杏咬着牙说："我离婚了，你不知道啊？"

这次该着骆山旺懵圈了，他摇摇头，甩甩头发，扭扭脖子，天上还是蓝天白云，脚下还是骆驼湾的山地，还有鸟儿在树林里鸣叫，还可以看到西边的山峰林立。骆山旺的眼光落在顾春杏满是乌云的脸上。他摇头笑笑，笑地有点不自信、不自然。他曾经在心里千百遍地想过顾春杏，但是，他不会想到，她竟然离婚了。

顾春杏突然恢复了羞怯，低下头看着脚下的土地，看着一棵已经露出嫩芽的小草，一颗泪珠正掉在这棵小草的叶子上。她突然地一抬头，带着泪水的脸上庄严地一笑，扭头挑着担子顺着小路走去。

白大勺听得眼睛都直了，他的嘴合都合不拢，只是喃喃地说：

“我操，我操，这鳖孙，这鳖孙的。”他突然地一拳打在骆山旺的肩膀上：“哥啊，你傻啊，你怎么不问清楚啊，这到底是怎么回事啊。”

骆山旺的眼睛湿润了。他说：“大勺，再给哥倒一碗酒。”

四发用尼龙袋子提着摩托轱辘进来，咂着嘴说：“哥几个喝酒也不叫我一声。大勺，你二叔答应给旺哥身份证了？”

白大勺踹他一脚说：“你是哪壶不开提哪壶。”四发委屈地说：“大勺，你小子这是咋了，你不是说，拿这个换旺哥的身份证吗。”白大勺说：“你小子行啊，还没有上刑，就把我给招出去了。”四发不客气地自己找碗想倒酒喝，白大勺哈哈地一笑说：“就俩碗，我和旺哥一人一个，你先去把车轱辘安上，回来，我这碗给你。”四发说：“大勺，你也不是没有钱，怎么连碗筷也不多买点啊。”说着伸手就把酒瓶子抓起了：“大勺，旺哥的身份证拿回来了啊。好，好，我已经给镇上杀猪的说了，老子不干了。此处不养爷，自有养爷处，老子跟着旺哥去北京啦。”

骆山旺看着四发憨厚耿直的样子，不由地笑了说：“四发，如果我不走了，你给你爹怎么交代啊。”四发说：“我爹说了，只要我能够不让他绝了后，我干什么他都不反对。旺哥，就是跳火坑，只要你前边跳，我后边就跟。我在镇上给人家杀猪，说好听了是屠宰师傅，说不好听就是一个奴才。老板娘只要看你闲一点，就想给你找个事情。杀猪的时候，接血的盆子放歪了，猪血流在外边了，她会叨叨你一天。总是给你讲大道理：蛆窟窿枣先红，懒汉子先穷；十个指头捧水，搁不住漏。她奶奶的，咱嘴笨，说不过人家。我也不傻，只要她叨叨我一回，我就把刀捅歪一次，让猪血放不干净，让这猪褪了毛后的肉看着难看，看着红呼呼像病猪。”

白大勺笑起了说："行啊，四发兄弟，没有想到，咱们这平时低头耷拉脑蔫拉吧唧的人，心里也有这么多的道道啊。怪不得人家说，昂头老婆低头汉，青皮萝卜紫皮蒜。"

四发用瓶子对嘴喝了一口酒说："泥人还有个土性子哩，咱嘴笨，心里不笨。"

白大勺说："你不笨，搞对象搞一个有家有男人有孩子的。"四发梗着脖子说："你这人，打人不打脸，揭人不揭短。我就这么一点糗事，人都丢过了，说什么也晚了。不过，我爹说了，要跟着旺哥学，领一个漂亮媳妇回来。"白大勺扇他的后脑勺一下说："就你多嘴多舌的快去安轱辘吧。"

骆山旺接过尼龙袋子说："我去吧。不过，我先问问你们两个，主要是大勺，如果我要上刀山，你上不上；我要下火海，你下不下？"

白大勺搔搔脖子，仰头看着屋顶说："哥，我白大勺不是吹哩，别的不行，上刀山、下火海是我的强项。你说吧，上哪儿，下哪儿，我要是眨巴一下眼睛，我不是我爹做的。"

四发紧跟着说："对，不是我爹做的。"

白大勺说："找扇啊，个鳖孙，你小子跟话，跟得太紧了。"

四发急忙补充说："我也和大勺一样，我要是眨巴一下眼睛，不是我爹做的。"

骆山旺提着尼龙袋子进来的时候，白二蛋正在打着算盘计算道路施工的工程量。他头也不抬地说："喝了点是吧。"骆山旺说："一点，就喝了一点。二舅，这轱辘找回来了，我给安上去。"白二蛋摆摆手说："找回来了就行了，你先看看墙上的图，看你能够看得懂不。"

骆山旺放下尼龙袋子，去看贴在墙上的村里的道路规划图。这

是一张1∶200的平面图，从龙泉关的国道到村里的各个小巷，都标得非常准确。他在外面施工单位干过技术员，建筑图纸都会看，这个平面图比起繁杂的电路、供水、供暖图纸来，就显得非常简单了。

骆山旺正看着的时候，张琟竑走了进来。她手里拿着档案袋子，身后跟着村会计。张琟竑把手里的档案袋子递给村会计，对骆山旺非常客气地说："山旺啊，你难得到村委来，你看看这图怎么样，有什么意见提提。"骆山旺自从上次冲突之后，还没有和张琟竑单独相处过。就是在家里吃饭的时候，只要有张琟竑在场，他总是匆匆地拿了干粮，端着汤躲到一边去，就是张琟竑叫他都不上桌。

骆山旺说："我看了，很好，设计得非常合理。"张琟竑说："你看还有什么地方是没有设计到的。这是我画的一个草图，根据实际尺寸让人家设计的。"骆山旺听了眉头一皱，因为他看到这个设计单位，是国家级交通部门指定设计单位，就这张图最少也得十万块钱。因为这是非常复杂的，要调用卫星数据的。他看着张琟竑青春的脸庞，心情非常复杂。这是个三门的干部，出家门进校门，又进机关门。她的心情可以理解，就怕她被别人利用了。他想起人们说的顺口溜："乡长要想富，先修乡间路，坑了老百姓，养肥壳郎猪。"

骆山旺对张琟竑笑笑，从尼龙袋子里把车轱辘取出来说："二舅，车轱辘找回来了，趁你在，我想把身份证拿回去。"

白二蛋说："身份证，好说，不过，这工作队征求你的意见，你怎么也要说句话是吧，同意就说同意，不同意就说不同意，哪儿需要改进，你就说。"

骆山旺看看张琟竑，低头转身就要走。张琟竑说："骆山旺，这屋里有老虎啊，就不想多待一会儿。"

白二蛋过来，用手指着村道规划图说："这还是咱们工作队想得到位，你是青年人，去过大城市，你看看，人家设计是按照人家的思路，真正到了咱们村里，就不知道是不是合理。要想富先修路嘛，这么多年，咱们这老山道是该修修了，镇上也同意咱们村里的想法。以往咱们是本地蝲蛄土里拱，现在，咱们工作队的想法就是先把村里的基本建设搞起来，你看怎么样？这是路灯，这是自来水。"

骆山旺看都不看地蹲在门槛上，说："外来的和尚会念经嘛。好，好，好得不行不行的。"白二蛋说："你这是说行、好是吧？"骆山旺说："我是说好了，怎么了？"白二蛋说："想不想干这个工程？"骆山旺说："不想。"

白二蛋问他："为什么不想？"骆山旺不抬头地说："就是不想，谁愿意干谁干，我不干。兔子不吃窝边草，有本事去外边闹球去。集资修路，挣大伙的钱，我骆山旺不干这丢人现眼的事。"白二蛋火了说："你这是什么话，你说谁是兔子？你个鳖孙的灰样。真金不怕火炼，俊女儿不怕人看。你小子还有什么话全说出来。"

骆山旺跳起来说："二舅这是你逼我说的，我说了，你可别发火。"

白二蛋说："你小子狗嘴里吐不出象牙来，说吧。"骆山旺咬咬牙说："二舅，我告诉你一句话，别说你修路，你就是买飞机也行，修高铁也行，有本事你就折腾。但如果你向户里摊派一分钱，我就去北京找习总书记告你的状。"

白二蛋也跳起来说："好小子，你个小鳖孙的，二舅要的就是你这句话。这钱二舅负责，这修路你负责。"

骆山旺有点发懵，他好像是没有听到一样地问白二蛋："二舅，

你说什么？让我修路？”他看到张琟竑的大眼睛正在期望地看着自己，他真的不知道这事该不该干。张琟竑走到他面前说：“山旺同志，希望你能够为自己的家乡贡献一点力量。”

白二蛋把一份开会通知摔在他手里：“这是镇上通知，准备召开脱贫动员大会，你也去。”

骆山旺不知所措的：“我去镇上开会？我凭什么去开会？”

白二蛋说：“你个灰样的，你不是骆驼湾的一员吗？你要是敢说你不是骆驼湾人，你就别去。有什么地方不明白的，就去找春杏。修路的事情，她全权负责。发什么愣啊，赶快把摩托车轱辘安上去，明天你载着春杏，琟竑和我一辆摩托车，咱们一块儿去开会。”

谁知道，骆山旺把摩托轱辘一摔说：“给我身份证，我要身份证，身份证不给我，说什么都没用。”

16

深夜，辽台背就像一个熟睡的骆驼，静悄悄地趴着，满天的繁星衬托着山上密密的松林。山坳里的骆驼湾这个晚上不平静，家家的窗户上都亮着灯光。这灯火在晚风的吹拂下，不住地眨巴着眼睛，就像村民那忐忑的心情。

又要修路了，因为就在黄昏的时候，村里的喇叭广播了村委会的通知。张琟竑的普通话声音非常甜蜜，就像她平时的笑容一样。她说：“要想富，先修路。咱们村要修一条通向山外龙泉关镇的公路。这是一条发展的路、一条富民的路，是一条叩开幸福之门的康庄大道。”

张琟竑富有深情地读着她写的宣传词：“这不仅仅是村委会和

扶贫工作队的使命，也是我们全体骆驼湾人的梦想。这条坑洼陡峭难行的路，无法通车，我们走了一代又一代，油盐酱醋都要从几里外的镇上背回来，老人、孩子生了病更是让人犯愁，它羁绊着我们奔向小康的步伐。村民同志们，骆驼湾的脱贫攻坚战，就要开始了，我们要全体发动起来，共同地把我们的村路修好。这样，我们就能够坚实地走在小康路上。我们要在这条路上，迎来我们的幸福生活；要在这条路上，迎接我们美好的明天。”

骆山旺在白大勺的炕上已经考虑了几个小时了。他对白大勺说：“大勺，你说我是留下呢，还是走啊？”白大勺翻身支起脑袋说：“你是真傻呀还是假傻，这是人家工作队的任务。这一年都有进度的，把路修了，人家也就算完成任务了。骆山旺，你个鳖孙的记住，骆驼湾再修一百条路，也脱不了贫。你不就是留恋顾春杏啊，你怎么说也是个处男吧，你还要找这个二茬子，你不丢人啊。”

骆山旺说：“大勺，你个鳖孙的，什么二茬子，什么丢人，我就是娶了她，也不丢人啊。”白大勺说：“你看你个灰样，一说顾春杏眼睛里都冒出光来。我劝你还是别趟她的浑水。”

骆山旺说：“她亲口告诉我的，她已经和刘根儿离婚了。”

白大勺说：“她离婚了人们怎么都不知道？她离婚了为什么还留在刘根儿家？”

骆山旺说：“她肯定是和刘根儿悄悄办的离婚。我看，要不是有乐乐，她早就走了。”白大勺嬉笑地说：“人都说，陷入情网的男人傻，我看你真的傻。老算子是谁呀，就因为刘根儿下窑，他没有评上困难户。他肯定是要刘根儿和顾春杏假离婚，这样，他就能够评上困难户了。”

骆山旺说："老算子这人虽然平时是个泥鳅脑袋，有什么好事都往前钻，但还不至于拿着自己儿媳妇开这个玩笑吧。"

白大勺表示反对地吭了一声，翻身就响起了鼾声。骆山旺说："你个鳖孙的，睡得还挺快的。"白大勺梦呓似地在喉咙里喃喃了两声，鼾声如雷了。骆山旺也笑了起来："这个灰样的，吃得饱，睡得着。"

骆山旺躺着躺着又想起了顾春杏忧心忡忡的眼神，他想给顾春杏发个短信，但是他不知道顾春杏的手机号码。他不知道老算子这个老鳖孙玩的什么招数。他低声地骂了一句："老算子，这个老鳖孙，他到底是怎么回事？"

谁知道，白大勺在梦里接了一句话说："你个灰样的，不让你趟他家的浑水，这个老算盘，就是一个老鳖孙。"骆山旺问他："那村里要修路的事情，你看我们是干还是不干啊。要不咱们留下来，承包了这个工程？"谁知道，白大勺任他怎么叫，都没有反应了。骆山旺悻然地笑笑："这个灰样的，正经的事情问他，他就醒不了啦。"

那天，虽然骆山旺没有答应白二蛋，但是，他还是跟着去了镇上。他已经五年没有到这里来了。也就是五年前，他让张所长从北京押解回来，一路上他担心的就是顾春杏的安危。从一下车被羁留之后，他就后悔了，自己怎么一时脑袋发昏，跑到北京来了。当他被关进羁留房间之后，他才知道，他已经和许多上访的、打官司告状的人搅和在一起了。

他和顾春杏是在拉煤的大货车上下来的。这车是去秦皇岛和东北方向的，要走京沈大道，在通过北京市区道路的时候，要接受检查，尤其是奥运期间，检查得非常严厉。他们藏在拉煤大货车的篷

布下面，就是司机也没有想到他们会这样出现。他们两个脸上都被煤灰化妆了，顾春杏非常美丽的脸蛋上抹着一层厚厚的黑煤尘。不用问，他自己也是这个德行。

他们两个被检查人员带进询问室，让他们填写了一个表格。骆山旺怕影响自己和顾春杏回学校学习，就示意顾春杏填写了假地址和假名字。谁知，检查人员拿走表格还没有一会儿，就回来了，严厉地告诉他："别耍花招，这是什么地方，这是中华人民共和国的首都，这里的检查人员都是经过特别训练的，你要是不说实话，就把你们押解到西北大沙漠里去，让你们永远回不来。"

顾春杏被吓哭了。骆山旺看到她哭了，只好从鞋垫下面，把自己的学生证拿出来。幸亏他拿着学生证，要不然的话，他们真的要被送进收容所，送到大西北去劳动改造了。就在他们被羁留的这几天里，有许多有前科的都被送去门头沟沙石场筛沙子去了。

看着镇上中学的教学楼，骆山旺的心里一阵悸痛。如果自己不是在那个下午做出错误的决定，现在自己肯定不是在这个地方，也不会让白二蛋缴了身份证。五年了，自己的青春就这样流逝了五年！

在一群山里村干部里面，骆山旺还是非常显眼的，因为他穿的是在北京打工时的衣服。尽管他在北京打工时，只是一个小小的蓝领，但是，他买衣服的时候，尽量地把自己向白领阶层靠。尽管他穿得都是名牌水货，都是地摊上的假冒产品，但是他的出现还是非常引人注意的。在一片互相昵骂鳖孙的人里面，他显得非常文明和大方得体。

他进入这个群体，到现在为止基本是一个误会。但是，他和顾春杏同时出现的时候，还是引起了人们的一片惊诧。顾春杏是老村干部，她和人们都非常的熟悉了。但今天人们才发现，经过细心装扮的顾春杏，竟然还是那么清纯如水，人们都自觉不自觉地关注着她。

镇党委书记刘天亮已经在人群里，他也发现了骆山旺。骆山旺的出现给刘天亮带来了一个非常大的希望。这次脱贫攻坚战，打的不光是经济战，还有思想意识仗，还有人群结构仗。如果指望这些老年留守的人们去打赢这场战争，有点不现实了。怎样吸引外出的青年人回来，怎样吸引他们参加到这场战斗中来，是这次攻坚战的一个最重要的砝码。

当刘天亮宣布全镇干部大会开始，全体起立唱国歌的时候，骆山旺的眼泪一下子就流出来了。五年的漂泊中，多少次半夜醒来，最想听到的就是家乡的声音，最想看到的就是放不下的大山。在那无数个月落日出的时刻里，他就像一个没有根的浮萍，随风飘荡着。唱国歌的时候，他的神情愈发庄重。唱完国歌就是大屏幕电视播放习总书记来这个镇考察的视频录像。屏幕上习近平总书记和蔼可亲地和骆驼湾的村民们拉家常，在老百姓家炕上吃红薯。他提出的脱贫计划让人们看到了希望，一直到习总书记和村民们握手告别，直到面包车徐徐驰去。

许多村干部尽管不是第一次看这个录像了，但是全场还是响起雷鸣般的掌声。骆山旺的手都拍疼了，振奋的情绪在他的心中激荡，他觉得自己已经成为这次脱贫攻坚战队伍中的一员了。

视频播送完了，镇党委书记刘天亮拿着笔记本走上发言席，面对着到会的乡村两级干部讲话。张璀嫁不知道什么时候，已经坐在骆山旺旁边了。骆山旺还沉浸在刚才的激情里，他看着刘天亮先是

向大伙鞠躬，然后才坐下讲话。他这个举动，让骆山旺的心里一亮。当年他在初中的时候，还是一个调皮捣蛋的学生。虽然他非常聪明，但是，他却经常故意地和老师们作对。一个山里孩子的顽皮，让他以做捣乱的孩子头儿为荣。但是，那个身患癌症还坚持站在讲台上的物理老师让他感动了。他的身躯异常消瘦，脸上的肉紧贴着颊骨，但是，他每节课都会先给学生们鞠一个恭敬的躬，然后才慢悠悠地讲来。后来，这个老师去世了。死讯传来之时，骆山旺没有任何感觉，但是当物理课换了老师之后，就在这个老师开口讲课之前，他呜咽地哭了。就在那天之后，骆山旺觉醒了，他迅速地成为了学霸级人物。也就在唱完国歌的最后一个字的时候，骆山旺觉得自己不会离开这里了。

他没有想到，这个才三十多岁的镇党委书记，讲话竟然这样风趣和有水平。他没有像许多的乡镇干部一样装腔作势，而是一开始就做检讨。他说："总书记来咱们龙泉关之后，我们肩上的担子非常沉重，我们也认识到了以前的许多不足之处。这些日子以来，我们镇党委已经开过多次会议，深刻地检讨了我们从前的做法，的确有许多不切实际的地方。迎合了群众的消极思想，把上级给的扶贫款，都撒了芝麻盐，这样做的后果是既没有起到扶贫的作用，也助长了一部分村民"等、靠、要"的思想。据我知道的确切消息，有一个贫困村民——一个二十五六岁的贫困户，一个吃低保的贫困户，把县农业局从西欧外汇买回来的优质品种的山奶羊吃了烤羊肉，这一只羊就合人民币三万多块钱，前后不到两年的时间，他把作为扶贫周转金的九只羊吃光了。他一年的生活费是十二万呀，我的同志们呀，你们算算，一个年收入不到一千块钱的贫困村的村民，他一下子就吃掉了全村一年的人均收入啊。我想问问，这羊肉吃的就不心颤吗？这羊肉吃的有点惊心动魄吧。我真的想让这个村民知道，他随便拿起的一块羊骨头，就是几千块钱啊，是一个村民三年的人均收入啊。”

刘书记的话引起了全场的轰动。有人说：“天天吃大盆肘子也吃不了这些钱啊。谁说咱们是贫困镇，要看他的生活水平，赶上美国了。”还有人说：“像这样的人就该枪毙了他，让他个鳖孙的这嘴还吃不。”

刘天亮沉痛地说：“同志们呀，这个听着是个笑话，但是也说明了什么呢？就是我们以往的工作，没有沉下去，没有真正地做到位，没有把上级党委交给我们的任务，当成第一要务。我这个镇党委书记负全责，以往的错误我们镇党委负全责。我们不追究下面的责任，我们不推诿我们应该负的责任。”

他的话又引起下面的一阵掌声。骆山旺的脸上一阵红一阵白的，他怕刘天亮点骆驼湾的名，怕他说出白大勺的名字。这个白大勺算是出名了，他心里一阵内疚，只好低下头。白二蛋非常淡然地看着刘天亮，好像说的这是别人的事情。他没有想到，刘天亮竟然也提到了自己。

刘天亮扫视全场说：“骆驼湾的村支书来了没有？”

白二蛋举手说：“来了。”

刘天亮说：“你来了，我就直接说你吧。这次上面派工作队来，白二蛋不积极，甚至有些抵触。说白了一句话，就是怕把这个全国贫困村的帽子摘了去。不光是骆驼湾，还有些村，我就不点名了。镇上的工作人员下去，进行贫困户登记，他们听说工作队要入户，就

把电视机都埋了起来。有个人家看到工作人员进了门，让媳妇拦着门口，他在后院里挖坑埋电视机。他怕什么？就是怕把他这个贫困户的帽子摘了。为什么怕摘贫困户的帽子？就是担心没了国家的补助款。我也调查过，这村里凡是评上贫困户的人家，出门都挺胸腆肚的，洋洋得意。今天你们回去之后，要办一件事，就是给村里的烈士们上坟。要在烈士碑前说说，这些烈士们死的时候，吃没吃贫困补助。甚至有的户，评上贫困户都要请客，还放鞭炮庆祝。我们作为当年的老解放区，我们的前辈是这样做的吗？我们的两万多烈士们，希望他们的后代是这样的吗？”

刘天亮说到这里话锋一转：“现在，我还要表扬一下骆驼湾的村民，表扬一下骆驼湾那些强烈地想摘掉贫困帽子的青年人。就在我们村干部还有等一等、看一看的时候，他们抢着把我们的女工作队员接到村里去了。不过，我当时知道了这事之后，还有点担心，不是把我们扶贫工作队女队员抢去当媳妇了吧。”

会场上又响起热烈的笑声，还有人鼓掌。白二蛋站起来解释说，这事情有，但是，其中有误会。

刘天亮让白二蛋坐下说：“这个事情我调查了，确实有误会。这个小伙子在城市打工的时候，交了一个女朋友，把咱们龙泉关夸得像世外桃源，让他的女朋友春情萌动，人家就来了。先不说结果怎么样，但是，我个人认为，这个小伙子比我思想解放，甚至比咱们在座的都开放。敢于大声说家乡美好的人，是对家乡感情最深的人。我们这些年，包括我们这些在座的人们，谁敢这样大声地说我们家乡好了？我们为了保住贫困帽子，为了吃国家的贫困补助，谁出去不是唉声叹气，谁不是说我们这里是穷山恶水，谁不是一副乞丐相。

我敬佩这个小伙子的勇气，他就敢说我们这里秀丽无比。当然，我们龙泉关本来就是山清水秀，人杰地灵嘛。但是，藏在深闺人未识，我们必须开发建设好，让老百姓都脱贫致富，让这个小伙子的女朋友，来到龙泉关就不想走！我告诉你们，今天这个小伙子来了，他就是骆驼湾的骆山旺。站起来，让大伙认识一下。”

下面响起热烈的掌声，骆山旺在张琟竑的催促下，腼腆地站起来。他手脚无措地红着脸，不知道该看什么地方。刘天亮也站起来，对着台下的骆山旺鞠躬说：“我代表龙泉关镇党委，热烈欢迎在外地的有志青年，回咱们龙泉关自主创业。你给各个村带了一个好头，我谢谢你！希望别的村，也要有骆山旺这样的有志青年，带头回来。我们的脱贫攻坚战离不开青年人的参与。”

刘天亮让骆山旺坐下，自己也坐下说：“有个段子，不知道你们听说了没有，不过我的手机上有。‘党是母亲我是孩，一头扎在娘的怀，咕咚咕咚喝奶水，打我骂我也不起来。’”

这个段子谁都知道，骆山旺也笑起来。刘天亮一拍桌子站起来：“精准扶贫，项目带路，哪个村没有项目，哪个村不掏真劲，一分钱也别想拿到手。告诉你们，国家的奶水喝不完，但是不会让你躺在炕上，咕咚咕咚地白喝！”

骆山旺带头鼓掌，他感到浑身火热，有股激情在心中激荡，这些天来的纠结和迟疑一刹那都飞到九霄云外去了。

17

老话说，天上下雨地上滑，自己跌倒自己爬。顾春杏自从来到骆驼湾，再没有比这几天高兴的了。她觉得天更蓝了，树更绿了，就连南边的辽台背大山，也是从未有过的妩媚多娇。

窗前的老杏树不知道什么时候已经静静地拱出花骨朵来，她悄悄地拿出结婚时买的化妆品，这些东西已经五年没有用过了。镜子里的自己还没有被岁月摧残得苍老不堪。她悄悄地用了一点口红，湿润的嘴唇上红亮亮的色彩，掩盖了苍白；眉笔画出了两道俏眉，衬托得两个大眼睛，还是那么水灵灵的。

矮小的门洞上的公鸡还是每天照样地叫着，但是，她觉得公鸡的叫声从来就没有这么好听过。就是每天飞到老杏树上找食物的喜鹊，也好像是在唱歌一样。总之,她的眼睛里的一切都忽然变得美好起来了。

她的暗无天日的生活是从那个陈旧的红布盖头压在头上开始的。从大胡卜到骆驼湾整整十里地的山路,是那么得漫长。她只听到自己骑着的小毛驴不断地喷着鼻息。这条路,她走了十几年,但是哪次都没有那次那么悲伤痛苦。她和骆山旺是在羁留所分开的。从那天起,她就没有再见过骆山旺。她之所以没有在嫁人之前喝下农药,主要就是因为她还存有非分之想,就是想能够在骆驼湾看到骆山旺。

自从镇上开会之后,她就被白二蛋指派为修路工作的负责人。她现在能够堂而皇之地来到骆山旺家的小院,能够在张堆竑住的小西屋里,公开地和骆山旺对话了。五年了,顾春杏终于等到这一天了。

她在脑海里千万遍地设想过,骆山旺住的地方是什么模样,但是她真正地这么细致地看到,还是第一次。

房里四壁上用白纸糊的壁纸,房顶上用废纸箱吊的顶棚,正墙上挂着一篇《人生宣言》:不在村里受凄惶,外面天高地也广;不信人生总不顺,必有云开日出时。

石板的书桌上除了初中、高中的课本,还放着一本翻的已经破旧了的《平凡的世界》。最引人注目的是贴在墙上的一张报纸,这是报道习总书记来阜平考察的照片报道,下面还有一行字:要在习总书记中国梦的引领下实现我的梦。

顾春杏拿起书桌上那本《平凡的世界》,她也有一本,是她跟着刘根儿去阜平县城的时候买的。她买这本书的时候,刘根儿说:"你也不上学了,看这个干吗啊。"她默默地不说话,但是就拿着书

看。刘根儿不耐烦地问了问价格，卖书的说："一律十块钱。"他拿钱给卖书的人时还说："这能够当吃当喝呀。你们这些念过几年书的人，就是这么麻烦。买就买了啊，回去可别给爹说，这十块钱能够亏死他。"

她没有想到，这本写着骆山旺姓名的书扉页上，抄录着这书里面的一段话。"摘自本书第三十三章，在我们这个星球上，每天都要发生许多变化，有人倒霉了，有人走运了，有人在创造历史，历史也在成全或抛弃某些人……今天和昨天似乎没有什么不同，明天也可能和今天一样，也许人一生仅仅有那么一两个辉煌的瞬间，甚至一生都可能在平淡无奇中度过……不过细想起来每一个人的生活同样也是一个世界，即使最平凡的人，也得要为他那个世界的生存而战斗。"

顾春杏的眼睛里在看到这段字的时候，就开始闪烁光芒。她也看好这段话。过去的五年里，她曾经无数次地看这段话，这段话让她对生活充满了希望。

张琟竑看到顾春杏的样子，笑着说："春杏啊，你这几天好像是有什么喜事一样，怎么总是想笑啊。"顾春杏笑着说："你们来了，我们的日子有希望了，怎么不想笑呢。"说到骆山旺，张琟竑笑着说："你说说，山旺这人怎么样啊？"

顾春杏警惕地看着张琟竑，说："什么怎么样啊，他很好啊。"

张琟竑却用双手支着下巴说："我总觉得他这个人是个谜，你说他爱说吧，在这院里一天也听不到他说话。他身上总有一股吸引力，好像是一块磁铁一样，能够吸引人。我觉得可能这就是一个人的亲和力吧。你说镇上的刘天亮吧，他平时总是梗着脖子，给人不可侵犯一样的感觉。但是，他一说话，整个人就活了。你看他在大会上讲话的时候，是那么的挥洒自如，指点江山。骆山旺也这样，白大勺和四发他们看到他，就想小鸡看到老鹰一样。听说白大勺不是个省油的灯，四发也是个经历多、见识广的人，怎么一到了他面前，都跟羊羔子一样呢。你说，这是为什么？”

桌子是老式的桌，但是下面的柜门被拆掉了，成为写字台的样式。这肯定是骆山旺的杰作，上面还放着一块不规则的玻璃板，下面压着骆山旺的几张照片。顾春杏发现，骆山旺、白大勺、四发的身份证，都压在下面。她问张琟竑：“怎么他没有拿走啊。”张琟竑一看说：“他拿在身上怕丢了，反正这也是他的家，就放在这里了。”顾春杏说：“这是他们的抵押是吧。”张琟竑说：“也算是吧。”顾春杏笑着说：“白书记这人，很会使用人。他经常说，好鼓也要用重锤。”张琟竑也说：“骆山旺这样的人，是很有性格的人，也是性情中人，必须有人不断地使重捶。”

那天，从镇上开会回来的第三天，张琟竑破例地看到骆山旺在院子里等着她。

骆山旺搓着脚下的土地说：“张队长，我想留下来，真的。”

张琟竑一边把自己的兜儿放进小西屋，一边拿着洗脸盆到缸里舀水。缸旁边就是自来水龙头，但是这玩意是聋子的耳朵——摆设。村里的老百姓，因为一个月十几块钱的水电费，经常吵架，今天多了，明天少了，反正就是不愿意交电费。白二蛋就把这个水泵停了。张琟竑说：“我也想请你留下来，但是，你得跟你二舅说去。他让你留下来你就留，他不让你留下来，我也没有办法是吧。”她的话音还没有落，白二蛋就进院来了，看到她正和骆山旺说话，就说：“顾春杏没有来啊，叫她过来，咱们研究一下修路的事情。告诉你张琟竑，地

球没有了谁都转，进屋说去。”张琟竤洗了几把脸，把毛巾挂在院里的绳子上说：“我就来，你给顾春杏打电话吧。”

骆山旺对着白二蛋笑着说：“二舅，我正想找你去呢，你来了，先给你说一下，我想跟着你先把这村路修好。”白二蛋好像是没有听到一样地说：“你要干什么？你要修路，谁同意你修路了？告诉你，这要公开招标的，你行吗，你有施工资质吗，你有施工队伍吗？”

骆山旺犹豫着说：“还要资质啊？”白二蛋说：“是呀，这是国家工程啊，是要使用财政资金的。如果出了问题，谁来担责任。”骆山旺犹豫着：“这个……”

这时候，白大勺和赵四发也进来了。白大勺说：“二叔，你别说话不算话。你说了，村里需要像我们这样的年轻人。我们铁了心地想跟你干了，你怎么又说话不算话了。”白二蛋对着白大勺说：“你小子什么时候说话算过话？你个鳖孙的吃了九只品种羊，这龙泉关谁不知道？你让我怎么相信你们？”

白大勺说：“那你还压着我们的身份证不给，你想干吗？”

白二蛋笑笑说：“你们的前科还没有擦干净屁股呢，你个小鳖孙的，我想干吗？我想弄死你。别拿着年轻说事，谁没有年轻过呀，你们就不会有老的时候？你们拿什么让我相信你们？要身份证啊，你以为我愿意拿着啊，丢了我还要负责任的。”

白大勺说：“二叔，你要是这么说，你就给了我们，你走你的阳关道，我走我们的独木桥。”

白二蛋扇了白大勺一个脖溜儿：“你他妈的学会噎人了是吧，你个灰样，要不是你二叔，你早就死了，你知道吗。”

白大勺气哼哼地说：“二叔，你让我这样活着还真不如死了好。”

骆山旺也气愤地给了白大勺一拳说："你个灰样的，你就不会说句好话呀，怎么什么话到你嘴里都这么难听啊。"白二蛋也真的生气地说："你说你上学不好好上，从十几岁就吃困难补助，国家把你养这么大了，你说你想过报答国家没有。"

白大勺不服气地说："国家也没有养着我一个，全村都养着哩。都是你，我当初说要买个大汽车，给山西运煤。你要是当时让我买了车，现在我早就是富裕户了，我还当这个贫困户啊。你以为我愿意啊，我是懒，但是，不懒你让我干吗呀。你是支部书记，我们都是村干部家属，我要为你这个贫困村当托儿，让你在评定贫困村的时候，好有基础材料。当时为了争这个国家级贫困村，你是故意让我辍学的。你当时怎么说的，因为我父母死了，我是个孤儿，上面呢肯定会感动的。"

白二蛋不知道是笑还是气地说："你个小鳖孙的，你要是在抗战的时代，肯定是一个当汉奸的料儿，人家还没有上刑，你就什么都说出来了。我争取这个国家级贫困村错了吗，这都是在镇党委会上受到表扬的。什么时候唱什么歌，人家都吃国家的时候，我们不应该吃吗？我这事办得不丢人。"

骆山旺拦住白大勺说："你个灰样的，你这是故意气二舅是吧。你想怎么着啊，你要是再说别的，我就抬死你。"

白二蛋把他们三个的身份证拿出来，非常动感情地说："你们别在我面前演苦肉计了，要不是有人给大勺当后台，打死他也不敢这么顶我。山旺，我知道你心胸大，这些年，你在外面混得有模有样的。这次我拦着你，真的，我是有私心的，我就想让一个年轻人上来，接我的班，可是你们总是不懂我的心。咱们骆驼湾，不能够灭了户

头，因为这是我们的前辈们用热血打下的江山。我告诉你们一句话，如果我们骆驼湾真的不能打赢这场脱贫攻坚战，我们就考虑整体搬迁。我们就对上面说，我们不行了，我们不能够落实习总书记的指示，我们到幸福的地方享清福去吧。让上级给我们找一个暖炕，我们就躺在上面，咕咚咕咚地喝奶水吧。你们可以走，我们到外面招工人来，我不拦你们，你们走你们的康庄大道，我走我的独木桥。我就不信，骆驼湾离了你们几个臭鸡蛋，还做不成槽子糕了。”

白二蛋把他们三个的身份证一下子摔在地上说：“拿着，要走就快走，鳖孙的。”说完就拿出手机给顾春杏打电话，让她快点过来，他在张琟竑的驻地等她商量工作。

白大勺看看骆山旺，他没有想到二叔今天突然这么大方。他想弯腰把身份证拿起来，因为只要拿了身份证，今天他们就能够登上长途汽车，就能够奔向自己想去的地方了。

骆山旺并不着急拿身份证，他从口袋里把混凝土浇筑高级施工员的证件拿出来，递给白二蛋说：“二舅，你看这个算资质吗？”

白二蛋看着打着钢印的证件说：“这个，算是吧。”

骆山旺说：“你把工程承包给我，你们信得过我吗？”

白二蛋说：“这要工作队和村两委会共同做决定，还要投标。你有标书吗？”

骆山旺非常激动地说：“你放心，我会把标书拿出来的。”

那天的事情是张琟竑后来告诉顾春杏的，因为她来到的时候，骆山旺他们三个人已经出去了。顾春杏有些担心地问张琟竑说：“他们会拿出标书来吗？”

张琟竑告诉她：“你放心，他们肯定会的。骆山旺当过工地的带班，他知道该怎么做。”她把表格从抽屉里拿出来，这是农户初步情况调查表，她们现在就是要审核一遍，上级配的电脑马上就会装好，她想让顾春杏担任信息员，这样她每个月就有固定的工资了，这几天她就要去县里培训。

骆婶从外面回来，听到顾春杏在小西屋，就叫她出来，帮着自己择韭菜。这是骆山旺从龙泉关买回来的，让母亲给张琟竑改善一下伙食。别人家为了当贫困户，从来就是吃差点，穿破点，出门说得难过点，逢年过节买肉也要遮遮掩掩的。当骆婶从肉摊上买肉的时候，卖肉的小贩都说：“你们骆驼湾这几天买肉的少了，是不是又要评贫困户了啊？”她笑着说：“真不知道人们怎么想的，这贫困也成了光荣了。”

骆婶说：“春杏啊，今天就在大姑这吃饺子吧，你尝尝大姑的手艺。别的不敢说，做饭还是说得过去的。你大姑父活着的时候，咱们家经常来县里的干部。他们都说，我做的饭好吃。琟竑啊，你说是不是呀？”她看顾春杏的时候，眼睛里有了许多的柔情。这是个和自己年轻时候非常相像的闺女呀，如果现在是自己的儿媳妇，那该有多好啊。顾春杏挨在骆婶身边择韭菜，她感到自己回到了母亲的身边。这个春天真好啊，这个春天连风都是温柔的，这个春天伸手就能够抓到幸福。

顾春杏夜晚突然醒来的时候，会悄悄地掐自己一把，看看是梦境还是真实的场景。她自己被自己掐得生疼，但是她还是以为是梦境，就轻轻地掐了乐乐一把，乐乐在梦中哭起来，他不知道自己的疼痛是母亲的赐予。老算子在另一头叫起来，让她看乐乐为什么哭起来了。她把乐乐幸福地搂在怀里，在他的额头上轻轻地亲吻着：“儿子，儿子，咱们的幸福生活来了，来了。”

18

寂静的山湾里突然响起了机器轰鸣声，这巨大的响声像春雷一样在人们心头压过，一列彩旗飘扬着春天的气息，后山上已经能够看到有些许小花露头了。旗子爷站在山坡上看到远远的山道上，几个大型机械就像当年路过的驼队一样，慢慢地行进着。挖掘机平整着路基，小型的后卸车把灰面撒好，后面的链轨车碾压着拌好的灰土路面，县城水泥搅拌站的大型罐装水泥灰浆的汽车跟着浇灌后面。一次成型的水泥路面像一条被惊蛰唤醒的巨龙，跳跃着、欢叫着，一路扑向骆驼湾。

工程分两个阶段进行，先修好龙泉路到村里的大道，然后进行村内大街硬化。骆山旺和他的两个伙伴，这些日子忙得手脚朝天，

连开玩笑的时间都没有。白大勺一边干活儿一边发牢骚，因为骆山旺给他和赵四发都配了手机，他不敢给骆山旺捣乱，就跟赵四发发微信。

四发爹是骆山旺聘请的质量监督员。看到儿子不断地看手机，四发爹说："你有事没事啊，你是看手机还是干活儿啊？"赵四发说："爹，这是我们的公事，这么大的工作，我们不联系，出了问题怎么办呀。"四发爹说："你们呀，这是多大的事情啊，你和我这都是担责任的，千年大计，质量第一，你知道这花的都是国家的钱，人家是要审计的。"

四发爹在骆山旺父亲当支书的时候，曾经当过村里的会计。他知道，国家的钱不是白花的。当时，他和山旺爹硬顶着不戴贫困村的帽子，也得罪了许多人。但他就相信山旺爹的一句话："剌别人的肉，贴不到自己身上。"自从卸任村会计之后，他结结实实地发了一笔小财。他把山里的土豆拉到平原上去卖。起先是三斤土豆换一斤麦子，但是没有人要。他气恼之下就写了一个牌子，挂在集市上：正宗的阜平土豆秧子，三斤麦子换一斤。没有想到，生意火得不得了。他拉到平原上的一千斤土豆，就换回来了两千斤麦子。

他想把四发培养成一个小买卖人，经常说四发："吃不穷，穿不穷，打算不到就受穷。"在卖土豆的时候，他结识了一个业务员，把四发介绍到了肉联厂上班。那个跟四发搞对象的女人，对山里人心存歧视，这让他非常恼火。他说："怎么平原人就比山里人高贵呀？"

那个女人的男人，也提出了条件，就是让四发给他一笔赔偿费，他就会和那个女人离婚，然后就让那个女人跟了四发。四发爹说："宁拆十座庙，不破一门亲，咱们不干这伤天害理的事情。人家一家人过得好好的，咱们插一杠子算什么。"

他从心里也想着骆驼湾能有个翻天覆地的变化。晚上没有事的时候，睡不着觉的时候，他就把村里的人捋一遍。这村里想改变，除非年轻人起来。这年轻人里面，他也数了一遍，就数骆山旺有点来头，别人都是山药蛋。自从白二蛋当了书记之后，他虽然是把贫困村的帽子争取回来了，但是也让骆驼湾的贫困名声在外，影响了孩子们的娶亲结婚。五年了，从顾春杏嫁到这村里之后，就没有一个后生娶过媳妇。他想让四发破破这个局，但是这孩子不争气。“你搞对象就搞一个没有结婚的，你说哪有你这样的？”四发和他抬杠：“你去平原看看就知道了，没有结婚的会跟你？人家平原农村里没有在城里买房的都找不着对象。”四发也去过几个工友家，他们盖的五正三厢的多檩的大房子都不算数，必须在城里买楼。

看着眼前这热腾腾的局面，四发爹怕骆山旺只踢了这头三脚，就没有了后劲。这开局容易，开局后面的持续发展才是真正要劲的地方。他这些天跟在工程后面，一边验收质量一边算计着工程量。他真心想帮助骆山旺。他知道，如果这次攻坚战骆驼湾打不赢，就会给子孙后代留下千古骂名啊。

一开始，他对脱贫攻坚战还真是没有信心。从他当村干部开始，扶贫工作就开始了，到现在还没有眉目。一年一年地盼啊，一年一年地等啊，工作组来了一批又一批，但都是进村就放炮，用数字扶贫，上大红喜报。

每次开会，他都说：“咱们骆驼湾净指着外人来给你送金子银子，你等个鳖孙的吧。”白二蛋嫌他净提反对意见，就把他劝退了。老伴说：“你当了这么多年的会计，黑不说白不说就辞退了，这鳖孙的白二蛋，卸磨杀驴呀。”他说老伴：“你别这么跟自己较劲了，以往咱们是有点小笼头拴着，现在咱们自由了。咱脑瓜也不笨，肯定能挣着钱的。现在再挣不了钱，这辈子就别想挣钱了。你看人家老算子，倒腾个黑猪，都能够发点小财。”四发爹这些年，果然就悄没声地挣了些小钱。

有些人发点小财就爱显摆，四发爹这人是不显山，不露水，不像老算子那么张牙舞爪的。老算子行事，都是睁眼露，小聪明过多。他看不起老算子，就是他家刘根儿娶顾春杏这个事情，他也劝过老算子：“不是一家人不进一家门，你们家根儿，就是一坨牛粪，就是插上鲜花也要蔫了。”老算子嘻嘻一笑说：“赵老弟，论聪明，骆驼湾，我不敢说第一，起码没有在你之下。这一家女儿百家求，天经地义呀。你个老鳖孙的，是不是看我们家根儿娶个漂亮媳妇，你嫉妒眼气呀，想给你家四发留着啊，是吧。”

四发爹说：“我不是这样说法，你个灰样的，老话说得好，丑妻近地家中宝啊。”老算子也不恼说：“行，你给你家的四发娶个丑媳妇吧，我家根儿可不想这样，我不想让子孙后代都丑得像个鳖孙。”

那天，骆山旺、白在勺、赵四发三个人和村里签了合同。四发回去之后，他爹把这个合同还有他们的标书，整整地看了一夜。他一边看一边用算盘算着，一夜都没有睡觉。等到外面的公鸡叫的时候，他把标书一合，把算盘一放对老伴说：“这个骆山旺啊，是个干家，四发跟着他错不了。”

老伴说：“孩子们都年轻，你这个老狐狸也不说帮帮他们呀。这村里的工程，弄好了又是秧歌又是戏，如果出了一差二错的，孩子们戴手铐，咱们老人们心里也安生不了。”四发爹说：“你说得有道理，我这正想呢。你看看，这骆家孩子做的这标书，真是滴水不漏啊，连

用多少水泥、用多少土方都计算得一清二楚的。”

老话说，头三脚难踢。他在炕头上合计了一晌午，到吃晌午饭的时候，让四发把骆山旺、白大勺叫了来。四发爹对白大勺这个孩子没有底，他这个吃喝懒散惯了的，吃得下这个苦吗。搞工程不是过家家，这是要费脑费力的活儿，当包工头儿就是带兵啊。山旺爹当时就是当这个村支书累死的，他到死都没有把骆驼湾改造好。

四发爹过日子抠门村里人都知道，但为了请骆山旺吃饭，他竟然炒了四个菜，还买了一只烧鸡。这样大方的举动，连四发都感到惊奇。他说：“爹，咱们不过了啊。”四发爹说：“自己吃了填坑，外人吃了扬名，这你都不懂啊。”

骆山旺进门来一看这阵势，看着四发爹的眼睛说：“老舅啊，你这是唱的哪一出啊，是鸿门宴还是百鸡宴？”白大勺吞着口水说：“老叔啊，你这是贿赂我们还是拉我们下水呀。”

四发爹把酒满上，让他们三个都坐下才说：“今天我这酒既不是鸿门宴，也不是百鸡宴，我这是壮行酒。当初，刘关张在涿州桃花庄聚义，拜了把兄弟，才有了后来的三国鼎立。我这前半辈子，给山旺爹保了半辈子驾，现在轮着山旺当头儿了，四发又跟着你干。我有几句不是道理的道理，要讲给你们听。这唱戏的都讲究，丑不丑，一合手。咱们骆驼湾也有老话，就是亲戚不过财，过财两不来。这世界上许多事情，都是从钱这个东西坏了良心的，闹的多少人见面不说话，好像是有了杀父之仇、夺妻之恨似的。人家开饭馆的有几句话，赊账好比三结义，要账好像请诸葛。你们今天干这件事，说好了是工程，说小了就是买卖。既然做买卖，就要遵守买卖的规矩。这里面有几句话，今天咱们说在头里算话，说在后头不算话。一个你们要有一个规矩，骆山旺就是你们两个的头儿，他说的话，你们两个要绝对的执行，不许有半个不字，这是一。二一个呢，不管什么事情，你们之间要做到都放到桌面上，清楚算账，糊涂结局。因为咱们这穷地方，你们都没摸过这么多的钱。几十万啊，你们一个不小心，就会捅个大窟窿啊。没有大网捞不了大鱼，没有大鱼闯不了大窟窿啊。”

骆山旺端起酒杯先敬四发爹说：“老舅，你这都是说的肺腑之言，不是亲近的不会说这个话。你嘱咐得对。我这个人，自幼在家里被宠惯了，有时说话不犯掂对，想什么就是什么，就是我母亲的话，有时候也不听。既然老舅说到这里了，我也给他们两个做一个保证。既然买卖是咱们三个一块做的，不管事大事小，也是一个事业。既然你们都尊我为大哥，我就要担当起一个做大哥的义务来。我敬老舅一个。”

四发爹拦住他的酒杯说：“这酒咱们谁都不要先敬。今天我要给你爹，就是咱们的老书记，敬一杯。我要告诉他，他的儿子今天开始接他的事业了。”

他这一说，几个人全都站起来，端起杯子对着天空。骆山旺还记得父亲死的时候说的话：“儿子，接着爹的事业干，把咱们骆驼湾拉出穷窝呀。”他把酒杯往地上一撒，眼泪哗哗地流了下来。四发妈说：“四发爹，你看你这老头子，这是好事，你看把他们都闹哭了，你真是的。”

四发爹说：“你个老娘儿们懂什么，老骆姐夫当时的政策是想自力更生，想把骆驼湾搞得富强起来，可是，天不时地不利呀。当时的政策是让农民进城，要建设中心城市，咱们就被拉下来了。你们赶

上了好时代，习总书记这个战略对着哩，青山绿水就是金山银山啊。咱们这还是有资源的。这高高的辽台岭，上面有古长城，还有天生桥，还有原始深林，这些都是资源。当初老骆姐夫就是想修这条路啊，跑下资金来，谁知道，人家是利用咱们的户头，把钱转给了开发商，你爹就是活活气死的。”

四发妈说：“你看你这老头子，怎么净说丧气话。”四发爹说：“我这就是要给他们说，要争气，要把事情办好。”四发妈说：“吃菜喝酒，吃菜喝酒。”

四发爹是主动给他们当这个质量监督员的。他说：“山旺啊，我不挣你们一分钱，我义务的，行不？”他这个监督员还真没有白当。给他们送料的罐车，一共是三个，其他两个是一个小时就打来回，而尾号2011的车，总是比他们两个慢了二十分钟，但是他拉的成品灰卸车的时间，比他们两个车要快十分钟。第一天，四发爹就看着有问题。他是做小买卖的，看这个是一看一个准的，而且那车卸下的灰浇筑的面积也少许多。他暗自做了一个记号，这个2011每次都比其他两个车少四分之一的灰。

骆山旺骑着摩托车跟踪着2011，果然，他在半道上拐向一个民宅浇筑现场，把剩下的灰浇筑进去。2011的司机看到骆山旺的时候，脸色煞白。他说：“大哥，饶了我吧，这是我家的房基。”骆山旺定定地看着他，他身后有一个穿着救济捐献校服的孩子，这个校服是保定某中学的，大得拖过膝盖。他心里一酸，扭头开摩托车走了。这个司机在后面大喊了一声：“大哥，好人啊！”

看到骆山旺回来的脸色，四发爹就知道什么结果。“追上了没？”他问。骆山旺说：“追上了，也是一个贫困户。也没有多少，算了，他以后不会了。”四发爹哼了一声，什么都没有说，穷贼莫追呀。但是，他心里也非常担忧。骆山旺这孩子，心地还是非常善良的，慈不掌兵啊。当头儿的人，光有慈悲心不行，还要学会做恶人。这才刚开始，村外的路好修，真的进了村才是要劲的时候。

骆山旺中标之后，已经有许多人心里不舒服了。钱财动人心啊。毕竟这是十几万块钱的工程啊。不知道有多少人要看他的笑话，要看他摔得四分五裂。四发爹最担心的就是白二蛋，他这次把骆山旺推出来，四发爹担心这是白二蛋的一个陷阱。这就是说，是骆山旺非要把国家级贫困村这个帽子摘了，老百姓得不到好处，他白二蛋是没有责任的。

骆山旺初次担当这么大的责任，他作为老一辈的人，只有鼓劲，不可泄劲。有些背面的东西，他不能说给他听。也许这些都是他的感觉，但愿他的感觉是错的。有些话，现在还不是给山旺说的时候，这个时候要给他力量，让他充满信心。

修路工程发布会之后，四发爹就去找旗子爷说了自己的担心。旗子爷琢磨了半天才说：“知道，我知道，这个白二蛋这次有他的打算，他是不想冲锋陷阵了，只要他不阻挡别人就行。不过，他干这些年，还是有功劳的。他把国家级贫困村这个牌子跑下来，村里还是沾了很大的便宜的。再说了，白二蛋这个人，不贪，不多吃多占，也算是一个好干部了。当时，他是不想在村里当干部的，还不是咱们几个老党员，硬把他霸下了。”四发爹记得那次开党员会，推荐一把手，谁都不说话，还是旗子爷说了，论岁数吧，谁岁数小谁干。一推算，还是白二蛋，当时四十二岁，正是好岁数。

旗子爷看着郁郁苍苍的辽台背说：“这些年，人们吃国家的贫困

补助，吃得腿软了，吃得手懒了。不光是老百姓，不光是村民，就是白二蛋的心里，还是留恋着贫困村这面旗子啊。人们都不想自己奋斗，总想坐在国家的列车上，天天分得一杯羹啊。”

旗子爷满怀深情地告诉他：“白二蛋这人非常聪明，他不会在这个时候出别的问题。但是，四发他爹呀，我这里离不开，这一大片林场啊，是国家的财富。村里的事情，你要多长几个耳朵，也要多长几个心眼。山旺他们这几个孩子就交给你了，你要是看不好他们，你个鳖孙的就别来见我。”

19

骆山旺好像是猴王出世，惊天动地地从石头里蹦了出来，不光是震动了村里的老百姓，也震动了镇上的领导班子。因为骆驼湾是第一次召开投标大会，尽管只是修路，但是，这脱贫攻坚战的第一仗就算是开始了。全镇就收到了一份标书，刘天亮非常认真地看了，有些地方还询问了财政上的几个老会计。就连老所长都说，这标书做得一点毛病也没有。因为骆驼湾修路的工程计算，就是他们几个人搞的，这标书基本上吻合他们的标准。

刘天亮还特地给白二蛋打了电话，问他是否透露过镇上的标底。白二蛋说："刘书记，我的刘青天，我白二蛋也是老党员了，也是懂的党的纪律的。再说，标底在你们手里攥着，我就是想透露，也不

知道呀。”

“哈哈，”刘天亮打着哈哈说：“行了，行了，别什么时候都像受屈的小媳妇似的。我祝贺你呀，你们骆驼湾有人才，真是，高手在民间呀。”白二蛋说：“刘书记啊，千里马常有，而伯乐不常有，没有伯乐哪里来的千里马呀，是吧。”

“你个鳖孙的，你是狗肚里搁不下几两荤油，我这还没有表扬你，你自己倒开始表扬与自我表扬了。你个灰样的，这下肯定是笑得合不上嘴了。”

“江山代有才人出啊，领个风骚也就几年呀。”白二蛋还要抒情，灶上的火烧了出来，他急忙地放下电话，去烧火。刘天亮说：“老白呀，怎么不找个二嫂啊，一个人爬锅趴灶的。”白二蛋哈哈一笑说：“刚公布了八项规定，你要带头违法呀。说吧，你有几个？”

“本人才疏学浅，丑陋不堪，可不行。”

俩人开了一顿不伤大雅的玩笑，但是心情都非常好，因为这个骆驼湾是刘天亮最担心的地方，如果这里搞不好，给外界的影响非常大，甚至影响镇上班子的稳定。

人要脸，树要皮，墙子要的是一把泥。这次骆驼湾在十几个村子里面是隔着窗口吹喇叭，名声在外了。刘天亮大会小会地表扬了好几次。以往开会时总是扎旮旯的白二蛋，现在也摇头晃脑地敢在前三排坐了。好几个村的一把手找白二蛋请教，他总是谦虚地表示，这都是上级党委领导得好，也是工作队工作做得好。

佛争一炉香，人争一口气。骆驼湾能够办的，谁都能够办。别村的支书们有的磨拳擦掌，有的暗自思量。他们几个凑一块，说白二蛋这是傻小子睡凉炕，全凭时气壮。当初谁都不愿意要的张琟竤，谁知道有这么大的能量。

外人说什么，这都不要紧，只有白二蛋心里明白，这修路只是一个花架子，与脱贫项目之间还有许多距离。这路修个半年六个月的，这工作队下乡的时间就到了，也就是说正是秋高气爽、满山红叶、骆驼湾景色最美的时候，请上级来剪彩，最好来几个大领导，敲锣打鼓，扭秧歌，红绸飘飘，再唱上一段大红枣儿甜又香，这是多么好的皆大欢喜的局面啊。这些让他自己都陶醉了。当然他还会有一段表态的发言。先说功劳是党和人民的，再说是各级党委领导的，再说群众现在的基本情况，再说由于基本建设投入牵涉精力，脱贫项目没有完成既定目标。明年，肯定要在党委的领导下，落实习总书记的嘱托，一定要达到脱贫目标。这个时候，要口号喊得响，胸脯拍得响，领导一高兴，规划就做到明年了，这一年的贫困村补助，就算又到手了，那样，整个村里的人都皆大欢喜了。

顾春杏发现，骆山旺中标之后，自己的老公公非常高兴。她刚一进门，他就喜气洋洋地迎上来说："山旺中标了是吧。"在得到春杏的认可之后，老算子满意地点点头说："好，好。"不知道他说的好是什么意思。村外山道上搞得热火朝天，老算子却袖着手，立在自己家的猪圈前面，胸有成竹地满脸笑意。

村里公布了修路的总预算之后，最不高兴的就算是花婶了。她有了这样的事情，就会去找老算子打听情况。花婶看到老算子正站在自己门前的猪圈旁边，高瞻远瞩地看着山下修路的工地。

花婶走到老算盘跟前说："老算子，你个老鳖孙，人家都修路了，你怎么不去呀。按说你这脑瓜子，这么灵活又有社会上的人脉，你怎么着也得包了个活儿吧，怎么也比你当猪贩子挣钱吧。"

老算子喜滋滋地看着花婶，摇头晃脑地转身看着自己家的猪说：“你看，我家这头猪啊，一个月就长了几十斤肉，用不了到年底，我看五月端午，就可以出栏了。”

花婶生气地踹了他一脚说：“人家说的是城门楼子，你说的屌鸡巴头子，你个老鳖孙啊，你是不挨骂心里不舒服是吧。”

老算盘也不生气地说：“是呀，他花大婶呀，都说，打是疼骂是爱，高兴了才用脚踹呢。你今天是怎么了啊，你高兴什么呀。”

花婶跳着脚说：“我给你个兔子蹬鹰，蹬死你个老鳖孙。看你个灰样，你平时脑子灵活得像个猴儿，今天让驴踢了呀。”

老算子说：“就是让驴踢了呀？还是个母驴。”花婶上去一把抓住他的衣领子，扯着他颏下的一缕胡子说：“我揪下你的驴尾巴来，你个傻驴傻鳖孙。”

老算盘求饶地说：“我的大神呀，我傻驴，我鳖孙行了吧，我是个老鳖孙还不行啊。”

花婶放开他说：“你个老鳖孙，我问你，你为什么不投标啊。你不说清楚，我就跟你没有完，我到你家吃饭去。”

老算子得意地说：“你去行啊，只要我儿媳妇愿意，你睡在我家都行。”

花婶吐他一口：“你个老不正经的，你说清楚，别云山雾罩的。”

老算盘往修路的地方一指：“我说清楚，我说清楚，我不想让你们这些贫困户骂我一辈子啊。只要这路一修通，咱们村就算是有项目了，到时候，你们这些吃低保的、吃贫困户扶贫款的，你们到时候就吃吧。”

花婶愣了，她就是吃低保的贫困户，她的闺女就是因为吃着低保，一分钱都不花就上了高中，又出去当了超市的营业员的。她问老算子说："这路要是不修，这钱是不是要给村民分了。"老算子说："这个我可不知道，这路是咱们村里的，给村里修路和给钱都一样啊。再说了，这路也就是钱啊。"

花婶小声地说："我明白了，国家的钱是给全村的，凭什么要让姓骆的一家花了啊。他们花了这钱，我们贫困户就花不上了，是不是啊。"她问周围的人们，这些老年女人们，谁都不知道该怎么回答。但是她们都是贫困户，这钱连着她们的心呢。

老算子说："人家不但是花钱，人家还天天吃肉喝酒呢。"

他们从这里看去，能够看到远远的修路工地上的人们在忙活着，也看到新搭的席棚里，冒着白烟，那是外面来的技术员和施工司机们吃饭的地方。

"我们的家乡在希望的田野上……"身兼后勤经理和食堂大厨的白大勺，一边准备着午饭，一边和川妹子聊天。他把手机夹在脖子里，手下的菜刀准确无误地切着菜，嘴里还哼着歌曲。

川妹说："白哥呀，你现在是大款了，不要忘了妹子啊，人家可是天天想你想得睡不着觉啊。"白大勺把土豆丝切得像是用擦子擦的一样。骆山旺说："你用擦子多好，又快又省劲。"白大勺说："旺哥，你就不懂了，这不是切菜，这是艺术。"川妹说："你们这次能挣多少钱，一个人能挣二十万吗？"

白大勺笑着说："小看人了不是，这么大工程，你以为是你们的小饭馆啊。"

川妹说："你加上我微信吧，这样太费话费。"白大勺说："你个灰样的，费了话费，我给你补，怎么也比打炮省吧。"川妹子在那头啊

呸一声说："你真坏枣儿擦的。"白大勺说："男人不坏，女人不爱，这是谁说的，还不是你说的。"川妹说："是我说的。可是现在人家变了，变得正经了，再也不找那些臭司机了。"白大勺说："你找什么样的，我这样的行吗？"

川妹子半天没有说话，呆了一下说："你让人家想想。"白大勺说："想什么鳖孙的，你行就行。告诉你，我们马上就成立公司了，我要是当了公司的总经理呀，你个灰样的，还不有的是呀。裤裆里抓虱子，手拿把攥的。"川妹说："不给你说了，有车来了，我去招徕客人了。"白大勺说："你要是再卖黄米，我掐死你。"川妹子说："你是人家的什么人啊，你管得着吗？"白大勺说："我是你老公，怎么就管不着你。"川妹子说："你是太监吧，还是老公，行了你有本事晚上下来。看我怎么闹你个灰样的。"白大勺哈哈一笑说："你个鳖孙的，你当我不敢下去啊。"

刚从县城培训回来的顾春杏进来，她是来帮厨的。为了减少不必要的开支，平时就白大勺一个人。到了开饭的时候，就要有人来帮忙。白大勺只顾着和川妹子通话，也没有往后看。他以为是四发，就说："把肉洗洗，洗干净点。"

顾春杏说："肉在什么地方啊？"白大勺回头一看说："是你呀，你怎么来了，培训完了？"顾春杏看到白大勺做饭也穿着西服就笑着说："你怎么不脱了外面的衣服啊，你看都弄脏了。"白大勺严肃地说："不行，山旺说了，上班都要穿戴整齐，我这是上班时间。"顾春杏笑着说："这是在厨房啊。"

白大勺说："我这是后勤经理兼职的厨师，我的主要身份是经理。"

顾春杏说："白经理，你刚才给谁打电话啊，怎么声音这么甜蜜呀？"

白大勺说："这个呀，保密，我就是不告诉你，让你着急。"顾春杏一边从篮子里把肉拿出来，一边说："你不说就憋在肚子里，你说我还不爱听呢。"白大勺说："春杏，我还真的问问你，这女人的话能信多少啊，她们的话有没有真的呀？"

顾春杏一边舀水一边说："这要看对谁说了，要是朋友之间的话还是真的呀。"白大勺说："你说的是朋友之间，我说的要是一个女人和一个男人，他们之间的话，是不是真的？"

顾春杏弯着腰洗肉，她的腰身像三月春风里的柳条，她的动作就像在跳舞一样，背影成熟又迷人。白大勺痴迷地看着她的后影，心里想："怪不得山旺入迷。"他在大锅里倒上油，在下面的灶里又塞上几块劈柴，看着花生油在锅里转圈，渐渐地起沫，心里叹了一声："要是川妹子有她的一半就行了。"

他刚把葱花、姜丝放到锅里，骆山旺进来大声地说："大勺，晌午做三十个人的饭。"白大勺说："你这什么时候才说话，我就买了十个人的馒头。"

骆山旺说："菜够不够？不行，你让川妹再送点肉来，一定要管够她们吃。"

白大勺说："什么事，这么重要。"顾春杏也直起身来说："怎么了？"

骆山旺说："没有什么大事，就是花婶她们几个贫困户，不知道是听了谁说的话，要到工地上来干活儿。"白大勺说："反了天了，她们就是故意捣乱，不管她们，看她们能够怎么样。"骆山旺大度地笑笑说："她们才能吃多少，让她们放劲地吃。今天大肉管饱，明天要

是来还是大肉。你就给川妹打电话吧。”白大勺说：“旺哥，我这可是公事，这不算在工作时间打私人电话吧？”

顾春杏说：“没想到大勺还这么遵守规矩了。”白大勺说：“你把肉切一下，今天晌午就吃工作餐，我马上联系。”他把一筐菜放在锅里，就给川妹子打电话。谁知道，她的电话没有人接。白大勺说：“这鳖孙，刚放电话就不接了。”骆山旺看水缸里的水不多了，挑起水桶就要去挑水。白大勺说：“让四发来挑水，我去镇上买肉。这个鳖孙，用她的时候，就不接电话了。”

他刚要出棚门，电话响起来。川妹子说：“人家正接客呢。”白大勺骂她：“你个鳖孙，话都不会说，什么叫接客呢。告诉过你多少回，迎接客人，迎接客人。”川妹说：“简单的不就是接客呀。”

白大勺粗鲁地骂了她一句，让她马上送十斤猪头肉过来，还有猪大肠也要十斤。川妹子非常高兴地说：“行啊，你放心，我马上就到了。”顾春杏把肉放到锅里，问白大勺还有什么事不，没有事她就回村里去了。骆山旺说：“你别走了，今天就陪着交通局的还有项目办的人吃饭，有些事我还真的给你说说。这马上就要进村勘察开槽了，你们家的猪圈，就在大街上。这事，你得回去和乐乐的爷爷说说。”

顾春杏说：“这事好说，他还敢阻挡修路？他有几个脑袋？”

骆山旺小心地说：“春杏，这事没有这么简单。他们就想让你公公出面，让咱们斗起来，他们好火中取栗。”

顾春杏一边搅着锅一边说：“你说得怎么这么严肃啊，这修路镇上都出面了，你怕什么。”骆山旺笑笑说：“要是没有人在背地里鼓动，花婶她们这些贫困户，为什么集体出动了，都到工地上来要打工挣钱呢。”

未雨绸缪，什么事都要想到前面。这些年在外边漂泊，骆山旺养成了一个凡事都看三步的习惯。就在一个小时之前，四发打电话告诉他，花婶她们一群老女人，拦住运输水泥的罐车，不让卸搅拌好的水泥。

花婶和一群老少残疾的女人看到罐车过来，就故意倒在路上，人们趁势把车拦住。赵四发看到后，着急地过来说："你们这是干什么？这是在施工，你们这是故意耽误施工。花婶子，你起来呀，有什么话好好说。"

花婶说："让开，说不清楚，不闪。"

四发说："花婶啊，你老人家就高抬贵手，我们这是有工期的。"

花婶说："你做了主不，去找做主的来。"骆山旺这时候，正在村里指挥着小型挖掘机清除路基。这进村的一段是上坡路，两边的石头非常多，看样要使用炸药。他正在和司机商量，尽量地不用炸药，因为前面就是住宅区。司机说，可以用破碎机，但这一点工程，值不得运机子过来，光运费都赶得上施工的钱了。这时候，手机响了，四发的电话打进来。

骆山旺说："四发，咋啦？"

四发说："花婶挡着不让施工。"

骆山旺说："人怕敬，鬼怕送，说几句好话。"

四发说："我都磕头了，你说怎么办？"骆山旺让他告诉花婶，就说骆山旺说了，凡是来的人，晌午在工地吃饭，吃饭的时候，咱们再谈事情。

骆山旺收起手机和司机又探讨了一下清理的办法，就赶到厨房这边来了。他知道，花婶她们不达目的，不会罢休的。没有想到，他

们竟然让花婶这样的贫困户出面。

顾春杏说："他们是谁呀，你知道吗？"骆山旺笑笑说："应该村委里面就有人，这你是清楚的。"顾春杏说："不怕，他们几个老鳖孙的，捣不了乱。"骆山旺说："春杏，你现在是村委干部，不要说话这么咄咄逼人，还是要有点韬略。"

白大勺在另一口大锅里熬粥，说："春杏，你就听山旺的，他这个人想得比别人都多。你公爹这老算子是谁都草鸡的人，他办出事来，就不知道是怎么想的。"顾春杏看筐子里的碗有点脏，就端过大盆来，舀水洗碗，骆山旺也过来帮着洗。这时候，四发打过电话来了，说："花婶她们走了，晌午饭就不要预备了。"白大勺说："这已经让人家送肉了，这怎么着啊。"骆山旺问四发："她们怎么走的？"四发说："大姑她们来了，花婶她们就乖乖地走了。"骆山旺从心里感谢母亲，这要是没有她，他真的踢不开。

骆山旺说："肉还要，她们就是走了，咱们也给她们把饭送去。"

他和顾春杏钻出席棚，顾春杏情意浓浓地看着骆山旺。这几天没有看到顾春杏，骆山旺心里也觉得缺少点什么似的。这些年的岁月虽然没在她的脸上留下痕迹，但是她也不再是当年的青涩学生了。他们站的这个地方，正好是向阳的山坡地，从这里能够看到遥遥的辽道背上的白云青松。顾春杏问："有压力吗？"骆山旺笑笑说："没有压力，就这点小工程，还算是工程啊，你没有见过大工地，那是什么概念啊，这小菜一碟。"

白大勺端着两碗热水出来，递给他们。骆山旺端碗喝一口，顾春杏把碗放下说："要是没有什么事情，我就回村去了。"骆山旺有点依依不舍地说："你就在这吃吧，乐乐在我妈那，白天黑夜的都没有事，你放心。”他这话让顾春杏的心里泛起幸福的涟漪，顾春杏羞怯地低下头，双手绞动着衣襟，说：“让大姑受累了。”她掏出一张照片说：“你看，这是培训班的合影。”骆山旺一眼就看到了顾春杏，她扬起的头正在看着远方，电子信息化就要到山乡的每个村庄了。顾春杏的脸上因为羞涩泛起一片红晕，让骆山旺的心里也泛起了阵阵浪花。

骆山旺的手机响起来，是蒋大为唱的牡丹之歌。这歌声在这个时候响起来，映衬的大山更加青翠，蓝天更加幽幽无边。电话是张琟竑打过来的，她现在就在镇上，因为县纪委来人了，说他们的这次修路招标，是人情标，因为招标必须有三个以上的竞标单位才行。

骆山旺放下电话说：“春杏，你就在这吃，吃完后把给村里花婶子她们的饭送去。”顾春杏说：“是张琟竑的电话是吧，有什么事吗？”骆山旺说：“树欲静而风不止，天要下雨，娘要嫁人，这有什么办法啊。”

张琟竑又打过电话来，怕他有压力，说：“山旺，我们村支部和村委是会给你做主的，你放心。纪委那边，我也和刘书记沟通了，他们正在谈话，你该干什么还要干什么，工程绝对不能够停。”

骆山旺说：“张书记，你放心，我什么压力也没有，就是现在下马，我也不怕。”

看着骆山旺有了阴影的脸，顾春杏心里也非常纠结，真是好事多磨呀。骆山旺说：“咱们这是动了一些人的奶酪，他们肯定是要有动作的。不过，我坚信，身正不怕影子斜。这贫困村的帽子，我摘定了。如果在这之前，我还犹豫，现在，既然已经进了阵地，我赴汤蹈火，也在所不辞。”

20

骆驼湾违规招标的事，整个镇上都知道了，因为刘天亮也参加了村里的招标会，就算是涉嫌。纪委的办案人员，让他也回避，资金暂时冻结。这路修到这份上，已经不能够停下来了，因为和外面的施工机械、成品灰供应都是签了合同的，过期不仅要交付一大笔费用，而且还会耽误工程进展。

人们为骆山旺着急，说这鳖孙这下可摔了。也有人高兴，让这小鳖孙炸庙，年年吃贫困补助吃得稳稳的，你非要出这个头。人们说到他父亲，说这父子两个放在锅里煮煮一个味。

纪委调查人员进村了，他们要调查村干部和镇干部有没有贪腐行为。他们通知骆山旺配合调查，因为如果出现了行贿行为，他就算是触犯了刑法。触犯刑法是什么概念，他应该很清楚。调查人员还说了一个事情，就是骆山旺曾经涉嫌抢劫工作队员，白大勺已经有前科了，他把八只品种羊都养死了，本身就是个问题。这个问题如果追究起来，也算是个刑事案件。

白大勺说："我操他个鳖孙的，咱们三个都成了刑事犯了。"

四发说："我没有罪名，比你们两个还轻点。"白大勺说："你没有罪名？抓张琟竑就是你提供的作案工具，你家的三马车就是物证。"四发说："大勺，你这是想一网打进去是吧？我在外面，你们两个进去了，我好给你们请律师，给你们往里面送吃的，听说里面不让吃饱。就你白大勺一年吃八只羊，进去了你就请吃好的吧。"白大勺说："我进去先举报你，拐骗良家妇女。"赵四发笑着说："你举报也是白举报，人家就不承认有这事呢。"

纪委调查人员给村干部们下了禁令，这些天不许和涉嫌的骆山旺他们几个联系，也不要有亲密接触，因为这是纪委检查纪律所不允许的。白二蛋说："那修了半截的公路怎么办，就这样停下来，这是要糟蹋国家资产的。"调查人员说："你既然知道这些当初怎么没有按照招标程序走呢？"白二蛋说："修一个村路，还招什么标啊，我们这就是为了给村里装门面的。"调查人员说："你如果当初要没有走招标这个程序，我们也就省事了，也就不费事了。这事也就不算什么事情，只要你们村民代表大会通过了就行。但是因为你招标了，又没有按照规范进行，这就不行。"

白二蛋觉得委屈，就找刘天亮说："你听听他们鳖孙说的这叫什么话啊，咱们不是混蛋了，搞的什么鳖孙招标啊。"刘天亮说："十八大以后，咱们更要加强组织纪律性，不要发牢骚，要正确对待。"白二

蛋说："我不怕，死猪不怕开水烫，可是，我费尽心机留下的几个小鳖孙，他们哪见过这样的事，他们顶得住吗？"

刘天亮说："真金不怕火炼，骆山旺他们要是连这个情况都顶不住，也就是怂灰人。他要是顶住个鳖孙的了，他们就是好样的，就是真正的人才。"白二蛋担心地说："刘书记呀，这不是谁的孩子谁不心疼。"刘天亮说："你个鳖孙的，你要是进去了，我就是同伙，我不心疼，我比你心疼，我这镇党委书记也是一步一步走上来的。我这一个月四千多块钱的工资，我比你不担心？你不干了，还可以到县城里去看大门，守着女儿、外孙的享清福，我这要是让人家给撸了，就是一个无业游民了。到时候，我到你家门口要饭去。"

白二蛋坏坏地一笑说："行了，你也是个鳖孙，怎么就说到这上面去了。你贪污受贿了没？你别处贪污我不管，反正修路这个项目上，你没有贪污受贿，咱们怕他个鳖孙啊。"

骆驼湾村里，一时各种流言都有。有的说，骆山旺这个小鳖孙该着倒霉了。有的说，马上就会被抓进去。这小鳖孙的，上学的时候就和女同学搞。还有的说，这下把白二蛋的三个小鳖孙一勺烩了，看他个灰样的怎么办。

纪委的调查人员到了修路的工地上，这里是赵四发值班。他们让工程停下来。赵四发说："吃谁的饭，给谁干，我挣的是骆山旺的工资，你给我说没有用。"他们问骆山旺在什么地方，赵四发说："他在什么地方，我怎么知道，他干什么也不给我请示。"调查人员只好开具了一个停工手续，交给赵四发，让他转交给骆山旺。

赵四发把调查人员开具的停工通知拿给骆山旺时，问："还让送成品灰的罐车来吗？"骆山旺把停工通知书看了一下说："来，不能停工，我们是按照承包合同进行，只要合同不作废，我们就得正常进行。他们要是单方面停止合同，就要承担损失。咱们跟村委订的合同，没有对方的正式通知，谁都不能够违犯。”

赵四发说：“如果调查人员还阻止怎么办？”骆山旺说：“你就说你是我雇佣的工人，你怕什么。他如果问得紧了，你就说，谁发工资我就听谁的，你发工资就听你的。”

四发爹说：“山旺这话对，打酒的冲提瓶子的要钱。四发，你别怕，就这样说。”

但是，开工就要给的第一批资金要结了，四发爹去找村会计要钱。村会计说：“纪委通知，暂时冻结。”四发爹说：“你们又没有废除合同，现在不按合同办事，将来你们要负全责。”村会计说：“我们都是干部，我们必须听上级党委和纪委的。你也当过村干部，你说我们不听行吗？”

四发爹说：“那你就给我们写一个书面证明，就说是你们单方停止合同。”村会计说：“你找纪委的人去说吧，我这职位，我不敢这么做。”

四发爹对骆山旺说：“他们不给钱，我们不行就停工。”骆山旺说：“赵大舅，我们和村里的合同有猫腻没有？”四发爹说：“这是在全村大会上订的合同，哪来的猫腻？再说了，这工程量和资金，我都仔细地算过的，就是找审计局来，他们也审计不出毛病的。”

骆山旺说：“这样就行了，我们肚子里没有病，怕什么，就干他个鳖孙的。”四发爹说：“旺啊，工程不是过家家，只要一动工，就是要真金白银的，这不是用意气就能够过去的事。”骆山旺胸有成竹地说：“赵大舅，你放心，这些我都想到了，没有金刚钻就不揽这大家

伙，你放心。该怎么干还怎么干。”

四发爹苦着个脸说：“我放心，这工程钱不到手，我真的是放不了心。没有钱，谁有嘛法。”骆山旺笑着说：“大舅，你真的不懂，这工程有工程的玩法，你放心。”四发爹真的不知道骆山旺有多大的本事，如果这成品灰罐车真的不来了，这工程就算完了。

纪委进入调查，白二蛋他们都是调查对象。白二蛋说：“你们可是听明白了，这个时候，谁出了事情，就是谁的责任，我这个支部书记可是保不了你们，因为干扰纪委办案，也算是违反纪律。”

顾春杏是直接负责修路的村干部，在纪委调查期间，更要避嫌，绝对不能参与修路的事情。按照纪委的要求，张琟竑也必须从骆婶家搬离。骆婶眼睛里含着泪说：“闺女呀，你说山旺这是犯错误了啊。”

张琟竑虽然满心气愤，但是这是组织上的命令，她也不好说什么。骆婶说：“闺女呀，山旺这个灰货虽然有点二，但是，我知道这个孩子不会干斜的歪的，你们可要保他呀。”

张琟竑自从参加工作以来，都是在机关工作，根本没有经历过这样的事情。她想找人问问，这没有招标进行村里修路，算不算违犯规定。她心里也犯了嘀咕，不会把骆山旺弄进监狱去吧。她给刘天亮打电话，想问问清楚，但是刘天亮在电话里只是给她打哈哈，不说正事，只要一提到修路的事情，他马上就用别的话差开。

张琟竑说：“刘书记，你这人怎么这样啊，你这是什么态度啊，你这是对党的事业的不忠诚。”刘天亮任她怎么说，就是不正面回答她。张琟竑到镇上找他，刘天亮确信没有人偷听的时候才说：“小张啊，你不要在电话里说这件事情。”张琟竑说：“为什么，我是村里的第一书记，你是镇上的党委书记，我怎么就不能够在电话里给你说问题了。”

刘天亮说：“你不知道啊，我们的通话，在机战的计算机里都会保留半月，现在，纪委办案也都现代化了，他们找不到头绪就会去调通话记录，我们如果说了修路的事情，他们将会作为证词，只要稍有不慎，我们就会给骆山旺造成很大的伤害。”张琟竑还想说什么，刘天亮老道地拦住她说：“小张，我们都是党员，希望你能够在新的形势下，适应这些工作形式。我们一定要站在党的高度看问题，反腐倡廉是党中央的新指示精神，别的我就不说了。”看着张琟竑这张还有点幼稚的脸，他悄悄地说：“我敢保证你没有问题，但是，我不敢保证白二蛋没有问题呀。”

但是，白二蛋却一点反应也没有，就好像是纪委没有进村调查一样，照常召开两委会议，照常布置工作。他还和张琟竑商量好，这些天把主要的工作放在进行贫困摸底上，家家户户都要走到。要在摸底到人的情况下，针对不同的人家，采取不同的措施。

纪委的调查人员看到修路还在施工，就找骆山旺下了最后通牒，让他马上停工，配合调查。骆山旺笑着说：“你是纪委领导，我拥护，真的。你们只要是反腐工作，我一百个拥护。但是，这要工程停下来，你下命令不行。我不是不听你的，只是咱们不是上下级关系，我只对甲方负责。你要不这样，你让村委会停止合同，你看行不行啊。”

调查人员说：“只要查出你在招标中有营私舞弊现象，你这合同肯定会终止的，你也要付出代价的。现在你主动坦白还不迟，算是自首。你不是没有前科，你五年前的情况我们都掌握了。你这次从

外面回来，目的就是要在村里工程上打算盘。”

骆山旺笑笑说：“领导，你是不是这样，你马上让村里出面，停止合同，我就陪着你调查行不行。”调查人员说：“你在我们介入调查期间都没有停止施工，肯定是有人在背后支持你。”骆山旺说：“你说对了，还真的有人支持，你去调查吧。”调查人员说：“你说是谁？骆山旺说，我妈。”调查人员说：“你妈是什么干部？”骆山旺笑笑说：“她干部可大了，她是一把手，总管财政人事。”调查人员感兴趣地说：“她是哪个单位的？”骆山旺说：“她就在骆驼湾。”调查人员转了一圈，才知道是被骆山旺开了一个玩笑。

调查人员让白二蛋出面停止合同。白二蛋说：“这要开党员大会、村民代表大会，这个事情我一个人做不了主。”他拿出合同的原始件说：“你们看吧，这里面要是哪条规定不合理，咱们可以停止合同。但是，如果找不到不合理的地方，你们谁负责签字，我们就停下来。”

调查人员恼了，跟白二蛋拍桌子说：“你不要以为我们没有掌握你的材料，告诉你，就这个态度，我们就有权利停止你的工作。”白二蛋心平气和地说：“你现在就可以停止我的工作，我不干了，我现在就开始不干了，行吧？”

调查人员说：“你这是什么态度，你不要认为我们纪委就没有权利，告诉你，我们这就写报告。”白二蛋点点头说：“你赶紧写，写了我马上签字，还能够赶上班车，我回城里抱孩子去。”调查人员说：“你这是要挟我们，你这态度就是干扰纪委工作。”白二蛋说：“你少给我扯虎皮，拉大旗的。这些天你们找到什么毛病了，哪一点不符合村规民约了。我看你们就是有私心，就是不想让骆驼湾脱贫致富。”

“你这是什么意思，白支书，你不要乱扣帽子。”调查人员心虚地说。白二蛋说：“你们是哪个渠道来的，我很清楚。你们是我们某个村委成员的小舅子的下属。你不是停止我的工作了吗，好的，我这就去北京。我不信，纪委会纵容你们这些人搞不正当行为！”

调查人员带了好几个计算人员，对整个修路的工程和预算进行了好几天的运算。他们不得不承认，这个工程虽然没有进行竞标，但是，整个工程没有一点毛病。他们这时候有点骑虎难下了。

但是就在这时候，老算子喝了农药。根据合同约定，村外的道路开始的时候，村里要同时进行街道整修。对于老算子的猪圈拆迁问题，白二蛋召开了专门会议。他开会之前，问调查人员说：“我们的会你们参加不参加？”调查人员说：“只要不是修路的事情，我们就不参加了。”白二蛋说：“就是整理村街，搞美丽乡村建设。”调查人员说：“这样的会我们就不参加了。”

在会上，关于如何解决老算子的猪圈，白二蛋的意思就是强拆。他说：“我的意见，强拆。”

张琟竤说：“我不同意强拆！我们尽量做工作。”因为强拆会引起村民的不满情绪。

白二蛋说：“在骆驼湾，我要是连老算子都拿不下，我这支书就不当了。”

张琟竤说：“我也征求了顾春杏的意见，她说得在理，没了猪圈没法养猪，这家里就少一项收入。”

白二蛋转向顾春杏生气地说：“你是干部，你可不能够拖后腿啊。你这一带头，一百家都有一百家的理由，这道就别修了。”

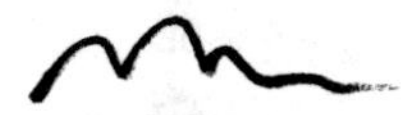

顾春杏说："你先别发脾气，咱们就事论事，你说这事怎么处理吧？"

白二蛋说："怎么处理，一个是你公爹让步，一个是咱们让步。"

张琟竑说："咱们让步怎么个让法？"

白二蛋说："这还不好让，给他钱呗。"

一个村委说："这个口子不能开，一开，大家都看着呢，都找来了。以后咱们的工作还怎么做？"

顾春杏说："你们看，这事咱们这么办行不。我先去渗透一下，如果不成了再说，行吧？"白二蛋其实不同意顾春杏的说法，因为这个老算子，他不出马肯定不行。但是，张琟竑和顾春杏都这么说，他只好先这样解决。

白二蛋狠狠地吸了一口烟，点点头说："春杏啊，现在咱们的处境非常难，你千万要好好地说，别再出什么事情。你公爹的脾气，谁都知道，他什么嘎杂子的手段都使的出来。"

老算子家的猪圈修在院墙外，占了半个街道。在修路一开始，村里就在猪圈的墙上，用白灰写着一个大大的"拆"字。老算子也写了一个纸牌：不给三万，不拆猪圈！顾春杏把他写的纸牌撕了，非常恼怒地说："爹，你这是要干吗呀？"

老算子倔强地说："就因为你当这个干部，咱们连低保都吃不上，还算不上困难户。这次，村里不给我三万块钱，看他们谁敢拆我的猪圈。不给钱，不拆圈。"

顾春杏说："爹，你想钱想疯了是吧？我已经答应拆了。"

老算子急了说："我早就知道，你没有安好心，我要的这钱，是救你男人的救命钱啊。你答应了村里拆是吧，好，我也不活了。"

老算子拿起一瓶农药就喝，顾春杏一手把他的药瓶夺下，但是老算子已经喝了下去，软软地倒了下去。顾春杏着急地叫起来："救人啊，救人啊，有人喝农药了啊。"骆山旺刚到家，他要和母亲说借钱的事情，因为混凝土搅拌站和他虽然签的是垫资，但是还是要给人家一点启动费的。他刚给母亲说在家里拿点钱的事情，就听到了顾春杏的叫喊声。

骆山旺进门就看到嘴里吐着白沫的老算子，着急地说："春杏搭把手，送医院。"老算子翻着白眼说："你们俩穿一条裤子啊。"

骆山旺急忙背起老算子跑出去，顾春杏把药瓶子拿了，也追出去。

21

村里出了这样的事，最着急的是旗子爷。他接了四发爹的电话，冒着黑黑的夜色急匆匆地从辽道背上下来了。

他没有想到，为了一个猪圈，老算子竟然喝了农药。这事出的蹊跷，老算子是一个非常惜命的人，怎么会出此下策呢。纪委正在调查，他这一档子事出来，不管怎么说，也是一个非常大的负面影响，会给骆山旺造成巨大的压力。本来，他想在路修到了村里之后，亲自来顶几天。只要他在现场，整个骆驼湾是没有人敢出来捣乱的。几十年的一身正气，几十年的耿耿忠心，让许多人心里怯他。因为在为了集体事业上，他是谁都敢碰的。

幸亏这祸不是骆山旺惹的，如果是他的话，就现在这局势，先抓起来是肯定的，因为这算是逼死人命啊。四发妈给旗子爷端上水，这是用烧焦的红枣儿沏的，黄黄的，透出一股甜甜的香味。

老人顾不上喝水，着急地问四发爹："你怎么看顾着他们的，怎么出了这么大的事情?"四发爹说："这也是没有办法的事情，不过这事和山旺他们挨不上边。"旗子爷说："城门口着火，干了鱼塘，这都是相连着的事情。我看这样，咱们先给山旺凑凑钱，谁有多少就拿多少，把咱们的老伙计都叫过来。"

四发爹说："工程上不用拿钱，这是国家工程，钱迟早会给的。而且山旺跟工程队和搅拌站签订合同的时候，已经签订了垫资。这小子，这点比咱们精明。你想想，这修路是国家投资的，这钱只要工程做了，就肯定不会拖欠。他跟人家签订合同的时候，就说明了，如果是垫资咱们就签，如果要现钱咱们就免谈。他还给人家说，这村里要大开发，要建设新型化的旅游地，要在目前的基础上进行仿古化建设。他这么一说，人家就非常感兴趣。"旗子爷高兴地说："他说得没有错，习总书记让咱们把绿水青山变成金山银山，这旅游肯定是发展方向，这也不算瞎话。"

他俩正说着话，就听到外面有人声。四发妈进来说："你们的老伙计们来了。"旗子爷一看，可不是。这么说吧，从他当支书到山旺爹当支书的几代村干部，虽然都老了，但是凑到一起还是一班人。

他们说着村里的事情，说到老算子的行为。四发爹说："我总觉得这次白二蛋有些不正常。他这个人是从来都不会得罪人的，怎么就想到要跟老算子来强硬的手段。"四发爹说："这个老算子也是欺人太甚了。你说他占街建猪圈的时候，村里人不说话，也就是对他的客气了。可是这修路他要三万块钱，这事你说合理吗?"旗子爷说：

“不合理，但是不合理的后面肯定有问题。皮裤套棉裤，肯定有缘故，不是棉裤薄，就是皮裤没有毛。”

尽管骆山旺说得非常轻巧，但是真正在工程上还是有压力的。因为机械施工和搅拌站都开始要钱，可是纪委的调查还没有结束，他现在是尽量地拖延时间。他已经给搅拌站的老板说了很多的好话，搅拌站老板说：“骆山旺，我以为你是个大老板，没有想到你是赵本山的徒弟，就是一个大忽悠。”

骆山旺说：“怎么后悔了，我开始就给你说了，这钱你不能够着急。”老板说：“我不着急，可是我这好几辆车，十几个人呢。人要吃、马要喂吧。你少给一点，百分之五也说得过去啊！”

“我们已经把进度表申报上去了，到县财政局之后还有县长签字。我们这是国家工程，是财政出钱的，不是私人买卖。不像你，你说了就算数。我说了，还要上报财政。”老板说：“骆山旺啊，你个鳖孙要是坑了我，我要你在骆驼湾无法立足。”

骆山旺说：“老哥，你这话说的，这是侮辱我人格了。我怎么会坑你，我坑谁也不坑本地人啊。”老板说：“你个鳖孙的，现在都杀熟啊。”

最后，搅拌站老板几乎是求告地说：“兄弟，你就给我五万块钱行不。你这么大的工程，造价一百万，你给这个数不框外吧。”说到这个程度，骆山旺就说不出别的话了。

他让骆婶把给自己娶媳妇的钱拿出来。骆婶说：“你要多少钱，你说个数。家里不够我借去。”骆山旺说：“咱们这贫困村，你能借出钱来？”骆婶骄傲地说：“儿子，你老爹老妈这辈子，没有留下别的，就是留下了一村里的好人缘。”

骆婶把自己所有的积蓄都拿了出来，一共是三万块钱。骆婶说："儿子，够吗？"骆山旺说："老妈，说实话，还缺两万。"骆婶说："你知道，妈这个人，这些年再苦都没有借过别人的钱，我豁出这个老脸去了。"骆山旺当时就想哭出来，这个世界上还有谁能够这样无私地支持你，唯独老妈了。

四发爹悄悄地动员了十几个当过村干部的老人，大伙都决定拿出自己的棺材本来。他们说："咱们追求了一辈子，没有赶上这个好时代。山旺在实现咱们没有实现的目标，咱们不支持谁支持？"旗子爷也拿出一个三万块钱的存款折子。四发爹说："旗子爷，这钱是大勺父母的命钱。真正到了这钱非动用不可的时候，您不说我也会去找您的，这存折您还拿着，我们这十几个人能凑够这点钱。"

骆山旺是接到四发爹的电话来的。四发爹说："山旺，你过来吧，我们凑了一万五千块钱。"他进来看到了屋里坐着、立着的十几位老人，炕上的饭桌上堆着一堆钱。四发妈正在点着，都是小额的钱。看样是他们这些年来从牙缝里挤下来的。他的鼻子不由的一酸，眼泪差点掉下来。他说："我该怎么感谢老舅们呀！"

旗子爷说："山旺，知道你遇到了难处，我们这些人都是老党员，我们把棺材本都给你拿出来了，你是给全村人办好事。"

骆山旺含着热泪激动地说："旗子爷，各位长辈们，我……"

旗子爷说："当年咱们阜平有几句口号：最后的一尺布做军装，最后的一碗米做军粮，最后的一床被盖在伤员身上，最后的一个儿郎送去上战场。山旺，你去做事吧，我们这些老党员给你作后盾。"

骆山旺把五万块钱拿在手里，他没有直接给对方送现金，他给白大勺打电话，明天骑摩托来接他，他要去镇上银行。

白大勺正发愁明天的伙食怎么进行。这几天他老是忽悠川妹子，本来该结账了，因为目前的情况，他不想给骆山旺添麻烦，想自己解决了。他想让四发借点钱，先给川妹子结一部分账。四发说，钱都在他爹手里，他没有钱。白大勺说："你在山下和人家有夫之妻勾搭的时候，就不花钱啊。"

赵四发说："那时候，可以到会计上预支点钱，现在到哪儿去预支呀。这纪委的不走，咱们的工程钱也解不了冻，咱们想借钱都没有地方。"白大勺说："你去屠宰的地方借点去。"赵四发说："借不了，人家也不肯借呀。"白大勺着急地说："你这鳖孙，用着你的时候，你什么时候都不爽快，你个灰样。"

"你和川妹子都到了谈婚论嫁了，她就不能够晚几天呀。"

白大勺说："我怎么说也是第一副总啊，这么点肉钱都给不了，我这人就丢大了！你个鳖孙的，你不知道啊。"

"知道，知道，可我也是爱莫能助啊。"

白大勺说："你爱莫能助，老子当了光棍，天天吃你个鳖孙的。"赵四发说："你这不是已经有了对象吗，川妹子不是已经和你睡觉了吗。"

"你个鳖孙，"白大勺美美地一笑说："睡觉算个鳖孙呀，你以为人家拿着睡觉当回事啊，你个土鳖孙的。"

赵四发想想也是，现在的女人们和男人睡觉已经不是什么事了，他想起在山下的那个恋人。白大勺说："你就是一个傻鳖孙，人家弄着你玩玩，你还当真了。现在人家还不是和老公睡去了。"赵四发说："大勺，你上学的时候，就比我聪明，你给我说说，这是怎么回事呀？"

白大勺说："你这鳖孙，整个什么事情都这么高深。告诉你，这有什么，不就是像二八月的狗一样啊。"赵四发说："你说说，春杏和旺哥是怎么回事？"白大勺说："你个鳖孙的睡觉吧，他们的事情，你不许胡说八道，你不知道纪委在这调查吗。"赵四发说："纪委调查就不让搞对象了？我看春杏对旺哥不怎么上心。"白大勺说："你知道个灰样啊，人家是心里有，不像咱们俩就是嘴上功夫。"

临时搭的厨房外面，春风呼呼地刮来，山上的松树林子里发出风的呼啸声。在这春风呼啸的声音里，还有鸟的叫声。两个不知道愁的男人，尽量地发挥着自己的想象力，把青春和爱情解释得符合自己的心理。正在这时候，骆山旺的电话到了，听说是上银行，他跳起来说："他们鳖孙的准是走了，这下有了钱了。"

骆山旺把装钱的包摔在他怀里说："拿着，这是你的命！"白大勺悄悄地看了一下，一沓沓的钱晃得他眼睛发黑，他马上就合了合眼睛说："哥，这是钱啊！"骆山旺一脚把摩托蹬着说："这是骆驼湾老人们的心！"

摩托车在山路上跑得飞快，白大勺一手把着摩托，一手把包抓得紧紧的，几乎是腾云驾雾般地就到了镇上。在去银行的路上，白大勺看到川妹子正在饭馆前面招徕顾客，就在骆山旺背上一拍说："旺哥，你颠得我肚子疼，肯定是要拉稀了，你停下停一下。"骆山旺说："这里也没有厕所啊。"白大勺说："饭馆后面有，你停一下，我真的受不了啦。"

骆山旺把摩托车停下，白大勺紧抱着装钱的包就往饭馆里跑。川妹子看到他就喊："白大勺，你这个鳖孙的，怎么也不来了啊，你可结账啊。"白大勺故意把装钱的包一显摆说："你的几个小钱还算钱

啊。”川妹子问他：“拿的是什么?”白大勺说：“你真的不懂啊，经理的包里能够有什么。”川妹子紧跟在他后面说：“你们发大财了吧。”白大勺进了厕所，川妹子也跟进来。白大勺说：“我要尿尿啊，你跟进来干吗。”川妹子撇嘴扭唇地扇了他一下：“就你的小鳖孙孙灰样的，我也不是没有见过，这有一阵就认生了不是。你个鳖孙的，我看看。”白大勺说：“我怎么也是个经理，公开地让女人看，有点不好吧。”川妹子说：“你个鳖孙的，我是看看你包里的东西。”白大勺悄悄地拉开一个缝说：“你看吧，这是二十万块钱。”川妹子没有看到过这么多的钱，她也一下就晕了说：“我的祖奶奶呀，你个鳖孙的抢银行了啊。”说着就抱住他，使劲地在白大勺的嘴上啃，说：“今天不让你走了，你个鳖孙的，不能够发了财就忘了人。”白大勺说：“川妹啊，你放心，今天真的不行，你没有看见山旺在等着我吗，我们还要去办大事呢。你放心，只要你有真心，我白大勺不会忘了你，我会娶你的，让你风风光光地当我的媳妇。”川妹子抓住她一只手放在自己的胸前说：“你摸摸，这心跳得鳖孙似的。”白大勺没有摸到心跳，但是摸到了一个柔软的世界，他觉得自己身上的热血都燃烧起来。就在这个时候，骆山旺在外面叫起来：“大勺，你这是尿尿还是住店了。”白大勺着急地走，川妹说：“你的话可要当真。”白大勺说：“你再不许和那些鳖孙的司机买黄米了。”川妹说：“你放心，肯定不会了，你个鳖孙的要相信人啊。”

骆山旺他们两个等着柜台里的工作人员办手续。白大勺说：“旺哥，直接给现金多方便。”骆山旺笑笑说：“咱们这唱的是空城计，就这点粮草。通过对公账户打过钱去，一个是不怕对方不承认，还有一个好处，就是他们认为咱们的资金非常充足。”白大勺说：“要是还不解冻怎么办呀？”骆山旺说：“是福不是祸，是祸躲不过，我觉得这调查也快结束了吧。就是这个老算子又插进来一杠子，让调查人员又有了理由。”白大勺说：“旺哥呀，兄弟的幸福生活就看你的了。”骆山旺说：“这个小川妹不错啊，你个灰样的，你刚才就没有尿尿。”白大勺说：“旺哥圣明，假公济私吧。旺哥，你看这个川妹可以吗？”骆山旺说：“你是个母猪都看得上的。”白大勺说：“你可是大伯子，说话要注意分寸呀。”骆山旺笑着说：“你个灰样的，还当真的了。怎么样，行吗？”白大勺说：“就看咱们能不能挣下个钱了。”

骆山旺的脸上发了一下阴，他真的不知道这次是过五关还是走麦城，如果老算子的猪圈拆不了，耽误一天工期，对他来说都是很大的损失。但是，旗子爷已经去镇上医院看望老算子了，凭着旗子爷的声望，也许问题不大。他豪爽地说：“白大勺，你就等着娶媳妇吧。”

镇上医院里老算子还在输液，他闭着眼睛，躺在病床上，顾春杏在椅子上打盹。老算子没有想到旗子爷会提着礼物进来，顾春杏惊讶地和旗子爷打招呼。

老算子脸上肌肉动了一下，但是没有睁开眼睛，但是他的心里已经翻江倒海了。旗子爷摸摸老算盘的手说：“我的老弟呀，你这是何苦呢？”老算子的手抖了一下，旗子爷是他父亲的一代人，就是因为老算子父亲和旗子爷是一块入党的人，他虽然在骆驼湾心里有许多弯弯，但是他不敢跟旗子爷动心眼。

旗子爷说：“修路是给全村人造福，你不应该闹这么难看。你有什么困难，给我说说。”

老算子的呼吸紧促起来，旗子爷说：“你儿媳妇也在村里当干部，千万别让村里人戳你的脊梁骨。这把路修好了，咱还要奔小康

呢。没路，怎么奔呀。你肯定是遇着难事了，不是这样，你老算盘不会出此下策。就你那猪圈，值三万块钱吗？”

老算子脸抽动着，闭着的眼睛里有泪水流出来。老算子委屈地哭起来，哭得非常压抑。原来，三秃子又找他了，刘根儿欠的是赌债，三秃子就在顾春杏去县城培训这几天，又来过，他欠人家三万的赌债。

顾春杏气愤地说：“爹，刘根已经三年不回来了。再说，我们一分钱都没有花他的，他的赌债你怕什么呀。你也没有义务给他还钱啊，凭什么呀。”

三秃子说，如果还不上，就剁了刘根儿的胳膊腿。他还吓唬老算子：“你要是不想还，刘根儿的孩子也得还。”

顾春杏这才知道，为什么乐乐这几天都不去中心幼儿园，这都是公公安排的。因为三秃子拿着照片让老算子看了，一群奔跑着的孩子，乐乐跑在最前面。自从刘根儿走了之后，他的孙子就成了他最大的心理寄托。老算子不想孙子出点什么事儿，因为三秃子说过，他们会用警察查不出来的手段，让乐乐突然地从山上掉下去，或者说突然地在回家的路上出点车祸。

旗子爷说：“你这孩子，有事怎么不说。这个三秃子我知道，大勺的爸爸和妈妈出事之后，他就在里面来回地吃二魔。他们是不怕事小的，你放心，我去给你销了这事。这事儿我出面，三秃子不敢找你的麻烦。如果真的还不依不饶的，我让派出所收拾他。”

老算子突然从床上坐起来，下床要给旗子爷跪下：“旗子爷，你老人家下山来了，你一个羊也是轰着，俩羊也是看着，干脆我再给你说个事。骆山旺是个有本事的人，我就是想让人说说，让他放过春杏，让他离我们乐乐的妈远一点。天下美女多的是，他就别打我们春杏的主意了，旗子爷，我拜托你了。只要他不搅和散了我这个家，猪圈你们随便拆，就是猪逮了去，我都没有意见。”

他这话出来的太突然了，让旗子爷不知道该怎么回答，也让顾春杏大吃一惊。旗子爷拉起他来，心里的话不知道该怎么讲。他只是拍拍老算子的肩膀，半晌才说：“你先住院吧，出了院该怎么办就怎么办，行吗？”

老算子期盼地看着旗子爷，看的旗子爷非常无奈，但是，他还是答应了老算子说：“行，你这猪圈必须拆。”老算子点点头说：“你放心，我回去就拆个鳖孙的。”

22

顾春杏觉得骆山旺和自己之间突然有了距离，虽然这些天他们天天见面，但是，她总觉得骆山旺和自己说话的时候，有点公事公办的劲头。但是，当着人们的面，他却十分热情大方，而且有时候还和自己开个玩笑，这是从前从来都没有过的情形。她觉得自己可能是想多了，也许这是他和她之间融洽的表现。

她努力地想找出其中的不同来。赶猪那天，他突然地叫了一声“根嫂子”，这让她非常气恼。但是当着老算子的面，她不得不答应。但是她说：“骆山旺，我有自己的名字，你如果不想叫的话，就嗨一声也行，别故意地寒碜人。你是不是故意气人，你明明知道的事情，为什么这样对待我。”

骆山旺的脸上闪过一丝阴影，但是很快就用阳光代替了：“对不起，顾春杏同志，不，是顾主任，以后凡是工作上的问题，我都要用顾主任这个词汇了。”顾春杏的心上隐隐地有了一点刺，他们之间的一点点默契，在骆山旺的阳光照耀下，竟然长了翅膀飞走了。

以往，骆山旺有时候故意地和她拉开距离，现在他好像是故意地和自己拉近距离。读过许多爱情小说的顾春杏突然感到，骆山旺好像是故意地让外人知道，他和她之间没有保持秘密的可能了。

女人的敏感是非常准确的，骆山旺是在压抑着巨大的痛苦。他现在已经不是一个任性的大男孩了，他要担起沉重的担子，因为旗子爷他们这一辈的老党员，都把希望寄托在他身上了。

兔子不吃窝边草。骆婶说：“儿子，娘知道你和春杏之间的感情，这些我们都知道。可是，全村人的事业比个人的事儿大。”骆山旺起先被母亲这样严肃的表情吓了一跳，说：“妈，出什么事了？”骆婶说：“我也看春杏是个好姑娘啊，当初，她嫁给刘根儿的时候，我也非常伤心。可是，这人要相信姻缘是天注定的，不是一家人，不进一家门呀。山旺啊，要想成就大事业，就要把自己的事放在一边，把全村人的事情放在心中间。”

骆婶说：“为了让老算子拆猪圈，旗子爷答应了老算子，让你离春杏远点。老算子这人的鬼道道非常多，他家刘根儿和春杏离婚，我们都不相信。这老鳖孙，为了争这个贫困户，想尽了办法，谁知道他这次又摆了一个什么阵势啊。”

听了母亲的话，骆山旺心里非常沉重。他之所以在骆驼湾留下来，有很大的成分是因为顾春杏。自己当年已经辜负了她一次，这次又要辜负她了吗？想到顾春杏那幽怨的眼神，骆山旺觉得好

委屈。

“妈，”他说：“要说心里话，我这一辈子，就觉得春杏好，就觉得她是我的知己。虽然她已经嫁给别人了，但是我也知道，她在心灵的深处还是藏着我的。说真的，我在外面也经历过许多女人，可是，她们在春杏面前全都黯然失色。她总是在梦中对着我微笑，而每次她的微笑都会成为我前进的动力。”

“旺啊，妈也是从年轻时过来的，知道你的心情，也知道什么是爱情。可是，你看西边山上埋的烈士墓地里，有许多都没有结婚就牺牲了的战士，他们连幸福生活是什么样子都没有看到啊。”

她说着拿出一个叠着的布包，慢慢地打开里面是一面党旗。这党旗年头太久远了，已经发出暗暗灰红色的土布，上面是用白布剪的不太标准的镰刀斧头。骆山旺小的时候，很多次看到父亲拿出这旗子来看。

“这面旗子是咱们村第一面党旗，”骆婶非常庄重地说：“八路军建立阜平根据地的时候，你的老姥爷，就是我姥爷，参加了党组织。这面旗子传给旗子爷的时候，已经是第三代了，你父亲是第四代。你父亲病死了之后，旗子爷一直代理这个村支书。他岁数大了，可是又没有人接班。如果不是你二蛋舅复员回来，这村里还真的是找不出一个青年党员。他也是五十多的人了，已经不年轻了，必须在青年人里面培养人了。山旺，这旗子该传到你手里了。你旗子爷不叫旗子，他的大名叫白川勇啊。就因为他一说话就说旗子咋长咋短的，人们就叫他旗子爷。”

骆婶把旗子交给骆山旺说：“旺儿啊，我这是受大伙的嘱托给你说这话。这旗子先放在你身边，这事不着急，你什么时候想通了，就什么时候答复妈。妈好给大伙说，我们的旗子有人传下去了。”

“为什么二蛋舅不要这面旗子?”骆山旺疑惑地看着母亲。骆婶说：“他这个人，干什么都非常精明。他说了，这个旗子老了，新时代要有新气象，便买了一面新的党旗，挂在村委会里。他这个举动让许多人都非常伤心。但是，他也算是有经济脑袋的人。他坚持为村里拿回来了国家级贫困村的帽子，这让大伙受到了一部分好处，也算是给村民们办了一件好事。”

“为这，旗子爷和他经常争论。你二蛋舅的好处就是一条，他算是个好狗，护三邻的好狗。只要是能给村里带来好处的事，他死了也会去办，至于村外的世界，和他没有关系。他就这条，心胸太狭窄。不过，他也是极力地想让你留下。他留下你的心和旗子爷他们不一样，他留下你就是想有人接他的班，他好去县城给他儿看孩子。旗子爷说，他留下你就是想让你把这面旗子传下去。旺儿，妈不催你，拿着这面旗子好好地想想，什么事大，什么事小。”

骆山旺接过这个小布包的时候，真的感到了沉重。他一夜都没有睡好，但是，资金解冻的事情，让他感到了天高地阔。他有点抽噎地对张琟竑说：“谢谢，谢谢。”张琟竑说：“你要感谢党组织，因为这次镇党委也做了许多工作，派出了许多人力，才能这么快地解决问题。”

他马上就给搅拌站打了电话：“马上给我们增派车辆，要以最快的速度进行。”搅拌站老板说：“骆山旺，你个鳖孙的，你没有打鸡血吧，你还要怎么快。”骆山旺说：“要以火箭脱离地球时的速度。”老板问：“火箭脱离地球时的速度是多少?”骆山旺告诉他：“超音速。”

白二蛋在刘天亮把纪委的结论宣布过后，一点也没有惊喜，只

是淡淡地说："个鳖孙的，纯粹是吃饱了撑的，这钱和工程量都是秃子头上的虱子，明摆在哪儿的。咱们老区的村干部，哪像他们，整天就是想着捞钱啊。"

刘天亮急忙地制止他说："过了啊，说得过了啊。这是组织上给咱们的一个证明自己清白的机会，你还没有完了是吧。"白二蛋说："调查出来什么问题了吗？本来就没有问题。"刘天亮说："你这人，非有问题才好啊。"

白二蛋说："我这就是出出心里这口恶气，这些天，咱们成了小媳妇，说也不敢说，做也不敢做，要不是有骆山旺给顶着，这路早就修不成了。你说，他们冻结资金，这招太厉害了。这鳖孙的不是掐人脖子吗。"

刘天亮说："怎么骆山旺没有来，你们怎么不叫他来？"白二蛋说："他听说刘书记来给他一个清白，高兴地去宰猪了，准备做大盆肘子，请刘书记吃饭。"刘天亮一听急忙说："这可不行，你这是逼着我犯错误啊。"白二蛋说："不行，你们吃也得吃，不吃也得吃。你们吃是支持我们的工作，不吃就是不支持我们的工作。"

老算子的三头猪，他让村里帮他卖掉，骆山旺只好自己垫钱买。在轰隆的推土机声中，老算盘的猪圈被推倒了，骆婶要把猪轰到自己家的猪圈里去，她叫白大勺和赵四发他们来抓猪。白大勺说："大姑啊，我们可不敢哪。山旺不去，我们就不去。"骆婶一下就恼了说："没有山旺，你们就不活了。"白大勺不知道大姑为什么发脾气，只好乖乖地走进老算子家，但是老算子不让他们抓猪，一定要骆山旺来。

骆山旺这是顾春杏嫁到他家之后，是第一次走进老算子家。老算子喃喃地说："山旺啊，咱们可是怎么说的怎么办呀。"骆山旺知道他说的是什么，看着院里那棵已经结青杏的树说："这猪钱会按照最高价格给你的。"老算子扭嘴搬唇地看着他："你这是什么意思？"骆山旺笑笑说："就这意思，你不明白啊。"老算子着急地说："你个鳖孙的，他们没有给你说呀？"骆山旺说："你放心，肯定会按你的意思办的。"就是在这个时候，顾春杏从外面进来，骆山旺叫了她声"根嫂子"。

骆山旺好像拼命一样，几乎是天天长在工地上了，催促着各个方面，都把赵四发和白大勺催得要傻了。终于，漫长的工程到了结尾。他是想用这种方式把顾春杏忘掉，但是，越是这样记忆就越清楚。近一个月了，他故意地疏远顾春杏，但是，他知道自己不会忘了她的。越是接近胜利，思想放松的时候了，他越觉得自己的脑袋要爆炸了，他有一种想哭没有地方哭的感觉。

白天非常容易地就过去了，因为有许多事情要他来处理。关键是晚上，他现在已经非常害怕睡觉了，因为一躺到炕上，顾春杏就会不断地在他的脑子里来回地转，他自己想排除这种想法，想找一个地方麻醉自己一下。不然的话，他觉得自己会疯狂的。

他起身去到临时伙房里找酒喝，因为他也不想让人知道他心里不痛快。这些日子，骆山旺经常找白大勺要酒喝。

这天晚上，已经睡下的白大勺，听到骆山旺的叫声，急忙起来给他打开挡门的三合板，有点惊讶地看着他说："旺哥呀，你这是怎么了，这都半夜了。"骆山旺说："你说怎么了，想喝点儿。"白大勺说："为什么呀？"骆山旺闷着脸说："喝酒就是喝酒，哪来的为什么呀，你是十万个为什么呀。"白大勺说："我不是十万个为什么，我就是问问，还炒个菜吗？"骆山旺说："喝酒就是喝酒，还炒什么菜。"白大

勺洗了一把小葱，拿伙房的大碗，倒了一碗白酒，骆山旺一下就喝下去小半碗。

白大勺关心地说：“哥，你慢打家伙，没有人给你抢。这工程顺利了，冻结的钱也给了，就剩村里的一点了，咱们就要胜利竣工了。我就不明白，你这是怎么了。前些天工程不顺利的时候，你也没有像现在这样啊，你怎么也不说喝酒啊。你心里哪儿不痛快，你给兄弟说说呀。”

骆山旺把碗一放说：“你个灰样，你真鳖孙的小气，喝你点酒就这么磨叽。”

白大勺辩解地说：“哥，我鳖孙，我小气，你的状况不对呀。这酒不怕你喝，有的是，我让川妹子给灌了一塑料壶。”骆山旺抓起一把小葱，使劲地咬了一下说：“有辣椒没有，这不解气。”白大勺拿出做饭用的望天椒：“这是用来做辣白菜和辣土豆丝用的。”骆山旺抓起来，就像嗑瓜子一样地吃起来。

白大勺看着他不住的吸溜口气，眼泪稀里哗啦的流，但是还是不断地把辣椒塞进嘴里，他一把夺过骆山旺手里的辣椒说：“旺哥，你这是要作死啊。你说，哪儿不痛快，跟兄弟说说。”

骆山旺对着白大勺笑笑，笑得白大勺心里发毛。这临时伙房就设在半山腰里，附近连一个人都没有，赵四发今天也没有跟他来作伴。他忽然想起来，是不是骆山旺中邪了。他给赵四发悄悄地发了一个短信，但是赵四发没有动静，这个鳖孙的，就怕费电话费，到了晚上就关机。

骆山旺一下把一碗酒喝下去说：“大勺，我觉得你这酒是假的，怎么一点劲也没有啊。我这喝了一碗，怎么一点也不晕呀。再给我倒上一碗，我就不信了。”

白大勺用身子挡住塑料壶说：“没有了，没有了，不喝了，行吧，我的哥，我给你跪下了，你别喝了行吧。”

骆山旺笑笑说：“行，不喝了，我问一个问题，你要是能够回答上来，我就不喝了。”白大勺说：“只要你不问大学的课程，我都能够答上来。你当年是学霸，我也算是学渣吧，一般的问题我还是能够回答上来的。”

“我问你，”骆山旺说：“这世界有没有真正的爱情?”白大勺说：“哥，你别说得这么高尚。什么爱情，这世界哪来的爱情。我在饭馆当二厨的时候，那个川妹是说下老天爷来，也不会嫁给我的。我和她都睡觉了，可是她说，睡觉行，结婚不行。你问为什么？穷啊，她就认定咱们穷，翻不了身了。我也是这么想的，怎么也是这样的了，就他妈的破罐子破摔吧，只要贫困补助一到手，先吃他个鳖孙的。实话给你说吧，要不是你回来，要不是跟着你干点事业，我觉得还是当贫困户好。就像要饭的一样，只要你伸手，就会有吃的有喝的。说真的，这干事业比伸手要，费力多了。”

骆山旺摆摆手说：“你个灰样的，让你说爱情，你说别的，就说爱情。”

白大勺笑笑说：“就那天咱们去银行，让川妹看了一包钱之后，她是天天给我发短信啊。你看看，她说了，天底下就是属我好，还要三生三世的好。你说这是爱情吗？我白大勺平时的傻都是装出来的，我不傻。通过这事，我这才觉的钱这鳖孙真的好使。”

骆山旺呵呵地笑起来，他说：“你个灰样的，要是你不把品种羊吃掉，这羊怎么也得卖几万块钱啊，你个鳖孙的。”

白大勺自责地笑笑："你不知道光棍的心理，是吃了今天没有明天的。今天有酒今天就醉，明天没有个鳖孙的再掂对。旺哥呀，你现在就是我们的旗帜，你可别怂了啊。你一怂，我们就没有指望头了。我和四发都说了，这次修路之后，咱们这个班子不散，你还是我们的头儿，我就不信，他们有钱的鳖孙，不是人做的，咱们也是做人的，我就不信穷这个鳖孙的，赖在咱们这不走了。"

骆山旺这时候的胃口里，被辣椒烧地火烧火燎的。他没有想到这个百无聊赖的白大勺，竟然说出了这么有哲理的话来。没有想到啊，真的没有想到。

白大勺有些羞怯地说："旺哥呀，你可别夸我，我这个鳖孙的搁不住夸。可是，这些天我觉得跟着你，悟出了一个道理。我虽然说不清楚，但是我心里明白。"

骆山旺说："你说说，你明白了什么？"

白大勺说："原来认为，这穷是一辈子钉在身上了。没有想到，只要路子对了，这穷字就像脸上的灰尘，一把水就洗掉了。"

骆山旺说："大勺，你这话真对，奖励我再喝一碗。"

白大勺说："哥，我们都指着你带我们走幸福路呢，你要喝出毛病，我们怎么办呀。"

骆山旺说："大勺，圣人说，三步之内必有我师，果然不错。你就是我的老师。今天我心里也亮堂了，这酒喝不醉，只会越喝越清醒。"

白大勺说："行，要这样，我陪你喝一碗。你给我说说，修完了路，咱们干什么。我看到了，只要你干，各级政府都会支持你的。"

骆山旺的心里一下子燃烧起来，这次不是辣椒和酒的作用，这次是一种责任和力量、一种担当和希望。这个吃了九只品种羊的贫困户，他把希望都放在了自己的肩上，他为这些天自己的萎靡有点惭愧。他说："大勺，你真的是这么想的话，就凭你这几句话，我也得好好干，让穷字这个鳖孙，在咱们骆驼湾没有占脚之地。"

白大勺高兴地说："哥，喝，喝，喝了这个，我给你说一个秘密。"

骆山旺笑着说："你这个鳖孙的，除了川妹你还有什么秘密。"

白大勺从被子下面拿出一个避孕套来说："哥，你看，我在这上面扎了一个眼，我想再和川妹那个的时候，就用这个带针眼的鳖孙。"

骆山旺想了一会儿突然地明白过来，指着他的脑袋说："你个鳖孙的，真亏你想的出来。"白大勺说："哥，这都是你给的胆量，钱壮怂人胆吗。"骆山旺急忙说："大勺，我可没有教你干这个呀，到时候可是没有我的责任，我什么时候给你干这个的胆量了。"

白大勺说："我不给你说了，钱这个鳖孙的壮怂人胆，我这不是跟着你挣钱了吗。以前，咱们是没有这个胆量，现在，有了钱，不怕她不跟着咱是吧。再说了，她不跟着咱们这有钱的人，别人谁要她呀。"

骆山旺被白大勺这开朗和幽默的性格感化了，他觉得自己还是缺少白大勺这种生活的精神，自己身上的小知识分子的性格还是太多了，他也得好好干。他对自己说，为了信任自己的老一辈，为了想跟着自己发展的兄弟们。他忽然想出几句话来：生命诚可贵，爱情价更高，若为脱贫故，两者皆可抛。

两只肝胆相照的大碗碰在一起。白大勺说："为了乐乐和我这个还在梦中的儿子，哥，你可千万地领着弟兄们一块往前走啊。"

骆山旺不知道是没有听清楚还是故意地绕过这个话题，他对白

大勺说："干了这碗酒，今天晚上哥谢谢你，真的大勺，谢谢你。"

黑沉沉的大山，默默无言。山下的村庄，悄然无语。只有这个半山腰的临时伙房里，那盏高度数的防雨灯，把白炽灯的光线甩向四面八方。两个青年人的雄心壮志感染了群山，发出了几声夜鸟的叫声。夜空中有几只北回的大雁，还在奋力前行。酒喝干，再斟满，今夜不醉不还。

23

骆驼湾的老百姓没有想到，骆山旺这个鳖孙的，竟然把路真修成了。这路经过了养护期，已经宣布通车了。大伙在这光滑的水泥路上跳啊，蹦啊。有的说：“你小心，别摔了腰。”有的说：“这么好的马路修在咱们这，瞎球的了。就咱们这灰地方，人家谁来呀。我看就是国家的钱没有地方花了，把钱都铺在地上了。”

花婶搬嘴扭唇地跺着脚下的水泥路：“你们可要使劲地走走，这等于在城里大马路上走哩。”老算子说：“人家城里的女人走道，都要扭着腰走，你这瓮桶一样的腰，怕是扭不起来了吧。”

白大勺和赵四发抻着一条横幅过来，他们两个把横幅挂在村街两边的房上。上面写的是：庆祝村路通车。白二蛋带头把封存了几

年的锣鼓搬了出来，敲打着；张琟竤和顾春杏领着秧歌队，她们都腰缠着红绸，在白二蛋的指挥下不断地变化着队形。开始只是几个人走过来走过去，后面不断地有人加入，几个村干部也都跳了起来，最后花婶和老算子也参与了进来。他们两个跳起了猪八戒和白骨精，逗得人们都哈哈大笑。

突然，一头肥猪跑了过来，把敲鼓扭秧歌的人们给冲散了。骆山旺他们在后面追着，喊着，顾春杏扔下红绸也随着追了过去。

正在跳得热闹的花婶，让猪一冲，就停了下来。因为她还没有跳过瘾，就对老算子说："你这猪八戒，跳得怎么一点魅力也没有呀。"老算子说："谁敢给你抛媚眼啊，你一不高兴了，大神下山了。"

花婶说："白二蛋，你个鳖孙的好好地敲，我们跳都跳起来了，怎么也得跳痛快了是吧。"不知道谁说："老算子叔，你和花婶跳得真般配，干脆你们两个搬到一起去得了。"老算子说："你个鳖孙的，这话让我儿子听到了，不抬死你个鳖孙。"一个人说："听说你儿子给一个大款女人当相好的，你儿子怎么也是不回来了。"

远处，骆山旺和顾春杏合力把猪抓住。山旺用绳子把猪捆起来，叫白大勺和赵四发抬走。花婶附在老算子的耳朵边说："老鳖孙，你儿子在外面也不回来了，干脆，把山旺收个续儿子吧。"

老算子气愤地指着花婶："你个跳大神的灰样，这嘴里就吣不出好话来。"花婶也不示弱地说："你家的事情，不就是纸里包着个火，捂着耳朵偷铃铛。你也就糊弄春杏一个人，你这个老鳖孙，惹恼了我给你全抖落出来。"老算子求饶地说："我的花婶啊，你可是大人大量啊，我是个老鳖孙，老老鳖孙。"

刘天亮亲自开着汽车来了，他说他这是第一次开车来骆驼湾，他这党委书记这次当得值了。他后面还跟着张所长一班人。他对白二蛋说:“这都是来给你祝贺的,修路的功臣骆山旺呢?”

白二蛋高兴地说:“他正在杀猪呢。”刘天亮说:“他们怎么随便杀猪啊,这要到镇上生猪屠宰定点去杀呀。”白二蛋说:“这是我们的一个民俗活动,和杀猪没有关系。”刘天亮说:“民俗活动好,不要说杀猪,杀猪就要按照政策来。”

骆山旺家门前的空地上,从前就是宰猪的汤锅。逢年过节的人们杀猪的时候,就在这里。那红火的岁月里,也就是刚承包到户那年,一下就杀了一百多头猪。一家一头,这肉都用盐埋起来,上面用猪油熬开之后,倒在上面。这样的肉在缸里可以放一年。

赵四发穿着在定州干屠宰时候的工作服,他把杀猪刀磨得锋快,让骆山旺和白大勺按住一刀捅进去,鲜血迸发,喷了对面的白大勺一身。白大勺说:“赵四发你个鳖孙的,我这一身西服还是山旺给的,你个鳖孙的要赔偿啊。”

骆婶正在给烫猪的大锅烧火,看到白大勺一身的猪血就笑起来:“你个小鳖孙的,什么光你都想沾。”人们都笑得非常开心。

赵四发在猪腿上切开一个口子,鼓足劲吹气,猪身在他的嘴下一点一点地鼓起来。骆婶看大锅里的水开了,就跟他们说:“你们鼓捣吧,我回去烙饼,今天有多少人管多少人的饭。”她带着几个女人们回家去了。骆山旺和白大勺帮着赵四发把猪抬到大锅里。赵四发说:“这水烧得太烫了,要用三把水,快兑上凉水。”白大勺说:“什么是三把水呀。”赵四发说:“就是你敢用手摸三把,太烫了就把毛烫死了,刮不下来了。”骆山旺急忙地往锅里兑上凉水,然后把吹得像气球一样的死猪放进去,赵四发的刮刀就迅速地把猪毛一块一块

地刮下来。

刘天亮在村里转了一圈，看到一栋栋多年都没有修缮的老房，看着一家家破败的小门楼，他知道这骆驼湾的脱贫工作还非常艰巨。他问白二蛋："一户一策进行得怎么样了？"白二蛋说："这一户一策，非常困难。如果一个家中，年轻人都出去了，就剩两个老人看家，他们平时种点庄稼什么的可以，如果真的上项目，怕不合适，也不符合实际情况。你说他们能干什么呢，要是能够干了，早就出去了。"

刘天亮说："你这思维方式要改变。你先有了畏难情绪，群众怎么办。我的一个同学就说过，他每年都会来咱们这山里买黑猪肉。我觉得这是一个项目，是不是能够办起来，大量地养殖黑山猪。"

"不行，"白二蛋说："你同学说的是一家一户一年养一个猪，他们要的是这样的猪。如果你要是项目，就要喂饲料，这一喂饲料，这猪就没有人要了。今天咱们就是杀的老算子喂的猪。这猪养了一年多了，一点饲料也不喂，就是靠喂玉米长大的，这成本也高啊。"

刘天亮说："那就让老算子带头，喂黑猪呀，要上规模上数量啊。"白二蛋说："刘书记，你干工作是内行，要是养猪我是内行。这一家一户地养的时候啊，平时这个刷锅水呀什么的，都会喂了它，这里面油盐酱醋的什么都有，这都是微量元素，这样一年下来，这猪吸取的什么养分。为什么外面的人要吃户里养的黑猪，这是关键。这种养法上不得规模，也上不得数量。"

"都说你迷糊，你个鳖孙的这不是不迷糊吗。一到正经事上，你这不是非常清楚吗。"刘天亮虽然是和白二蛋开玩笑，但是，他也知道，这骆驼湾的工作非常艰巨。他说："还有一个事情，你不要给张琟竑说，就是这次纪委虽然没有给处分，但是给了镇党委一个建议，说张琟竑没有工作经验，不适合担任村第一书记的职位。我们经过考虑和党委研究，暂时免掉了她第一书记的职务，但是仍然由她代理第一书记的工作。这个事情我的想法就是你不要和她说，我们内部掌握就行了。说真的，这个丫头也非常能干，有点巾帼英雄的气魄，你要和她配合好。”

说到脱贫工作，白二蛋还是满心的担忧，因为凡是能够干事的都走了，都去外边打工去了，剩下的都是老弱残兵。要是靠他们自己致富，这就是打着鸭子上架。这些鳖孙们，这些年是吃惯了的嘴，跑惯了的腿，都是让上面的政策给惯的。刘天亮说：“你这思想有问题呀，国家给了钱还落不下好。你当初跑这个国家级贫困村的时候，就没有想到这些吗？听说这个国家级贫困村批下来的时候，整个村都放鞭炮了，是吧？”

白二蛋说：“这有点夸张啊，因为这消息传到村里的时候，正是大年三十，哪能不放炮啊。不过人们还是非常高兴的，因为有了这个贫困补助，他们就是走也走得安心，不用管家里人。这小玉米收就收，不收就拉倒，反正有钱花就行了。”

刘天亮说：“你这些日子学习习总书记的文章不够。文章里说了，没有人能直接给你荣华富贵，都是给你一个平台，幸福生活还要自己创造。再说，以往的贫困补助，哪一次不是让村里找项目，让大伙靠自己的力量致富，可是你们把这些钱都吃了。三万多一个的品种羊，你们村就敢都吃了。鳖孙的，也真敢吃啊，一下子就吃了一栋小洋楼。”

白二蛋呲呲牙说：“这也不怨老百姓，因为你们原来的政策是扶

贫,谁贫扶谁呀。既然谁贫扶谁,谁还不贫鳖孙的。"

"你还有理了。你这个白二蛋同志啊,这嘴里一出来,就是灰词。"

"这还不是你在这里,我给你说说心里话呀,在群众面前我还是非常讲究政策的,非常马列主义的。"

"行了行了,你这嘴呀,什么时候都是曲阳岗北的磁盔,一套一套的。我给你说,这次政策你知道了不,这次可是脱贫。别看这只是一个字的差别,但是工作力度不一样。"

白二蛋摇摇头说:"这些刁民们,他们哪里知道这个意思,总还认为,这次还是扶贫呢。说句真心话,我觉得项目倒是好说,就是人们的思想需要转变。如果这个转变不了,就好比毛驴上山,使劲拽也不行。"

刘天亮说:"想躺在炕上吃救济款、等着吃扶贫款的人,这些别的村有。但是我们要看到,大多数人还是积极响应的,那些等靠要的人,只是极个别的人。群众对搞项目,有非常热切的要求。关键是要通过调查宣传,让人们也意识到,只靠政府救济,咱们永远是贫困。只有搞项目,尽快让大家腰包鼓起来,这才是长久的事儿。"

白二蛋说:"根据村里的实际情况,我们已经有了一个初步方案,想成立养牛合作社。村里出一部分闲散地,负责把牛棚建起来。村民自愿入股,统一管理。"

刘天亮说:"你们这一步一定要走稳妥,防止出问题。"

白二蛋说:"是,我们的工作还有很大的阻力。有些人还抱着侥幸思维,认为咱们就是一阵风,刮过了就拉倒,他们还能继续吃国家级贫困村的补助。"

张琟竑和顾春杏过来和刘天亮打招呼。

顾春杏说："既然领导来了，今天就不要走了。这路修通了，是个大喜事，一块儿庆祝庆祝。"

张琟竑说："今天杀猪，请你吃村里的大盆肘子啊！"

刘天亮说："我还真不走了，我车上带着枣儿酒，给你们工作队的第一步胜利庆祝一下。"

白二蛋说："今天我管你们一顿饭，别看我那个侄子不成器，他要是做肘子，不次于东下关。"刘天亮说："你这个侄子就是吃了九只品种羊的白大勺吧？我想见见旗子爷，他在这次修路当中，起到了一个老党员的作用。"

张琟竑说："旗子爷是老党员，这次村里修路，要不是他带头找了一些老党员、老干部集资，也许这路就修不了这么快，也没有这么顺利。"白二蛋说："提起旗子爷，我是非常惭愧的。我在当时基本上就没有敢管修路的事，我也有私心，怕被纪委处理了。你说说，当了半辈子村干部，假如最后让自己政府的监狱给关起来，这不是给祖宗八代找骂吗。"他这话说得几个人都笑了起来。

刘天亮说："镇上验收的人正在对路面和厚度质量进行验收，只要他们给打了合格证，该给的钱，我们马上就拨下来。白支书，你还有什么要吐槽的，赶快吐，吐完了今天咱们说点高兴的事。别见面就是激动的心，颤抖的手，心里的贫困说不出口，不给补贴就不走。"

他的话说的大伙都笑起来，张琟竑对刘天亮这么熟练地运用网络语言，感到非常惊奇。她说："刘书记，您经常上网吗？"刘天亮说："你加我的微信吧，咱们平时就能够沟通了。春杏，你们这次学习了网络信息管理，马上机子就到了。安装上之后，村里都要通互联网，

要实现互联网＋，建立镇上到村级的朋友圈，实现管理网络化。你看，我这人，怎么又说工作了，走，看你们杀猪的去。听说你们这儿的黑山猪，肉好，我要看看。说不定将来这是一个好项目呢。”

烫完后开膛的猪肉挂在架子上，骆山旺把猪尿脬吹起来，给了乐乐。看到刘天亮他们过来，急忙地过来说：“刘书记，您来了，晌午不要走了，就在这儿吃饭。您看看，这真正的山里黑猪，这肉多磁石。这肉煮出来，肉膘往外翻。喂饲料的猪肉，煮出来的肉往回抽。”

刘天亮说：“听说你们谁会做大盆肘子，我就是来吃骆驼湾的大盆肘子的。这要将来开发旅游，你们就开一个骆驼湾大盆肘子饭店。我把我的同学们都叫过来，让他们来咱们这里看山景，吃山猪肉。谁会做？”

白大勺正躲在人们后面，他怕刘天亮叫他，因为他吃了九只品种羊的事，刘天亮点过他的名。赵四发把他拽过来说：“刘书记，就是他，他叫白大勺。”

刘天亮说：“我知道，我知道，你可是大名鼎鼎啊。”

骆山旺急忙说：“刘书记，他、我和四发三个承包修路，这次大勺是立了功的。在没有资金的情况下，没有中断伙食，没有让技术人员走失。”

刘天亮看着穿着西服的白大勺说：“好，我就知道，能够吃了九只品种羊的人，干什么都是响当当的。”

白大勺脸红了低下头说：“刘书记，当时咱们是脑筋不开窍。这次，您要是还给，保证不吃了。”

刘天亮说：“不吃不行，还得吃，但是，这次吃的不同。这次我们不再吃种羊，我们要吃种羊繁殖出来的商品羊。我说得对吗？白大

勺同志。”

白大勺保证地说：“您放心，现在我也算是副经理了，已经是有身份的人了。刘书记，您不信走着瞧。”刘天亮说：“我信，我信。”

镇上验收组的人过来说：“基本面积和厚度都符合要求，我们都签字了，就是质量检验，要到县建设局进行压力试验，我们也采了样本，回去就送走。”

刘天亮说：“这次咱们修的路是习总书记走过的路，我们一定要保证质量。如果有问题，你们可是要负责任的。”

一直在外围没有说话的四发爹说：“刘书记和村里的领导放心，这次我每一车灰都有他们的出场单和质量合格单，即使出了问题，也能够找到。”

刘天亮说：“好，好，我们干工作就要这样脚踏实地。”

白二蛋掏出表看时间，着急地说：“时间到了。山旺，这里的事，交给大勺，你马上去筹备剪彩，快去吧。”刘天亮悄悄地交代工作人员们：“今天都在骆驼湾吃饭，但是要交饭钱，一个人十块钱。”说完就跟着白二蛋他们走出去了。

村口，顾春杏把红纸彩条拉起来，把几朵大红花戴在刘书记和骆山旺的胸前。张琟竑把剪子递给刘天亮，刘天亮又把剪子递给骆山旺。在几次推脱之后，骆山旺把人们拉着的彩条剪断，欢腾的锣鼓在鞭炮声中敲打起来，四发和大勺开着三马车拉着村民们走过来。这天的骆驼湾，终于在冬眠中苏醒过来了。虽然，山上的山花还没有绽放，但是已经有花骨朵长出来了。这五彩缤纷的世界，正在悄悄地孕育着。

整个山村都在兴奋中。都到了半夜，人们还在回味着白日的事

情：锣鼓，秧歌，还有大锅的炖肉，白面的烙饼，吃饭的有二百多人。从村委会排到街尾。骆婶和顾春杏担着大桶的烩肉，赵四发和白大勺抬着盛烙饼的箩筐。二十张炕桌前，围着村里的老老少少，他们拿着自己家的碗筷等待着。自从大包干以来，可以说这是第一次有这么多的人在一起吃饭。

花婶说："老算子，这是你的肉。"老算子嘴里咬着瘦肉，牙不好使，但是也没有忘了回嘴："这才是你的肉呢。"花婶说："不是你个鳖孙养的猪啊？"老算子说："你个灰样的，养的猪和我的肉，是一个鳖孙吗。"

这一天是骆驼湾尽情高兴的一天。老算子说花婶："你没有经过吃大食堂。那时候，鳖孙的吃了没有几天，后来就不行了。"花婶说："你个鳖孙的，你那时候多大，你记的呀。"老算子说："我都十来岁了，还能不记的？你个灰样的，你不记的是真的。"

最高兴的是孩子们，他们在各个桌子间来回地跑着。骆婶笑着骂他们："你们这些小鳖孙们，还不快吃啊。"她说这话的时候，看的是乐乐。如果顾春杏当年跟了自己儿子，这孩子就是自己的孙子了。看这个孩子长得和春杏一样，可就是老算子的孙子，她心里一阵酸酸的。她嘱咐白大勺，让他给山上的旗子爷送肉和烙饼去。白大勺高兴地正要走，看到旗子爷气喘吁吁地下山来了。

白二蛋没有想到旗子爷会在这个时候下来，急忙地给刘天亮介绍："这就是您说的旗子爷。"刘天亮说："老党员，老同志，来坐上坐。"旗子爷谦虚地说："也不算老，48年的党员。"白二蛋说："这算是解放前的老党员了。"旗子爷说："真正的老党员们，死得死了，走得走了，我当时就是个儿童团长，后来就开始慢慢地当了村支书。"

他叹一声："惭愧啊，没有领着大伙儿走上幸福道路。"他说："骆山旺给我打电话，让我下来。他今天把这路修好之后，有自己的想法。他今天这饭就是答谢父老乡亲们的。"

刘天亮心里一惊说："他是什么意思啊？"

旗子爷说："你们要留住他呀。这孩子是个能手儿。这骆驼湾几十年，就没有什么出息人，现在这孩子冒出头儿来了，咱们要留住，要保护他，要让他为骆驼湾出一把子力气。你看，就是二蛋，也是五十多快六十的人了。咱们都走了，谁来接咱们的班呢？这么好的青山绿水，就没有人看顾了吗？"

刘天亮激动地说："老人家，你今天提出了一个非常重大的课题，我看镇党委和各个村的支部，都要好好地讨论一下。脱贫攻坚战的主要力量依靠谁，这是一个重大的问题。要带队伍，要建班子，要后继有人。老人家，你今后就是我的顾问，你多提这些建设性的问题，我一定虚心接受，认真地执行。"

旗子爷呵呵地笑起来说："过奖了，过奖了。脱贫攻坚战，我只是个抬担架的喽。"看着一街的父老乡亲，旗子爷突然站起来，端着黑陶瓷的小酒碗说："各位乡亲们，今天在这个场合里，我是骆驼湾岁数最大的人，今天我给大伙说一个事情。"他这一说话，人们都静了下来，都睁大眼睛看着他。只见他白胡子在抖动着，动情地说："我谢谢各位父老乡亲，你们支持山旺，支持他修完这工程，我先谢谢各位了。"

旗子爷把一碗酒喝下去，又倒了一碗让白二蛋端起来，自己也倒上对骆山旺说："旺儿，我和你和二蛋一块喝一个同心酒，可以说，今天咱们三个就是骆驼湾三代人的代表，喝了这酒，我们同心协力

地把村里工作做好。过来，山旺过来。”

骆山旺正在和白大勺、赵四发几个喝酒，他有话不好说出来。这几天他一直一个人来回地徘徊。天津的基建公司发过短信来，聘请他去担任乙方监理，年薪十五万，外加年终奖金。对方还在等待他的回信。他这几天这么大动作地要自己出资，搞这次全村的聚会，就是想和大家有一个告别。天津保税区的基本建设，一搞可能就是五六年，他也想带着白大勺和赵四发走。他就等着验收过后，工程尾款结算完后就走。

他的那个女朋友也来了电话，说：“如果他去了天津工地，她还可以考虑他们之间的关系。”如果他不去，有些话她没有说，但是骆山旺心里明白，这就不用考虑了。

但是，顾春杏给他透露了一个新消息，张琟竑的下一步计划，就是搞一个养牛合作社，希望由他来出任合作社主任。

这话是在拆临时伙房的时候说的。他带着白大勺和赵四发正在装家伙，顾春杏也上来帮忙了。她说：“骆山旺，你为什么总是躲着我？我是老虎啊，能够吃了你呀。”骆山旺说：“我没有躲着你，我这不是天天忙得脚不着地吗。”

骆山旺把三马车装好，对顾春杏说：“你在这看一下，我跟着卸车去。”

顾春杏的眼睛一睁说：“山旺，让大勺和四发去卸车，我有话要给你说。”白大勺说：“好好，得令，你们说，你们说，四发咱们走。”

三马车走了，骆山旺又弯腰拾掇杂碎东西。顾春杏说：“骆山旺，我这是给你谈工作，不是谈情说爱，你给我正规一点儿行不。”

“好，好，谈工作。”骆山旺坐下来。顾春杏拿出一个养牛合作社的章程说："你看看这个。"

骆山旺看完之后说："这很好啊，从结构到内容，都非常明确，还有形式和做法都非常恰当。"顾春杏说："有没有修改的地方？"骆山旺说："没有，在我看来非常完美。这是你写的？"顾春杏说："这是我和张琟竑拟定的，你要是没有意见，我给张琟竑说了，说你没有意见。"

骆山旺无所谓地说："我有没有意见有什么用啊？"顾春杏说："就是征求你的意见的，怎么没有用？"

骆山旺警觉地说："你什么意思？"

顾春杏说："什么什么意思，就是由你来干这个事业啊。"骆山旺像被烫了一下地说："春杏，你可别这么信口开河地说。我干这个，谁说的？"

顾春杏说："张琟竑说的，她想让你干。"

骆山旺看着顾春杏的眼睛，犹豫地说："春杏啊，我得考虑考虑，我不想干这背着儿媳上五台，费力不讨好的事了。"

顾春杏看着他说："怎么，遇到困难不想干了是吧？"骆山旺说："我压根儿就没有想过要干呀。"顾春杏看着天上，等她眼睛里的泪水终于忍回去了之后，才慢慢地走近他说："山旺，大伙儿可都指着你了啊。你当初的雄心壮志，哪去了啊。"她幽怨地瞥了他一眼，泪水流出来之前，她失望地转过身去，慢慢地走下去，越走越快，终于跑起来。

听到旗子爷的召唤声，骆山旺的内心非常地不平静。他把端着的酒碗慢慢地放下，看着满街的人们，看着旗子爷、白二蛋还有刘天亮期待的眼神，犹豫地摇摇头，慢慢地坐下去。一街无声，一街寂静，

期待和逃离，承诺与背叛，责任担当和明哲保身，都在呼唤着他。张琟竑异常惊讶的眼神，顾春杏悄然失色的脸色，老算子的脸上飘出淡淡的微笑。几百双眼睛都在看着骆山旺，他感到脸上有汗水流下来。突然，一碗酒递到他面前，他抬头一看，原来是母亲。

骆婶悄悄地说："山旺，你要是我的儿子，就去给旗子爷和你二蛋舅喝了这碗酒。"骆山旺还在犹豫，他看着母亲的眼睛说："妈，我……"

骆婶说："儿子，妈什么都知道。这碗酒，你不是自己喝的，你是代表着你爹、你爷爷、你老爷爷喝的。儿子，去喝吧。咱们家三代都是党员，你不担当，谁担当，是酸是甜都要喝下，是苦是难都要担当。生为男子汉，要活得轰轰烈烈，死而无憾。"

24

修路结束了，一场轰轰烈烈的工程结束了。顾春杏希望另一场战斗马上开始。但是，新的战斗并没有如她所想的那么顺利。张琟竑的养牛工程面临着新的困难。

以先行带后进，以典型带全面，这是镇党委的具体工作安排。按照刘天亮的话来说，就是我们要一鼓作气，一个战役连着一个战役，把我们的脱贫攻坚战打得有声有色。顾春杏知道，只有把这次攻坚战打胜了，才有自己美好的春天。顾春杏这些日子被骆山旺冷落着。她非常想和张琟竑说说心里话，因为张琟竑身上有着一种对新生活的追求，有着一些山里人所没有的素质。她已经把自己的追求和希望都寄托在张琟竑的身上了。

有时候她不想让张琟竑回自己的住地，就想让她和自己在一个炕上滚。她有许多的心里话想给张琟竑说说，但是，每逢这话到了嘴边的时候，她就咽了回去。她觉得自己非常卑微，尤其是骆山旺突然地和她疏远之后，把她对生活的美好愿景都变成了虚空。她想和张琟竑说说自己的心境，她已经对骆山旺的去留没有了把握，而且就算是他不离开骆驼湾，自己和他之间的事情又有几分可能呢？

顾春杏非常明白，如果没有这次攻坚战，就没有骆山旺的回归，如果没有骆山旺的回归，就没有她心中的梦想。如果这人活着连梦想都没有了，那活着还有什么意思呢？她悄悄地问过张琟竑："你有没有搞过恋爱呀？"张琟竑非常惊讶地说："搞什么恋爱呀，这时代还搞恋爱，多麻烦啊。"

顾春杏说："那你们男女之间怎么进行啊？"张琟竑笑了起来："网上啊，网聊啊。"她和顾春杏基本属于同一个年代，但是，她和顾春杏之间不是生活在同一个层次上。在她的层次里，基本上没有生活的顾虑，她需要考虑的就是如何过好自己的一生。一开始，她对顾春杏同情大于欣赏，但是，慢慢地，她在顾春杏身上看到了一股自己没有的力量，那就是对美好事物的急切的向往之情。她对攻坚战的态度，不光是物质上的还有一大部分是精神上的。

如果村里的人都像顾春杏一样就好了。但是，张琟竑知道，他们许多的人包括白二蛋在内，都是想着这个过场赶快过去，好重回自己认为的美好时代：喝着小玉米粥，拿着国家贫困补贴，每天站在石头宅门前，看着辽道背上的云彩变化；然后坐在房檐下面，诉说着过去和今天的鸡毛蒜皮。这些人的思维方式已经固化，他们不想再进行什么大的变革，他们就想活在自己的时代里不出来。

当她走进那些垂危的屋檐下，走进那些被多年烟火熏燎得黑黑的屋子里时，她被他们这些人的木讷和淡定震惊了。得过且过，温饱就不错的心情，代表着他们的状态。因为青年人都走了，留下他们这些人，好像是在等待着一场大剧散场。他们穿的是救济来的衣服，那些曾经青春过的衣服，那些代表着城市生活的衣服穿在他们身上，就如同戏装一样。就像古老的昆曲艺术，就是表现现代生活也顽固地保持着自己的过去。

在春风呼叫的夜晚，在山村都沉入梦乡的深夜，在西头老算子悠长的鼾声中，顾春杏欲说还休的状态，让张琟竑感到了自己身上责任的沉重。

张琟竑成长的年代正是叛逆的年代，正是社会上去马克思主义化叫嚣得最响的时候，全盘引进西方的思想文化成为了时髦。她之所以选择了和父亲不一样的专业，就是不想承担父亲的专业带来的嘲笑。她和父亲有过许多的争论，父亲总是和善大度地笑笑。在报考大学专业时，得知她负气地报考了金融专业，父亲说："你以为自己是离开了马克思主义学说吗？金融专业正是马克思研究的方向。告诉你，只要你不离开社会，马克思主义是无处不在的。"

修路引起的纠纷和纪委的调查让她感到非常气愤。她回家之后和父亲发了脾气。她说："这是不是符合马克思主义？"

父亲呵呵一笑说："我的小公主啊，这就是斗争哲学呀。你记住，有些人把自己的不满用激进的外衣包装起来，也是一种机会主义的表现。"

"教条，形而上学，他们这是以子之矛攻其盾，他们其实就是不想让你把工作干好。"张琟竑在父亲面前什么时候都是咄咄逼人。

她从来就不服气她这个马克思主义学院的教授父亲，因为她认为他们都是空谈。

“既然他们教条主义，你要运用什么样的办法进行反击呢？我给你提供几个方案：一是以教条主义对教条主义，二是以消极的态度对待他们的教条主义，三是以积极的辩证唯物主义的方法进行自己的事业。”

张琟竑把住老爷子的肩膀说：“你别给我整这些专业的术语，你就说我下一个项目怎么办吧。”

父亲说：“我也不是你们的领导，我说的只是一般的规律和常识，你可以进行融会贯通啊。”张琟竑说：“张教授，你这是什么态度啊，我这是向你请教。”母亲说：“你也是，如果能够给女儿提个醒，你就说，别动不动就是术语连篇，好像你有多大学问似的。你别三个方案，你就合并同类项，对具体事物进行微积分。”父亲笑起来：“你妈不愧是数学教授啊，你看，她这是不是运用了术语。”

就在单位宣布张琟竑下乡参加扶贫工作队那天，父亲对她说：“琟竑啊，你有幸赶上了一个伟大的时代了。”当时张琟竑还不了解父亲话里的含义。父亲说：“一个伟大的时代就要来到了。三十五年的改革开放，已经走到了深水区，我们要建成一个社会主义强国，不把贫困人口脱贫，我们就不算现代化。”那些天，父亲天天都在阅读马列原著，他非常洞悉时代的走向，对张琟竑说：“你要下去，我也想下去，我要总结这以后的历史历程。”他说：“一个成熟的思想体系正在形成，你有幸参与其中，这是时代赐予你的幸福。”

父亲给张琟竑说的哲学原理，让她感到了其中的奥秘所在。如果说修路是煮了夹生饭，那么这次养牛张琟竑就要按照哲学规律来办事。她已经熟读了习近平治国理政的许多文章，利用先进的力量带动后进的力量，就是她要实行的工作计划，没有人能够阻挡，她对这个攻坚战保持着一往无前的热情。

张琟竑正面和骆山旺谈了一次，希望他能够留下来，和乡亲们一起实现伟大的攻坚战工程。骆山旺还是第一次正面和张琟竑单独谈话。

就在张琟竑打电话让骆山旺找她的时候，白大勺说："是不是这个张琟竑看上你了，她这是约你私聊啊。"赵四发说："真的，我觉得这个张琟竑和山旺哥特别投缘。"骆山旺郑重地警告他们说："你们个鳖孙的，以后再谈张琟竑的时候，都给我庄重点，别他妈的找揍。"

白大勺说："你看，重色轻友啊，这刚刚给你打了一个电话，你就开始揍弟兄们了。如果张书记能够给你放一点色彩，你还不把弟兄们宰了呀。不过，你可要小心一点，春杏那儿你怎么交代呀？"

骆山旺没心情和白大勺斗嘴，说："你以为我是你个鳖孙呀。"

钱长怂人胆，这话一点也不假。就因为白大勺跟着修路，那个川妹已经和他发展到谈婚论嫁的阶段了。因为这个骆山旺已经成为这一带的传说。他的传奇经历和这次工程的顺利竣工，让他成为人们谈论的一个话题，都说他在这条路上挣了一百万。就为这，川妹想见见骆山旺。白大勺说："你尿尿照照你个灰样，你就是去韩国整了容，山旺哥也看不上你。"川妹说："你个鳖孙的，我是想见见大伯哥。你说，能不能把大哥请来吃一顿饭？"

白大勺订好东下关的饭馆，请骆山旺和赵四发吃饭。但是，他给川妹说："山旺哥说了，只有咱们订婚他才来。"川妹说："就订婚，你去说吧。"白大勺一说，骆山旺就说，"这是好事，我必须要去呀。"

就在他们喝酒时，川妹说："山旺哥呀，听说你这次赚了一百万，他们两个一个人十万块钱哩。"

骆山旺摇摇头说："这都是鳖孙们瞎说，纪委查了一个多月，要是真的这样，这是往监狱里送我们呢。"

川妹不明白地说："大哥，这干工程不挣钱你们图什么呀，挣钱还进监狱呀？"

白大勺说："妹啊，这山旺哥逗弄着你玩呢。常言说得好，金银不漏白，露白招祸害。还没听说谁挣了钱都在外面招摇的，是吧大哥？"

川妹说："你以后要和大哥学着点，我看大哥可比你大勺强多了。人家大哥长得多帅气呀，不像你穿着西服也像穿着乞丐服一样。你把腰挺直一点，把头发梳理得光溜一点。"

白大勺说："我这腰已经挺得非常直了，还要怎么挺啊，你是不是看上大哥了啊？"

川妹说："这是你个鳖孙的说的话吗？大哥能够看上我这灰样，人家看上的是春杏那样的美女呀。"

骆山旺的脸色一沉说："喝酒，喝酒，说你们的事情，别牵扯我。咱们话说头里，我是大伯哥，你们少在我面前缠绵，听到了没有。川妹，听说你的嫁妆钱和彩礼钱是十万块是吧，这事包在大哥身上了。"

川妹急忙说："白大勺，你个鳖孙的，还不赶紧敬大哥一杯。大哥，只要你成全了我们，大勺就是你的亲兄弟，你说上东他不上西，你说打狗他不打鸡。来大哥，你喝了这一杯酒。"白大勺踹了一下赵四发："你不敬大哥呀。"

赵四发说:“你们两口子的事情,找不着我呀。”川妹说:“四发兄弟,你这话就怂了。大哥是咱们的大哥,我们叫大哥你就不叫大哥了?”

骆山旺是第一次和川妹在一起喝酒,他不买大勺和四发的账,也得买川妹的账。这个闺女不像人们说得那么不堪。骆山旺觉得今天的川妹,人长得还算是有点姿色。虽然说不上特别漂亮,但也有点三流歌星的感觉。他从这个闺女身上感觉到了一股儿江湖气。这一点就比白大勺强,因为白大勺总是给人一种不靠谱的感觉。

张琟竑给骆山旺倒上水,然后拿出了养牛计划。她说准备在山坡平地上建一个现代化的牛棚,贷款养上几十头牛,这七八十户人家就合着两家一头牛了。她的一个同学是陕西的,他们那有高原肉牛。她已经和那边联系了,他们准备送牛过来,因为这边和那边的气候维度基本一样。她觉得这个项目不错。

骆山旺在张琟竑面前有点拘谨。他恭敬地说:“这要几十万块钱吧?这钱从哪儿出啊?”张琟竑说:“贷款呀,这次脱贫的资金主要是贷款,上面的扶贫资金使用全部用在基本建设上,就是说谁办这件事情,就是谁贷款。”

“几十万贷款,”骆山旺谨慎地说:“这可是一大笔资金啊,就是贷款,也怕是找不到贷款的地方啊。”

张琟竑说:“怎么,一说贷款就胆怯了啊?”

骆山旺说:“我贷过款,就是有人贷也得找担保,农民的房子也不算资产。”

张琟竑说:“农村的房子不算资产,因为就是这地皮也是集体所有的。但是,我们有办法。我已经和银行说了,他们银行要的是

联户担保证明。只要有几十户连保，一户贷三万块钱，这资金就解决了。”

骆山旺说：“这担保就是属于担保人自己借款，要是挣了钱，行；如果赔了，我怎么给担保户交代呀？再说，就怕没有人担这个保。”

张琟竤说：“山旺，如果有人给你当联户保呢？”

骆山旺说：“这贷的可不是小数目，几十万块呢。”

张琟竤激动地说：“我们已经测算好了，三十万元，可以买二十头母牛，一年之后就可以下牛了。一头小牛犊能够卖八千元，两年之内就能够还清贷款了，再往后就能脱贫致富。现在就缺一个带头人了。”

骆山旺说：“张第一书记，你让我想想，行吗？我就怕如果失败了呢，怎么给大伙交代。我好说，你怎么给上级交代呀？”

躲在窗外的顾春杏着急地推门进来说：“唐僧取经还经历九九八十一难呢，山旺！”

骆山旺看到顾春杏，心情十分地复杂。他说：“你们有事，我先走了，这养牛的事，我想想。”顾春杏拦住他说：“骆山旺，你是怕失败是吧？”

骆山旺说：“我不怕失败，就是怕对不起大伙儿。”

张琟竤说：“山旺，你好好考虑一下。如果想好了，咱们再进行。”

回到家里，白大勺和赵四发都在等着骆山旺。他们一齐问他：“怎么样，和你谈什么了？”骆山旺说：“让咱们贷款养牛，我没有答应。”白大勺听说他没有答应，着急地说：“山旺哥，你怎么没有答应啊，我和四发都指着跟你发财呢。”

骆山旺说：“贷款你们敢贷吗？”

白大勺说："怎么不敢，上刀山下火海我们都敢呀。四发，你说是不是？"

赵四发说："干吧，我们俩支持你。"骆山旺的心里非常地纠结，因为天津那边说好的，一个月一万五千块钱。他知道，这次机会非常好，如果他不去，原来的女朋友也会吹了。骆山旺说："你们让我想想，让我想想，行不？"

下午开会的时候，白二蛋看张琟竤有点不开心，就开玩笑地说："怎么了？失恋啦？给我说说，我给你分析分析。"

张琟竤说："我还会失恋？我就连恋爱是什么都不知道呢。"白二蛋说："这路修好了，咱们又受到了上级的表扬，你这工作做得不错了，你还有什么不高兴的呢？"张琟竤说："我亲自给骆山旺做工作，春杏也见了，他死活就是不答应。"

白二蛋说："这个鳖孙的东西，给脸不要脸。你放心，在咱们面前就没有办不成的事。咱们先这么办，让春杏先去摸摸底。琟竤，你别灰心，这个鳖孙的，他要是在这个时候，着急地接这件事，咱们倒还要再考虑考虑，现在他不想接这件事，就证明咱们找对人了。"

张琟竤想闹明白这句话的意思。白二蛋说："你不摸农村人的底细，想给不用要，打早起不用叫，这叫上赶着不是买卖，强认着不是亲家。他这是一种负责任的态度，因为这么大的事情，要是不考虑就接，这就是瞎胡闹了。"张琟竤笑起来，她现在已经知道白二蛋的底细了，他要干什么事情，都要作局。她说："你说这局怎么作？"白二蛋说："这话不能够说出来，一说出来就不灵了。"

四发爹和白二蛋已经有许久没有在一块坐了，他没有想到白二蛋带着酒来找他。俩人喝了几杯之后，白二蛋说："赵哥呀，我想让

大勺把这个养牛合作社弄起来，到时候党员要开会的话，你肯定要投赞成票呀。”

四发爹说：“二蛋兄弟呀，支部和村委都通过了没有？”

白二蛋说：“没有通过呀，你知道，我现在不占优势了，张琟竑和顾春杏俩人，再加上反对我的。我想透了，咱们这贫困村是保不住了。可是，我必须要留个后路是吧。我让大勺把养牛的事揽起来，将来我不干了，这还不是我们共同的事业呀。我这几年也看透了，人不给自己留点后路，下台了谁看得起你呀。你说是不是这个理？赵哥。”

四发爹说：“你说的是真话还是牢骚话？”

白二蛋说：“鳖孙才不说真话。”

酒喝了半夜，话说了一宿，四发爹躺下还在琢磨，这个白二蛋是要干嘛呀，这个鳖孙的。让大勺养牛，还不把牛都做成肉丸饺子吃了啊。

四发妈也说：“你是不是和旗子爷他们商量一下，这白二蛋是不是要出错啊。这几十条牛要几十万块钱呢，要是贷款还不是村里承担，到时候家家都要跟着受累。”

四发爹说：“老伴，我说这次山旺怎么不出头了呢，原来是白二蛋有这个想法。你这话谁也不要说出去，白二蛋这鳖孙的，想犯错误了。”

四发妈憋着、忍着，她一天都没有往外说这事，可是到了天黑之前，她对花婶把这话说了出去。她还小声地说：“你等着吃牛肉丸的饺子吧。”花婶顾不得回家，就悄悄地把这个话传了出去。

骆山旺修路发大财的事，早就让人们嫉妒了。这白二蛋又要把养牛的事让白大勺干。都说一个村里无秘密，有点事可以说比网络还要快，还没有到人们灭灯睡觉，这事骆驼湾就都知道了。等着吃牛肉丸饺子的事，就像春天里的风一样，东西南北四面刮了起来。白大勺这个鳖孙，一年吃了九只羊，这次又让他吃牛了，二十条牛，够他吃一阵了，起码也得吃两年吧。这风刮得非常激烈，就连老谋神算的老算子都坐不住了。他问顾春杏："你们村委会准备让白大勺养牛啊?"顾春杏说："你不是不管村里的事吗，你问这干什么?"老算子说："我问干什么，这村里的事有我一份，你们赔了钱还不是用扶贫款挡上，我们不就吃大亏了。"

顾春杏说："这也不是村里的钱，是银行贷款，需要人们互相担保的。"老算子说："你千万别答应这个鳖孙的。"

顾春杏说："我已经答应了。"

老算子说："我的傻儿媳妇呀，你咋给白大勺担保了呀?"

顾春杏说："这有什么大惊小怪的? 这是村里的工作，我不答应行吗?"

老算子说："你就没有征求一下我的意见，咱们是一家子，我不同意!"

顾春杏说："这是村委分工，白大勺是我的联系户。"

老算子说："你给一个大光棍担保，到时候出了事，你怎么办，你还的起吗? 谁都知道他的外号，九只羊。他养牛? 他吃牛还差不多。还没有开始养，这村里就开始说吃牛肉丸的饺子了。"

顾春杏疑惑地说："爹，谁说吃牛肉丸饺子了。我是村委会的，要带这个头，你要是怕受连累，咱们就分家!"

老算子软了下来，带着哭声地说："分家，我这半病身子，分了家

我还能活吗？你怎么干都行，就是别跟我分家！我给你说一句不该说的话，如果村里真的决定要养牛，就是让骆山旺这鳖孙的养，也比大勺这个鳖孙强。”

顾春杏的眼前一亮说：“爹，你是说骆山旺行？”

老算子的脸色一沉说：“我是说如果，真的要这样的话，骆山旺这个鳖孙的比白大勺鳖孙的强。你们就一点眼都不长，凭什么让白大勺养牛啊。你们没听他说要吃牛肉丸饺子吗？”

顾春杏其实也不同意白二蛋的意见，但是，张琟竑说，我们要用发展的眼光看问题，白大勺就不进步了呀。他们还找了十几户人家作担保贷款。有些人家虽然不想担保，但是看到白二蛋亲自跟着，就在担保人上签了字。他们一边签字还一边说：“我们可是不贷款，我们也没有花钱，将来还的时候，我们不管。”

白二蛋说：“你签个字还这么啰嗦，怎么都这灰样啊。你放心，我白二蛋什么时候，让你们吃过亏，你们的低保户谁给你们办的。告诉你们，党和政府不会让你们吃亏的。”

25

白大勺在川妹租的小屋里睡了一夜。川妹昨天晚上就给白大勺打电话了，说：“你是不是做了手脚啊，我这个月没有来。”白大勺说：“你怎么没来啊，我去的，怎么就没有来呀。”川妹说：“你混蛋啊，你个鳖孙的，你马上过来。”白大勺一进门，迎面就是一片水雾。川妹在一个用过的安全套里装满水，呲得他满脸都水珠子。白大勺说：“我的好妹啊，你这是给哥洗脸呀。”

川妹把安全套摔在他身上说：“你个鳖孙的，你看你办的好事。”白大勺知道这是自己的诡计被戳穿了，急忙抱住她说：“我的乖乖呀，人们都说，婚前孕的肯定是儿子。”川妹吐他一口：“啊呸，你自己都养活不了，你拿什么养活孩子。你个鳖孙的，你就是想坑妹啊。”

白大勺着急地说：“你这话说得可是灰呀，我怎么就养活不了自己了，我怎么也是堂堂的副总啊。”川妹说：“你这个是砂锅里煮驴头，脑门子软了，嘴帮子还硬。你不就是跟着骆山旺干了一个赔本赚吆喝的修路吗？你挣的钱在哪里呀，你没有钱拿什么养活自己，还想要儿子，你要儿子喝西北风啊。你个鳖孙的，你说，你拿什么养儿子？”

白大勺说：“你放心，我们的攻坚战马上就要开始了，我们的项目已经立好了，要在两年之内，脱贫致富。到时候，咱们就有的是钱啊，我就不信养活不了儿子。”川妹柔情地说：“你要是这样，我就给你说实话了，我肯定是有了你的儿子了。”白大勺说：“你说什么，你说什么，我的乖乖啊，你再说一遍，我有儿子了？”

川妹说：“告诉你个鳖孙的，现在这孩子还是一个小豆儿。你说怎么办呀？”

白大勺说：“我娶你，我娶你还不行啊。”

“啊呸，”川妹说：“你就用你那个穷得能够饿死老鼠的破家娶我呀。”

白大勺说：“我们马上就要办养牛合作社了，只要我们三个干，两年之内肯定每一个人都会挣十万块钱。你说这要是有了钱，你还不是冲钱来的吗？”

川妹说：“我可不是个见钱眼开的人，你个鳖孙的，我和你是真的爱情。”

白大勺说：“我也是真的爱情，我会马上就给你家下聘礼去，我要娶你。”白大勺从裤腰里把一万块钱拿出来说：“这是我们修路挣的工资钱，一个月的工钱，都给你。”

他这么一说，川妹马上就软了下来。她靠上来说："大勺，我早就算卦了，说咱们两个是米面夫妻，说我是旺夫的命。你看，这不是开始了吗。"白大勺借势搂着她说："我的小乖乖，我真的又想你了。"

川妹说："人家也想你了，你个鳖孙的这次可要小心啊，别压坏了你儿子。"

这一夜，白大勺如神如仙，云里雾里，一个女人的柔情会让一个没有责任心的男人雄起万丈豪情。他决心马上就给骆山旺打电话，让他马上接过养牛合作社的合同来，他白大勺要为自己的后代拼一把。他的脑海里出现了电视上才能够看到的标准化现代化的牛棚，门前挂着牌子上写着"骆白赵养牛合作社"。"嘟嘟嘟"，在铡草机、粉碎机的马达声里，白大勺和川妹开着三轮拉了一车牧草回来，牛群围上来吃草。吃草的牛幻化成他们的儿子，许多的儿子围着他和川妹转着，他笑醒了。川妹偎在他怀里，幸福地说着呓语。

白大勺从小就不知道什么是幸福，因为他懂事的时候，父母就死了，是爷爷领着他过来的。他看到别人家的炊烟袅袅的时候，曾经流下过眼泪。尤其是过年过节的时候，他最怕别的孩子叫爸爸妈妈。每当这个时候，他就会躲得远远的。为这，他没少和孩子们打架。他揍四发，就是因为他有爸爸妈妈。骆婶给了他许多的母爱，他有了委屈的时候，就想到大姑那诉苦。他也曾经幻想着有自己的家，有自己的媳妇和儿子，但是这些东西这几年离他越来越远了。如果不是骆山旺回来，如果不是他跟着修路，如果不是这个攻坚战，白大勺这一辈子就这样交代了。他哭了，为自己这些年的荒唐，也为自己庆幸，赶上了好时代，赶上了骆山旺这个好哥哥。

他在和川妹交融的时候发誓："我白大勺一定要让自己的儿子

和媳妇过上好光景。”他基本上一夜都没有睡觉，不断地抚摸着川妹，也让川妹不断地在梦中发出幸福的喃喃声。

人逢喜事精神爽，这话不假。手机在四点的时候准时响了，他悄悄地起来。他要趁没人的时候走出这个住地，毕竟他和川妹还没有结婚。川妹也要在半小时后，去饭馆里上班。他在川妹的脸上使劲地亲了几下，还想来一次。他想，等有了钱，就不让川妹去饭馆了，每天睡个够。川妹故作生气地推开他：“你个鳖孙的，就没有够啊。”白大勺说：“就是没有够。”她让他赶紧地走，别让人看到了。“过了今天，你鳖孙的就死了啊。”这句话，足够让白大勺幸福一辈子。

白大勺没有想到一万块钱就能够让自己的人生有这么大的改变。以往，他觉得川妹就在天边，就像那辽道背山顶的云彩一样，可望而不可即。鳖孙的，不就是一百张粉红色的纸吗，尽管这纸的质量比别的纸好，但是如果没有这一百张粉红色的纸，就没有今天的美好人生。走在老镇上的大街上，虽然脚下是多年之前铺的石头路，有些磕磕绊绊，但他却感觉到这是最幸福最辉煌的道路。

想自己在给饭馆当小工的时候，川妹子是仰头用眼角的余光看自己。曾几何时啊，这天地就翻转了，这小妮子就这么百依百顺地偎在自己怀里了。他试着打了自己几个耳光：“白大勺啊白大勺，你这二十多年都是白活了，你怎么就不知道这钱这么好使啊。不就是一百张粉红纸吗，不就是十个一百张粉红纸吗，你小子要是连这点钱都挣不来，你还叫人吗，你还配娶媳妇吗。”

湛蓝的天空在大山东边开始亮了起来，霞光开始在辽道背上展现风采，这个骆驼湾真的是非常的美。以往白大勺的眼睛里，除了怨恨就是愤怒。他怨恨父母把他生在这么一个地方，这么一个贫穷的地方，这么一个没有爱情、没有温柔、没有美好、没有柔情似水的地方。他愤怒那些活得无忧无虑的人，愤怒那些享受父母爱抚的人，愤怒这高高的山、这无情的水，愤怒开天辟地时把这里造就得这么贫瘠的老天。

如果说以往，他只是活着，那么从今天开始，他感到了自己不但要活着，还要活得精彩，因为他所有的事业，有人继承了，有人欣赏了。他不再是那个活着没人问、死了无人哭的白大勺了。

他抖抖身上的西服，尽管这套衣服穿在他身上有点不配套。一样的衣服穿在骆山旺身上就好看，穿在自己身上就有点不伦不类，真是人比人要死，货比货要扔啊。他觉得，他真的离不开骆山旺，是他带领他修路，才有了今天这幸福的温馨。他这时候，真的想跟骆山旺说："哥，现在我白大勺想明白了，只要是为了脱贫攻坚战，你让我扛炸药包，我都不含糊啊。"他想早点赶回去，着急地去找骆山旺，把养牛的事应下来。这几天，骆山旺不哼不哈地没有拿出个准主意，原来他还是有跟着去天津的想法，现在看来，去哪儿都不如在家乡奋斗，因为爱情就在身边，幸福就在自己手上。他要娶了川妹，他要在骆驼湾建立自己的小家庭，他要自己的儿子在青山绿水中过得美好。他还要自己的儿子在骆驼湾娶媳妇，让自己的孙子在骆驼湾这个美好的环境中健康地成长。

天才蒙蒙亮，白大勺走过镇政府大楼，看到许多早晨起来锻炼的人们在跳着广场舞。有个人肯定是文化站的，正在不断地打着竹板背词。要在以往，白大勺看到这些人，是满心的仇恨啊：你们拿着国家的钱，天天什么都不干，耍耍嘴皮子就吃香的喝辣的，啊呸个鳖孙的，今天他却感到分外亲切。他故意地走慢一点，隔着绿化带和

铁栏杆，他看到那个说快板的人，个不高，正在一遍一遍地背词。

还有几个人都是穿着花花绿绿的衣服，好像是在练跳舞。他们的动作白大勺一看就懂了，是在排练宣传扶贫的节目。他们挥舞着铁锹，一会集中一会散开，一会表现村里的老老少少，一会儿表现村里的男男女女，都是山区人们劳动的情景。他们肯定跳的是植树造林的舞蹈：挖坑的，植树的，浇水的，一幅劳动人民辛勤劳动、挥洒汗水、齐心奔小康的会战场面。

那个练快板的看到了白大勺，就走到铁栏杆后面对着他，打起快板唱了起来：

打竹板，响连天，各位乡亲听我言。
党中央，国务院，习总书记不忘咱，
亲自到了骆驼湾，进村入户实地看，
群众贫困挂心间，鼓励我们定信念，
找准路子想方法，齐向贫困来宣战，
省里市里工作队，不辞辛苦帮助咱，
有牛有羊猪满圈，荒山要变花果山，
过两年，树挂果，牛上市，想不富裕都不沾。
……

白大勺笑得非常开心，他看到了幸福的骆驼湾，看到了川妹和自己的儿子在美好的春天里散步的身影。他看到自己家的土房换成了大瓦房，看到了现代化的家庭设备。正在这时，他的电话突然响了起来。他急忙一看，是赵四发打过来的。他说："大勺你鳖孙的在哪儿啊，我找你半天了，你跑哪个老鼠窟窿里去了？"

白大勺说："你是不是还没有睡醒啊，做梦了吧。鳖孙的，做梦就做个好梦，把你那个定州媳妇找回来。”

赵四发说：“你要是在龙泉关，就马上到汽车站看看去，山旺悄悄地走了，我都急死了。他可是带着他用的洗漱用品什么的，连充电器都带着了，除了没有带被褥，连换洗衣服都带了。”

白大勺一听急了，他跳起来说：“你个鳖孙，你说什么，你个鳖孙的。他走，他走也得跟咱们打招呼啊。他敢悄悄地走了，我白大勺就跟他个鳖孙的没有完。”

白大勺撒腿就往回跑，这里是通往外地的大道，往西去是五台山，往东去是东下关，这里就龙泉关路边有一个汽车站，别的没有大道。

定龙路上日夜都有大货车轰隆作响，这些大货车都是从山西拉煤来的，他们在东下关上高速公路，然后奔向秦皇岛，那里有一个大型煤炭集散地，还有的运往山东、河南等地。这些大车到了这里正好是吃早饭的时候，沿着公路两边是数不清的小饭店。有一辆从山西过来的长途大客车驰过去，白大勺跟着追过去。他到的时候，汽车正要关门，他着急地叫喊着，司机以为他要上车。他跳上车眼睛不够使地挨个看座位上的人。售票员说：“你是坐车还是要干吗？”白大勺说：“我媳妇跑了，我看上没上车。”售票员说：“都什么年代了，媳妇跑了再娶一个。”白大勺说：“你鳖孙的，说得轻巧，要是这么好娶，就不找她个鳖孙的了。”

司机说：“告诉你，现在已经进行公路四乱整顿了，我这就有你们龙泉关派出所的举报电话，我警告你赶快下车。”白大勺说：“你就是举报到公安部也行，没有说不让找媳妇的是吧。”售票员说：“这儿就没有上人，你到别的地方找去吧。”

白大勺着急地说："你为什么不早说，耽误老子的时间。"

他下车的时候，车门一关，司机使劲地骂了他一句："你个鳖孙的，一看你就是个通缉犯。"白大勺生气地也骂了一句："你个鳖孙的才是通缉犯呢。"他一边躲避着大客车开动带起的尘土，一边四下看着。他看到对面的电线杆子下面有几个人，就赶过去，这些都是镇上的人，都在看一个通缉广告。

这是一个公安部通缉的抢劫犯，乍一看和骆山旺长得有点相像，也是粗眉大眼的。他想着，山旺怎么到这上面来了，这一想他觉得有点对骆山旺不恭敬，就拍了一下自己的脸，决定去对面的小吃摊上，找一个隐蔽的位置，这里凡是过往的大客车都能看得到。

摆小摊的和他熟悉，都叫他大勺哥，让他坐下吃饭。卖小吃的说："大勺哥呀，听说你都当了副总了是吧。你个鳖孙的，真行啊，说说，赚了多少钱？"白大勺说："你这个鳖孙的，怎么一说话就提钱啊，这多没有意思啊。"

摆小摊的说："你是不提钱了，我们还得提呀。你说我们在这一天，吃土喝尘的，能挣几个钱？不像你个鳖孙的，坐着就挣大钱了。我听川妹说，你拿钱都论提包，一包一包的钱啊。"

摆小摊的说："白大款，今天怎么舍的来照顾我们的生意了。来，来吃馄饨还是小米粥？包子是韭菜猪肉的。"白大勺说："行，一屉包子，一碗粥。"

摆小摊的说："你们骆驼湾又修路又搞项目的，这次你们可是要翻身了，要挣大钱了。"白大勺说："这钱多了也没有用啊。"

摆小摊的说："你看你个鳖孙的这话，挣了大钱的人都这么说话。真是，这人看不得，谁也没有想到你白大勺竟然也翻身了。"白大勺说："你们都是狗眼，能看出什么来。告诉你们，朱元璋当年还要过饭呢，秦琼还卖过马呢。"

"是，是，"摆小摊的一边给他盛粥一边唠叨着。他刚把粥接过来，就看到从骆驼湾来的路口上，有个三马子停下，一个人跳下来。白大勺仔细一看，还真的是骆山旺，他撒腿就往那边跑。摆小摊的说："白大勺，你个鳖孙的还没有给钱呢。"

白大勺说："先记上账，鳖孙的，欠不下你的。"白大勺紧着往汽车站哪儿赶过去，突然赵四发又给他打过电话来，问他看到骆山旺没有。白大勺说："他就在汽车站的地方，我这就过去把他拦住。"赵四发说："大勺啊，你一定要拦住他。他一走，咱们怎么办呀？"赵四发这么一说，白大勺感到了责任重大，如果骆山旺真的要走，他拦得住他吗？前天他们分钱的时候，他还没有走的迹象，怎么，一夜就变卦了，非要走呢。

他慢下来说："他要是真的非走，我拦不住怎么办？"赵四发说："你平时的机灵劲到哪儿去了？你个鳖孙的，你只要拦住他了，我和顾春杏马上就到。你不管采取什么方法，拦住他就是你的功劳。"

这地方的大客车是半个小时一趟，只要他一上车，就算是完了啊。先别说脱贫攻坚战，就是白大勺的媳妇都娶不上了。白大勺正着急，看到派出所的张所长骑着摩托车过去，他突然灵机一动，给派出所打了个电话，说："我看到通缉令上的那个通缉犯了，正在龙泉关汽车站上，你们快来。"值班的警察听到举报，立功心切地说："你在哪儿？我们马上就过去。"白大勺说："那个通缉犯穿着红色的运动服，下身是牛仔裤，李宁牌运动鞋，对对，你们快点。"

从山西方向有一辆大客车慢慢地开了过来，旁边等着的人们都

站起身来，准备上车。白大勺看到骆山旺也在来回地踱步，他心急如火，他想，如果骆山旺上车，他就从后面拽住他。从山西过来的大客车已经进了龙泉关了，要不是因为前面有几辆大型的煤车，减慢了车速，这个时候早就到了汽车站了。鳖孙的警察怎么还没有到，白大勺弓着身子用路边的树作掩护，慢慢地向车站方向前进。他半蹲着身子，就像一个扑食的狼。

脚下有个什么东西擦了他一下，鳖孙的，谁他妈的在这拉屎了。白大勺在心里暗暗地骂着。这时，就听见汽车站方向那边有人争吵起来，是骆山旺的声音。他大叫着冲出去："你们干什么，你们干什么？"白大勺看到有两个人架着骆山旺，走向旁边的警车。他急忙跑过去说："鳖孙的，你们要干什么，怎么随便抓人？"

一个人从警车上下来，指着白大勺说："你个鳖孙的敢阻挠执行公务？"白大勺一看是张所长，就说："你们为什么抓山旺啊？"

张所长说："什么山旺，哪个山旺啊？"白大勺说："让你的人先把山旺放了。"

张所长让人把骆山旺放开，他拿出通缉令看看骆山旺，嘴里咕哝着："鳖孙的，真他妈的像啊。"这时候，四周的人都围上来看，张所长眉头一皱，指着白大勺和骆山旺说："你们两个跟着回所里一趟。"

骆山旺说："我没有时间，我还要赶汽车。"白大勺说："哥，你这是要去哪啊？你怎么也不打个招呼？"骆山旺说："你个鳖孙的，昨天晚上关机，我怎么和你联系啊，你个鳖孙的，真正的重色轻友。"

张所长说："鳖孙的，磨叽什么，上车呀。"骆山旺气哼哼地说："上车就上车，怕你吃了我们不成。"张所长笑着说："我不吃你，我们也没有这么好的胃口。白大勺行，吃九只羊的人，他行。”

白大勺说：“张所长，我们这么平白无故地被你们抓去，这让外人怎么看我们呀。你这么办，我们就在这儿说清楚，不行的话，让村里来保我们行不？”

张所长说：“你这么一说我们那儿就不能够去了？凡是去我们那儿的都是坏人是吧。你办户口不去我们那儿，你办身份证不去我们那儿？鳖孙的，上去。”

26

寂静的山洼里，前后都是大山，高高的几个孤零零的山峰就像几个雨后的蘑菇。就在这个山洼的凹部，搭起了一溜牛棚，一个小木牌上写着：骆驼湾养牛合作社。一条小溪流过旁边，四周用木栏杆围起来，从陕西引进的十二头肉用母牛，正在棚里焦急地来回走动。

赵四发在槽里放上饲草，满脸的焦急，因为这几天，这些从陕西来的牛，突然地都这样不吃不喝的。他悄悄地告诉白大勺说："你看，这些牛是不是病了啊？"

白大勺指着他鼻子说："你个鳖孙的，会说话吗？你才病了呢。你要是再说这些倒霉的话，我抬死你。"

赵四发说："大勺，你这话说的，我不是怕出毛病吗。"白大勺说："出什么毛病，出什么毛病，我给你说，我白大勺还指着牛娶媳妇呢。"

骆山旺正在石头屋里看养牛的资料，他把所有的资料都看了一遍，就是找不到原因。骆婶来给他们送饭，看到儿子发愁的样子说："儿子，要知道山中路，必须问砍柴人啊。"骆山旺说："妈，您说谁是砍柴人呀？"骆婶说："老算子啊，这家伙在生产队的时候，当过饲养员，你去问他。"

骆山旺说："妈，我不去，他这个人，就是怕我把春杏勾走了。我去了还不得挨骂呀。"骆婶说："人怕敬鬼怕送，你去试一试啊，不比你在这里发愁强啊。"骆山旺说："妈，都知道，鼓捣毛毛虫，十个九个穷，我爸那时候养小尾寒羊就是样子。我真的没有底，不知道这事到什么程度。"骆婶说："儿子，什么事情只有经过之后，才知道滋味。这人干什么都要有底气，心理上一定要有信心。"

骆婶知道儿子这次是被大伙逼上道的，她也不赞成养牛。那天，她听说白二蛋要让白大勺办合作社，一听就一肚子气，这个白二蛋怎么什么事情都不当事办啊。她去找白二蛋说："你这是当真啊还是说说算了？"

白二蛋说："大姐，山旺不想干，我这是没有朱砂红土为贵呀。我知道大勺不靠谱，可是我这有任务必须上项目啊。我知道山旺能够干事，可是，他不干，我们这项目不能够停啊。大姐啊，你告诉山旺，这地球没有了谁都转。别觉得自己有什么本事，有本事就在骆驼湾显现一下。大姐，你给他捎个信，就说我白二蛋说了，骆山旺就是个灰怂人。谁都说白大勺不行，可是人家敢应承这个事。山旺有

本事，他不干谁也没有办法。别以为自己有什么能耐，不显出来就是没有。”

骆婶回来说：“儿子，你是不是把养牛这事应承下来，咱们骆家不能够让人瞧不起。你这次要是退缩了，这一辈子就别想在骆驼湾站起来了。人家说你，什么三代共产党员的后代，修路捞了一把就想溜。”

骆山旺的热血一下子涌到头上，说：“谁说的，我抬他个鳖孙的。”母亲说：“谁说的，说的人多了，你能够封住村民的口啊。儿子，不是当妈的说你，这人要是为了大伙儿干事业，就是失败了也是光荣的。你爹这一辈子就是为了骆驼湾，他死了，到现在也没有一个人说他不好，谁说起来都是伸大拇指。我可不想让他的儿子被人骂，也不想让人背后指指点点。”骆山旺的热情被母亲激起来，说：“妈，不打无准备之仗，我想去西山养牛的地方看看，顺便学习一下技术，我不能够砸了自己的牌子。”

骆婶说：“这么说你是想应承这个事了？”骆山旺还真的是非常纠结，面对母亲的期待，他知道，这养牛不是修路，父亲的阴影在他的脑子里这么多年了。他也知道，人们不愿意让白大勺做这件事。他知道白大勺的性情，这牛到了他手里真的就是牛肉丸饺子了。

骆婶说：“你知道，儿子，要是干事业，这些老党员们都会支持你的。”骆山旺说：“我是怕给他们丢人。妈，这养牛谁也没有把握的，我真的就没有想过养牛的事情，我学的是工程设计和监理技术。”

“你呀，技术还不是人学的，你这聪明的脑子，一学就会的，这养牛不是造原子弹，不是航天技术，人家飞船都能够上天，你就不能够养牛啊。”

赵四发还来给他通风报信："山旺哥呀，你知道人们怎么说吗，都说这次让这个白大勺干，就吃上牛肉丸饺子了。"

骆山旺说："他吃他的，与我们有什么相干？"

赵四发说："我爹说了，人家老算子都说了，要是让白大勺干这个事，还真不如让骆山旺干。旺哥你为什么不干，我和大勺，还抱你的后腰。"他看骆山旺正在拾掇出门的东西，他的心一下就凉了，他说："你要出门啊。"

骆山旺说："我明天想出去一趟，你谁也别说，千万别告诉任何人。"赵四发说："哥，你别出门行吗？"骆山旺说："我还真的非去不可，这事换别人还干不了呢。"这晚上，赵四发给白大勺打电话，白大勺关机，他去白大勺家找，虚掩着的门里是空荡荡的石头屋。

当他们从派出所出来之后，白大勺埋怨赵四发说："你小子怎么净汇报假情报啊？"赵四发说："我不知道旺哥是去陕西呀。"

那天，在派出所里一下车，张所长让他们去办公室坐下，告诉他们："不管什么原因，既然进来了，就要录下询问记录。一会儿，你们记录了就可以走了。"他对那个接警的协警严厉地说："你们这些白痴，怎么接的警，把那个报警电话给我查一下。"协警把电话号码给了张所长，张所长用自己的手机一打，白大勺的手机就响了起来。

张所长惊诧地说："你报的警啊。"白大勺说："是我报的警，我就是想让你们拦住骆山旺。"张所长说："你有病啊，你知道这虚报警情是犯法的呀。"白大勺说："我就是不想让山旺走，他走了我们怎么办，我还指望跟着他干娶媳妇呢。"

白大勺说明了真相，让张所长哭笑不得。他说："白大勺啊白大勺，你不愧是吃九只羊的主儿，你个鳖孙的，闹得我们几个人，折腾

了一大早上。你个鳖孙的，你是想吃牢饭了是吧。”

白大勺说：“只要山旺不走，我就是吃牢饭也心甘情愿。你问山旺，他还走不走？”

张所长说：“我们没有限制人自由流动的权力，要问你自己问。白大勺，你个鳖孙还挺有创意啊。要不是有规定，我先搞砸了你个鳖孙的。来人，先给我把这个鳖孙的铐起来，关三天禁闭。”

骆山旺也是哭笑不得，拦住张所长说：“张所长，这都是误会，都是误会。白大勺虽然说是事出有因，但是也算是关心警事吧。这事就到此为止吧。”他翻身对白大勺说：“你个鳖孙的，还想在这里住几天啊。”

白大勺说：“张所长，我不走，我宁可在这里关禁闭。你务必拦住骆山旺，不许他离开骆驼湾。他是要去天津找他相好的，他不想在村里养牛。”

骆山旺把自己买的汽车票一拍说：“你看看，谁说我要去天津啊，你个鳖孙，谁说的我要去天津。”

白大勺拿起汽车票一看，原来是去山西方向的车票，他倔强地说：“你这是声东击西，故意迷惑我们的。”骆山旺又好气又好笑地说：“白大勺，真有你鳖孙的，我告诉你，我是去西边山里，看看人家是怎么养牛的。你呀，你们怎么就不问问我去干什么呀。”白大勺高兴地说：“山旺哥呀，你真的想养牛了啊，我的哥哥哦，你这是吓死我了，你怎么不早说呀。”

骆山旺没有好气地说：“就你这个鳖孙的破屁股嘴，肚里盛不下二两香油，是不是川妹答应嫁给你了，要不你没有这么积极。”白大勺喜笑颜开地说：“是，大哥，你要有弟妹了，可是，可是，人家说了，我要跟着你干，才愿意。”

就在骆山旺去学习的这几天里，村里把牛棚搭了起来。这些天，白大勺几乎竭尽全力。他和赵四发还有义务劳动的党员们，把这个骆山旺的父亲曾经养过小尾寒羊的地方，重新拾掇了一遍，把废弃的地方整治了出来。

张琟竑通过这次建立养牛合作社，开始佩服白二蛋的战术。她原以为骆山旺肯定不会接手了，谁知道，事情竟然出乎意料地采取了喜剧的方式来结尾。

在签合同的时候，白二蛋问骆山旺说：“你自愿不，我们这次可是采取自愿的方式进行的。”骆山旺说：“自愿，这次我是自愿的，出了一切事情都由我全权负责。”

尽管合作社是民间的经济组织，但是也不能够脱离了村两委和工作组的领导。顾春杏代表村里，是村里派驻合作社的联系人。因为有了公路，从陕西过来运牛的汽车，直接就开到了村里。本来，人们张罗着要敲锣打鼓地庆祝一番，因为这也是新鲜事情。就在人们都把锣鼓家伙拿出来的时候，老算子气急败坏地说：“你们这是胡闹，这牲口到了生地方，就怕闹动静的，你们这是瞎胡闹。”

花婶说：“你个老鳖孙的，是不是眼红我们这些股东们呀。”

老算子说：“我们也是股东啊，我家乐乐妈是入了股的呀。”

花婶撇嘴拧唇地说：“你不是和春杏分家了呀，你怎么还算是入股啊。”

老算子说：“我是他公公啊，再怎么分家也是一家人呀。”

白二蛋这次采取了老算子的建议，让人们把锣鼓家伙弄走，说：“老算子啊，你这么自私的人，怎么这次为集体着想了啊。”

老算子不服气地说:“以往,我不是贫困户,什么好处都没有我的,我关心有什么用。这次我是股东了,这就和我有关系了,谁不图利谁不打早起啊。”

白二蛋说:“老算子啊,你这话说得还算是有道理的,我觉得你这次是说了一句人话。”

老算子愤愤地说:“我以往就不是人呀。”白二蛋说:“这话可是你说的,我们都没有说。”花婶笑着说:“你呀,以往也算是人,就是渣滓多一点吧。”

这次养牛合作社的开办,不管怎么说,让人们的思想意识有了提高。以往人们见面都是问:“你们家评上贫困户了没有?”现在都是悄悄地问:“你们入股了吗?”入股的人家就非常的自豪,那些没有入股的人,就开始打听,村里还干什么要入股啊。

出现了这种现象,张琟竑是最高兴的,因为人们看到了十二头真牛啊。那些平时见到张琟竑总是怕被摘掉贫困户帽子的人家,也开始打听,这养牛合作社是不是也要扩大。本来,张琟竑计划马上进行第二批入股。白二蛋说:“咱们还是试把着来吧,琟竑啊,说句不好听的话,鼓捣毛毛虫,十个九个穷,家有万贯,带毛的不算。只有这个试点成功了,咱们下来就开始别的,这个村里不能够在一棵树上吊死。”

张琟竑非常激动地说:“这时候群众起来了,咱们不能够当群众的尾巴,一定要乘胜追击,扩大战果。”

白二蛋说:“琟竑,你这时候要头脑清楚,这牛引进回来,还没有见成果,我们说不上扩大战果。”虽然张琟竑心有不甘,但是,她也要尊重白二蛋的意见。开支部会的时候,她也把自己的观念说了出来,她就是想让骆驼湾尽快地改变面貌。尽管支委会否决了她的意见，但是她的心还是非常的激动，因为这个贫困的山村毕竟开始了新的征程。

牛出毛病的事，让她也非常忧虑。白二蛋的话果然说中了，她开始佩服这个说话总是玩世不恭的支部书记了。那天开支部会，刘天亮也来了，他公布了恢复张琟竑第一书记的决定。刘天亮肯定了张琟竑的工作成绩，但是也批评了她比较激进的思想。刘天亮说："因为骆驼湾的带动，别的村里也开始建立合作社了。但是我们不能够搞大跃进，要稳扎稳打。"张琟竑说："刘书记，我不是激进，就是看到贫困的现象，心里就不平静。我从小是在大学校园里长大的，真的不知道贫困的山村是这样子的。"

刘天亮知道张琟竑的父亲，他听过她父亲的课。张琟竑的父亲讲的马克思主义原理和中国特色社会主义的关系，讲得非常让人信服。他说："你父亲说得非常对，我们现在正处在一个新的思想体系建立的阶段，一个新的思想体系正在形成，但是人们要用实际行动，来支持这个思想体系。我们肩上的担子任重道远啊，小张啊，着急不行啊，因为我们已经吃过太多大跃进的亏了。我当书记这些年了，什么事情一搞运动非要出偏差不可，你也一样。我们这次脱贫攻坚战是长期的，是不达目的不罢休的，但饭要一口一口吃啊。"

顾春杏吃饭的时候，脸上有阴云。她也看了棚里的牛，刚来的时候，一个个都是活泼健康的，怎么才这几天就这样了啊。她帮着骆山旺查了进牛时的健康检验检疫证明，看了对方的鉴定证书，还有对方畜牧局的大公章。骆山旺说："这次引进的牛是经过县畜牧局检疫了的，问题没有出在对方，肯定在咱们这里。"他对顾春杏说：

“你问问你公公，他当过生产队里的饲养员，他肯定有些方法。”

顾春杏的脸色老算子早就看到了，但是他不说话。他很明白他们现在的关系，他要的就是维持这个现状。但是顾春杏就像风中的杏树，只要一有风吹草动，肯定是会有动摇的。他不知道现在儿子的状况，也不知道儿子搞的这个离婚是什么意思，但是他现在最重要的就是和顾春杏搞好关系。吃过饭，老算子早早地就回到自己的屋子里去了。

其实，关于合作社的牛出毛病，他早就知道了，他就等着顾春杏找他。他在炕上吸着烟，也在琢磨着这养牛合作社的未来和利益。他当过饲养员也当过队干部，这合作社是上级要开展的新运动，只要上面让干什么，紧跟形势，可能沾光也可能吃亏。一句话，没有大网抓不了大鱼，没有大鱼闯不了大窟窿。这十二头牛，他也算过了，一头牛一年下一个小牛犊，就是一万块钱呀。十二个如果都下了，就是十二万。他们这八户股东，一年保证下八个牛犊没有问题。像他们家这几口人，如果有了这意外的收入，再加上地里土豆的收入，他这个家马上就真的小康了。刘根儿这两年连个人都看不到，他现在手里的钱正在一点一点地流逝。如果再没有新的收入，他这个骆驼湾富户的名义就要殉落了。

但是他还有一个顾虑，就是像现在，只在贷款合同上签了名字，就等着合作社分钱，这有点不靠谱。谁这么傻，自己挣了钱，给别人分，这不是成了过去放钱收利的人了吗。他爹那时候，做小买卖有点小钱，在合作化的时候，放债吃利息，后来五反的时候，给弄了一个坏分子的名义。现在，有没有这方面的问题呀，这已经让他算了好几天了。就连分家的事情，他对顾春杏说：“咱们这分家的事，就是让外人看的，还是一家人啊。真的赔了钱，也好有个退路。”

顾春杏虽然不同意他的做法，但是为了能够给骆山旺担保，她还是默许了他的话。这些日子，骆山旺虽然已经留在村里了，但是顾春杏的心里还是有许多疙瘩，因为她和骆山旺的关系现在正常得不能够再正常了。外人听不出来，她是听得出来的。她有时就劝自己，不要为了自己的小情绪影响正常的工作。但是，工作之余的时候，她还是想到这些东西。她脸上的阴影不只是为了牛，有一大部分是为了人。她就不明白了，这是为什么啊。

她敲了一下门框，老算子在里面说：“杏啊，有事啊？”

她说：“有事，你出来一下说话。”老算子说：“就这么说吧，我听的见。”顾春杏犹豫了一会儿，说：“牛出问题了你知道吧？”

半天，老算子才说：“知道。”

顾春杏说：“牛闹毛病了。”

老算子在里面说：“鼓捣毛毛虫，十个九个穷。我当初就说了。”

顾春杏说：“爹，你当过多年的饲养员，你说说，这是为什么呀。

老算子说：“杏啊，这要是出了问题，银行的贷款你可是签了名的啊。你怎么办呀，不是小数字啊，两万多呀，你用什么还哪？”

顾春杏说：“干什么还不能够遇到了个小困难，干啥还没个沟沟坎坎呀。”

老算子说：“你呀，就怕你就跟着受连累吧。”

顾春杏说：“爹，这不是想请教你呀。人家修路的时候，可没有让你吃了亏哦。”

老算子说：“这事要看怎么说，小的说，骆山旺是在弄着咱们几户担保人打赌。大的说，要把这个贫困村的帽子给鼓捣下来，大伙

都得跟着他受罪。现在，我倒想把这个贫困村的帽子摘了，让那些好吃懒做的人们，让他们懒的屁股里长蛆的人，尝尝劳动的滋味。杏啊，咱们家在村里名声不好，为什么，咱们欺男霸女了吗？没有，没有，咱们不就是会做点小买卖吗。根儿下窑下得早。山旺他爹让儿子考大学的时候，根儿就不上学了，咱们家有一点小钱，都是用生命和汗水换来的，我贩卖黑猪，也是市场经济。人们都叫我老算子，其实，这是那些鳖孙们眼气。吃不穷，穿不穷，算计不到就受穷啊。”

顾春杏说：“爹，你说的我都知道。你说说这牲口是怎么回事吧。”

老算子吭吭了几声说：“杏啊，这事我要看看牛的样子再说。”

顾春杏说：“你就先说说，怎么着才行吧，我也想想查查资料。”

老算子说：“杏啊，这话我是要说，但是，必须当着骆山旺的面说，他要值我的情。”顾春杏说：“爹，你不知道就拉倒，我也不问了，人们都说你这些年鼓捣牲口，有两下子，这么说你也是虚名吧。”

老算子嘿嘿地笑了说：“你呀，告诉你，这什么东西得来的太容易了，就都不重要了。这牛运来的时候我看过，基本上没有什么大毛病，只要不是急性的传染病，就死不了，让山旺这个鳖孙的，也着着急吧。”

顾春杏知道公爹这人的脾性，就不再问他，回屋睡觉去了。老算子见她不说话了，就掀开门帘一看，外屋没有人了，就走到西屋门前说：“杏啊，杏啊，不是你爹这人拿糖啊，这生死毛病的事，说不得空话。明天，我去牛棚看了之后再说，行吗？”

顾春杏在里屋说：“爹，不让你白费心费力的，看一次一百块钱，我给你就行了。”老算子说：“人家都说知识就是生产力，我这也算是技术专利，没有白用的，不是爹小气啊。”

27

老算子是早晨过来的，他弓着腰在牛棚里转了一圈儿。白大勺紧跟这他后面，仔细地盯着老算子的一举一动。老算子说：“大勺你跟我这么紧干吗呀。”白大勺嘿嘿一笑说：“学艺呢。”

“就你？”老算子也嘿嘿一笑说：“你不放心我是吧，怕我给你们的牛下毒是吧。我也是股东，我们家也在贷款合同上签了字的。”白大勺说：“老算叔啊，你这是想错了，我是怕这牛弹着你，你这么大岁数了，万一让牛腿弹着了，我好保护你呀。”

这些牛看到老算子都冲着他哞哞地叫唤。老算子知道，他当多年的饲养员，身上肯定有当年喂牛时的味道。他仔细地看了牛拉的粪便，这粪便都正常，也没有出现泻肚什么的现象。它们的鼻子尖

也都湿润润的，不像有病的样子。他抓起饲料来看了看，也没有什么特别的地方。

他问骆山旺几天不好好吃了，骆山旺说，这买来快半月了，是不是原来带来的饲料喂完了，换料之后它们不爱吃呀。老算子说，这也有可能呢。赵四发挑着喂牛的水桶过来，在水槽里倒上水之后，这些牛都急匆匆地奔过去想喝水，但是到了槽边，都只用鼻子闻闻就躲开了，有的就是喝水也是用舌头舔了几下。

老算子说："山旺，水土不服，水土不服啊。"

骆山旺说："老算舅，有办法吗？"老算子附在他的耳边说："你去陕西养牛的地方，弄一包土回来，化在水里饮牛，然后慢慢地减少，让它们先服了水土就没有事了。还有，这些牛都有胃火，你们要给它们清清胃火。山旺，我这话你谁也别说，我这只是瞎猜想，你要相信就照这个办，你要是不信就算我没有说。"

对于老算子的偏方，骆山旺半信半疑。牛也会水土不服？这话说的有没有根据呀。他把白大勺和赵四发叫到一块儿，要开一个合作社领导会。他问白大勺说："你说他的话准吗？"白大勺就是因为在龙泉关打假报警的电话，这次成立合作社的时候，本来他应该是第一副社长，骆山旺一句话："大勺工作比较积极，但是稳定性差，这喂牛是一个非常细心的工作，所以我提议让四发当第一副社长，大勺当第二副社长。"

三个人举手通过赵四发的时候，白大勺不举手。骆山旺举起手来，看看赵四发，赵四发急忙地举起手来，骆山旺说："少数服从多数，通过。"再通过白大勺的时候，三个人都举手了，也算是通过。白大勺已经给川妹说了，他肯定是第一副社长，现在当了第二副社长，他觉得委屈，因为论哪儿他都比赵四发强。所以，骆山旺问他的时候，他说："你是社长，你先问四发，他是第一副社长，他应该知道，我这人哪儿都比不上你们，这话我说了也不算。"赵四发说："大哥问你，肯定是相信你的能力，你有什么就说什么。"

白大勺说："我算是背着老丈母娘上五台，费力不讨好。你说老算子个鳖孙的话，你们也信。去陕西说话容易，来回一千多里地呢，就为了一把土，值得吗。"

骆山旺拿不定主意，因为现在每花一分钱都是贷款，都要付出利息的。"这挣钱还没有影儿，先花钱。这钱花着容易，挣来难啊。"他说："这事也不要急着表态，咱们先都考虑考虑，十二家的贷款可是都在咱们三个肩膀上担着呢。"赵四发不言声，他和他爹的脾性一样，什么事情都要在心里酝酿好了才说话。骆山旺说："四发你是社里的会计，你爹是原来生产队里的老会计了，你回去问问他，这事我们怎么办才好。"

吃饭的时候，骆山旺看到母亲的神色有话要说，就问："妈，你有什么事吗？"骆婶说："你们的牛怎么样啊，好起来没有啊。"

骆山旺说："老算舅看了，他说是水土不服。"骆婶笑起来说："就是这样，就是这样的。你花婶说，这牛过关的时候，把魂丢在山西了，她正在给你们收回来。你可不要出去乱说啊，这么大的事，入股的人都攥着一把汗呢。你别说是迷信，有病乱投医呀。"

牛闹毛病不吃不喝的，骆婶比儿子还着急。她一着急就去找花婶。花婶说："他大姑啊，要不天黑了，我们给牛场请请神仙？"骆婶说："咱们是党员之家，不信这个的，让外人听说了，多不好。"花婶说："你这人，怎么这么固执，我也是为了牛场好啊。我也算是股东

啊，这牛养不好，还有我一份儿呢。这几天，那些原来是贫困户的人家，都非常羡慕咱们这股东们哪。她们问我，这股东比贫困户好啊，还是贫困户比股东好啊。我告诉她们，贫困户是人家照顾给你几个小钱，我们这股东是要挣大钱的。不要觉得当了贫困户就光荣，还给亲戚朋友显摆，告诉你们，明年，我们股东分钱的时候，你们可别红眼啊。”

晚饭后，骆山旺去牛场了，骆婶前思后想地还是去了花婶家。

骆婶昨天晚上去找花婶为牛请神仙，不敢给骆山旺说，因为骆山旺肯定不让自己去信迷信。骆婶也知道这是迷信，可是这也全都是为了儿子啊。花婶说：“他大姑啊，我就不收香火钱了，这也是为了咱们自己，我也是股东。”花婶在院内中间摆放着香案，上面放着水果、大花馒头，点上蜡烛，燃上香。花婶用锡泊纸剪了一个牛的图片，又在桌前堆了一堆黄裱纸。然后她拿了一叠黄裱纸，在蜡烛上点燃，挥舞着燃烧的纸转圈。她神神叨叨，口中念念有词，念完后走到桌前将牛的锡箔纸片连同那堆黄裱纸点燃，然后在桌前虔诚地磕头。

花婶对骆婶说：“你来磕头吧，山神会保佑咱家的牛好好的。这牛来的时候，魂丢在路上了，我都给它们叫回来，它们正在路上走着呢，明天就会有大仙救它们了。”骆婶掏出几十块钱递给花婶：“他花婶啊，你可要好好地保佑他呀。”花婶说：“你放心，我肯定的呀。”

骆婶听说老算子也到牛场去了，还说是水土不服，这不正是花婶说的话吗。想到这里，想到花婶说的话，她说：“也许，这水土不服还是真的，山旺你试试吧。花钱的事，咱们自己家出，不要算在合作社的账里。将来，就是没有成，这话也好说。这十条牛可不是小事啊，几十万块钱啊。”

有病乱投医。骆山旺听了母亲的话，还是去找四发爹，他就是觉得老算子说得有点玄乎。听了山旺的话，四发爹琢磨了半晌说：“老算子说的有道理，我是这么看的，这水土不服的事情也是有的。要去陕西太远了，这么办，你们好好地经营着牛，我明天就去山西阳泉定下年的土豆秧子。我去黄河边上，给你们捎一袋子黄河的淤泥。我估摸着啊，陕西也算是黄河流域，这黄河里流下来的，都是陕西的黄土，试试吧。山旺啊，家有千顷地，不去种黍稷。谷子万年收，高粱闯时气。货到街头死，船到桥头直。是福是祸，我们只有往前走了。”

骆山旺担忧地说：“就怕弄不好啊，这是几十万块钱啊。”

四发爹怕骆山旺经受不起磨难，怕他担当不起这么大的事业，就说：“山旺，只要咱们心不差，老天不负有心人。我看你该把老算子聘请到牛场去。这人，脑子活，也喂过队里的牲口，这伺候牲口就好比伺候人一样。”

骆山旺点点头，他这真是大闺女坐月子，头一回经营这么多的活物。现在他才真正地理解了老话，有根多栽，张嘴的少养。他说：“赵舅，你去阳泉的话，不行，咱们合作社给你出路费，也算是公差吧。”四发爹说：“你赵舅这么多年倒腾土豆秧子，也算是赚下个小钱，这路费还是有的。你的心我领了，你和你爹一样，什么事都想着别人，这就是我让四发跟你干的原因。说真的，我让他跟我贩运土豆秧子，他觉得这事太小，老是想干大事业，就是没有能耐。这下好了，这次攻坚战，给了他一个平台，让他有本事扑腾吧。山旺，你记住，没有九九八十一难，就取不了真经。不管这事办好办坏，只要你

们一心给骆驼湾干事业，办错了也不要紧。我们这些老家伙，给你抱后腰了。世上无难事，只怕有心人啊。”

骆山旺的心里热乎乎的，他感到了老一代人对自己的信任和希望，他说：“赵舅，我们这几天就等着你回来。”四发爹说：“老算子说的清胃火的事，我倒有个偏方，你们去找蛤蟆蝌蚪子去，越小越好。用塑料袋子装回来，这东西是大凉的，你们试试。我听我爷爷说，给人家拉骆驼时，尤其是到了伏天，他们遇到水洼子了，就用蛤蟆蝌蚪子灌骆驼，你们可以去试试。”

骆山旺安排好了这些事，就让白大勺和赵四发他们两个去找蛤蟆蝌蚪子。骆山旺把白二蛋的摩托车借来，对白大勺说：“你和四发两个，顺着着胭脂河去找，只要有水湾的地方都看。家里的事，我顶着。”

白大勺说：“我一个人去就行，不和四发个小儿之人一块儿去。”骆山旺说：“你怎么了，你个鳖孙的，三天不打真要上房揭瓦啊。”白大勺说：“你去山西取经，他赵四发给我打电话，说你要去天津。要不是他谎报军情，我能够被派出所禁闭一个礼拜吗。”

自从这牛棚搭起来，白大勺就不和赵四发好好说话了。尽管赵四发把费力的活都干了，但是，白大勺就是不和他过火，就是说话也是吃了鸟枪药。几次赵四发试着和白大勺和解，但是，白大勺就是不领他的情。

骆山旺没好气地说：“白大勺，你个鳖孙的，你还真的记仇啊。说真的，当初要不是你们拦住我，我真不想养这什么屌牛。我给你们说，走到龙泉关，我才想透了。我们走了，我们青年人都走了，可是骆驼湾走得了吗，这山这水走得了吗。大城市北京，人满为患了，早就在计划往外疏散人口了。天津，不是也一样吗。我们可以出去挣几天大钱，可是我们的根在哪里？这里就是我们的根。我爹，他死活都不离开骆驼湾，为什么？就是想把这里建设得比北京还好。要说这事，我真的要谢谢四发，要不是他给你打电话，我真的不知道要走还是留呢。”

白大勺说：“他倒成了功臣了，他就是没有安好心，把我当枪使了。”骆山旺说：“你个鳖孙的，你当枪使，使得好，你和我有外人吗。你看到我走，为什么不上去拦住，打什么报警电话啊。你要不是虚报警情，能给禁闭一个星期吗。其实，你大勺个鳖孙的，修路的时候，做饭不错，手艺不能被埋没了。我想这牛的周期太长，咱们不能够全绑在这里，平时让我妈她们给支应着就行，咱们也得搞点别的什么东西，比方说农家乐什么的。这要搞起来，你白大勺个鳖孙的手艺就用上了。你说是吧。到哪时候，四发还是喂牛，你就是饭店的经理了，让你当第二副社长，就是为了让你去干别的事业的时候，这牛场有人顶着，你傻啊。”

白大勺喜笑颜开地说：“山旺，你个鳖孙的，怎么不早说呀。你要早说，我早就没有气了。四发，到时候我要是当上饭店经理，你可别眼红啊。”

赵四发说：“你就是当了国家总理我也不眼红。我爹说了，有三家富亲戚不算穷，你当和我当不一样吗。”

骆山旺说：“快去快回，不要出事，现在咱们不是吃饱不管饷的浪荡人了，咱们是骆驼湾攻坚战的先锋队了。”

摩托车在平整的盘山路上飞奔，白大勺不断地按着喇叭。迎面有许多的小汽车过来，他们不断地打开车窗，用手机拍摄着车外的

风景。白大勺也觉得这天这山这辽道背是这么的好看，这山上的树是这么的青翠。

牛场没有了他们两个，就显得非常清静。骆山旺把录音机打开，放着优雅的交响乐曲子。这是一个外国人说的，让牛听音乐会生长得更好。他靠在牛棚前的草堆上，打开了张琟竑给他的养牛知识读本。

一个身影遮挡住了他的光线，他看脚就知道是谁，那双矫健的脚上，穿着运动鞋。这鞋虽然补上了许多碎小的补丁，但是却刷洗得非常洁净，青蓝色的裤脚也和鞋一样干净，在鞋与裤脚之间露出的是一段穿着蓝色丝袜的脚脖。这双鞋太熟悉了，五年了还是这双鞋，他想到了那双充满海水的眼睛。

顾春杏心疼地看着眼前这个男人，她看到的还是那个大男孩。在她的印象中，他永远都是一头蓬乱的头发，总有几根头发向天上翘着，让他的形象在女同学中既亲切又另类。女同学们曾经还为他打过赌：谁要是能够得到他的青睐，谁就是校花。虽然，她和骆山旺是同桌，但是，这个男孩子总是一副拒人千里之外的样子。这让她非常气愤，有什么了不起啊，不就是脑子好使啊，不就是一个破学霸呀。桀骜不驯，趾高气扬，目无一切。她也曾经认真地研究过骆山旺，这个脖子后面总是洗不干净的大男孩，一双明亮而非常黑的眼睛，总是在看着世界的远处。一次，他总算是给她一个笑脸。她就悄悄地问他："你总是在想什么？"

这让骆山旺非常惊讶，他没有想过什么，有时候他脑子里什么都不想。

"真的，"顾春杏的脸红了，低下头说："你的学习成绩为什么这么好啊，你有什么经验吗？”骆山旺让她问得有些羞怯地说：“我为什么？没有啊，我就是听课比较集中，这也没有什么啊，难道我们不应该把书本上的知识都学会吗？”

那次，她是故意让骆山旺给自己拿着衣服的，其实那是她的一个试探，她就是想看看自己在他的眼里有没有地位。

他身上的气息还是那么强烈的男子汉味道，不过多了许多成熟。她自己也变了，从一个青春少女变成了一个少妇，而且还是一个五岁孩子的妈妈。这些天，她非常苦恼，不知道自己该怎么把握这个世界。骆山旺突然疏远自己，这让她火热的心里有许多的惆怅。但是，她也想开了，自己已经不是那个青春时期的学校女孩了，自己是骆驼湾最不受村民爱见的老算子家的儿媳妇，准确地说自己现在只是以乐乐妈妈的身份住在这个骆驼湾的老算子家。她知道，即便是自己对骆山旺不会像以前那样抱有爱情的幻想，但是目前的这个人，是她生活的希望，是给自己儿子的将来的希望。她要用自己全部的热情和力量，支持他成就自己的事业，成就这个脱贫攻坚战的最后胜利。她稳定了自己的情绪，平淡地说：“怎么就你一个人啊？”

骆山旺好像是刚知道她来了似的，放下手中的书说：“你来了。”

顾春杏恢复了热辣活泼的性情说：“怎么，不许我来啊？”

骆山旺还是低着头不看她说：“怎么不许你来啊，你一个是股东，一个还是村委派驻我们社的联络员啊。”

顾春杏看着他外衣上都是泥浆，就说：“脱下你的外衣来，我给你洗洗。”

骆山旺说：“我自己会洗，真的，我洗得非常干净。”

顾春杏说:“我这是巴结你是呢,我这是在支前。从前的妇女会,不都是给八路军洗衣服,做军鞋吗,这可是咱们老区的传统。我这是发扬革命传统,你怎么能不让我争取更大光荣是吧。”

骆山旺让她这么一说,心里的拘谨慢慢地放开了说:“不是,不是,我就是怕人说闲话,真的,真的。”

顾春杏哈哈一笑说:“什么金的银的,寡妇门前是非多是吧。”

骆山旺一震说:“你这是什么意思,什么寡妇啊。”

顾春杏索性地放开了说:“刘根儿和我离婚了,你说我是什么,你说我是什么,你说我是什么?”

她的声音越说越小,但是还是没有管住眼泪,不争气地流出来。她发狠地说:“我就是一个活寡妇,你是装傻还是故意的。”

骆山旺有些手足无措地说:“我没有别的意思,真的,我没有别的意思。”

顾春杏盯他一眼,幽怨地说:“你就是有别的意思,也没有问题,你个鳖孙的,你为什么没有啊?”

她这一爆了粗口,让骆山旺一下感到她非常地可亲可爱。他真想现在就把她抱在怀中,让她的眼泪尽情地流在自己身上,让她那带着身体热情的泪水,像胭脂河里的水一样,慢慢地在自己身上流畅。骆山旺冲动地向她面前走了一步,双手张开,真想把她搂在怀中。突然,在牛场外面有人咳嗽了一声,但是顾春杏却非常大胆地迎了上去。她和他的双臂就要交错的时候,咳嗽的人走近来。骆山旺看到了是老算子,他的身体就僵硬了,脑袋轰的响了一下。顾春杏却非常大方地走近他,帮他解开衣服扣子,从他僵硬的身体上把衣服脱下来。

她拿着骆山旺的上衣说："爹，你来了，你看看这牛是不是好点了？"

老算子盯着她手里的衣服，脸上非常不悦地说："我早就看了，早就看了。山旺啊，我说的话，你可是答应了的，你怎么不照办啊。"

骆山旺有些尴尬地盯着老算子说："是，是，我照办，照办。我不会食言的。"

顾春杏不知道他们打的什么哑谜，就问骆山旺说："什么意思啊？"

骆山旺急忙说："老算舅说的用陕西的土喂牛的事，老赵舅已经去了，估计明天就会回来的。明天回来了，我们就喂牛。"

老算子说："只要你们按我说的办，什么事情都会好的。"

顾春杏说："你们谁去了，大勺和四发都去了，这牛就你一个人照应啊？"

骆山旺还没有回答她的问话，就听骆婶一边吆喝着一边跑来。她看到老算子就大声地叫着说："老算子你个鳖孙的，你的猪都跑到村边小菜园里去了，告诉你，我已经给你轰到家里去了，你赶快看看去，丢了可不怨我们啊。"

老算子说："村里拆了我的猪圈，我没有地方养猪了，这猪不跑怎么办啊。"

顾春杏说："爹，你这是故意的。白支书和张队长都说了，给你地方让你发展养猪，你说你有病，干不了。你就是怕大伙沾你的光，你就是光想一个人发财。"

老算子说："春杏，你说这是什么话，发财不比当困难户好啊。"

骆婶说："你个鳖孙的还在这里卖话，还不看看你的宝贝猪去。"

老算子急匆匆地跑走了，骆婶看到春杏手里拿着骆山旺的衣服，有些掩饰地说："山旺啊，你爹的那个记事本子你见过吗，我怎么哪儿都找不到啊。"

骆山旺说："就在墙上的相片镜框后面，你没有找啊。"

骆婶说："哎呀，你看我这记性，真是越来越不行了，忘性大记性小了，我找找去。"

骆婶急匆匆地也走了，她也是不放心来看牛的。但是当她看到顾春杏和自己儿子的样子时，就知道他们之间还是旧情难忘。她这时候也有些埋怨旗子爷："你这也是一个老党员了，共产党就是讲究婚姻自由的。这都到了什么年代了，怎么还拿这个做交易呢。老算子不拆猪圈，这要讲道理，这要做思想工作，怎么能够拿着儿子的爱情做交易呢？"她决定，这事要找旗子爷说说。

今天上午的活儿就是挑水，清理牛圈，骆山旺突然觉得自己身上有了无穷的力量，好像是这些天淤积的不快都飞到云天外了。他从山下小溪里挑了十几挑水，两个大水缸都满满的，要溢出来。

顾春杏细心地把牛圈里的粪便都清理到旁边的沼气池里去。这是一个几十立方的沼气池，当时建牛圈的时候，张琟竑提出，一定要有环境保护意识，不能够让这牛粪什么的随便到处堆。白二蛋说："只要养牛就会有粪便，这牛不能够吃草不拉粪吧。"

尽管大伙儿都有异议，但是张琟竑还是坚持做了这个沼气池。她说："我们是胭脂河的上游，我们下面就是王快水库，这水库是供给保定用水的，保定几十万人都要吃王快水库的水。"白二蛋当时还笑着说："行，就听琟竑的，别我们到了你家去的时候，你端出一壶有牛粪味的水，你们喝吧，这可是骆驼湾的牛粪啊。"

白二蛋的玩笑让人们笑起来，当时骆山旺也在场。他说："这事还是真的。我在天津干过工程，在引滦入津之前，人们都是喝海河的水，有人化验过，这海河水里有百分之四十的尿成分。"

入夏的阳光非常柔和，牛棚中，群牛在懒洋洋地来回走动着。

骆山旺和顾春杏忙碌的身影，给这个静静的世界添上了异样的气氛。顾春杏看着沼气池入料口，想着，这人的思想也许就和这沼气池一样，要积蓄到一定的程度，才会发出亮来。她非常柔情地说："山旺啊，我今天来还有一个事情，要给你说一下。"

骆山旺用木棍给一头牛挠着痒，他知道顾春杏要说什么。但是他说："你不要说了，我都知道，我是不会答应的。"顾春杏有些吃惊地说："什么不会答应，你知道我说什么啊？你就不会答应。"

她的态度有些愤怒，她那非常好看的脸有些扭曲。骆山旺心虚地低下头说："你说，你说，我听就是了。"

顾春杏恢复了平静，微微一笑说："这是支部的决定，让我来帮助你，你是不是写一份入党申请书啊？"

写入党申请书？骆山旺一愣："这行吗？我合格吗？"

28

这些天困扰张琟竑的是工作进展不顺利。本来以为养牛合作社建立起来，就会带动贫困户都动起来，可是，情况并非她想象得那样。人们对这个养牛合作社并不热心，而且有许多人说风凉话。有人竟然当着她的面说，骆山旺他爹当年养小尾寒羊的时候，坑了大伙，这次养牛肯定还会赔钱。

那些签字贷款的户，都让村里给写了保证书，赔了不担责任。白二蛋只好都给他们写了，还盖上了村里的公章。张琟竑说他："白书记，你这不是拆合作社的台吗，这不行。"白二蛋为难地笑着说："你放心，这些鳖孙都他妈的势利眼，等咱们的牛赚了钱，磕头作揖都不要他们。"

张琟竑感到白二蛋自从开办了养牛合作社之后，对脱贫工作有些明紧暗松。这些天，她和顾春杏整理贫困户档案，他不知道干什么去了，经常见不着面。她问顾春杏："白书记忙什么呢？"顾春杏说："他能够忙什么，不就是去他的一亩三分地。"

那天因为走门串户整理贫困户的情况，花婶和春杏吵了起来，因为花婶认为顾春杏给她家定的人均收入高了。

花婶说："春杏啊，我和你们刘家，虽然不沾亲带故的，可是我和你公公是多年的老邻居了，你婆婆和我还是表亲。你这个闺女是想跟我过不去咋的，我哪来那么高的收入？"

顾春杏说："婶子，你看，这都是你说的，怎么成了我说的了。"

花婶说："你给我改过来，要是不改过来，我去找你公公。你这是想干什么？"

顾春杏说："已经输入电脑了，我怎么改，人家都传出去了。"

花婶说："我不管你，你要是改不了，我就住到你家去。"她说这话的时候，白二蛋在她身后，就笑着说："还真是，春杏，你应该欢迎她去呀，这才是先进典型，人家是办合作社，你这是要办互助组啊。"

花婶一听就骂了起来："你个鳖孙的，你这狗嘴里就吐不出象牙来。我就贫困怎么了？贫困不丢人，咱们村还是贫困村呢，不贫困怎么吃照顾啊。"

白二蛋说："给她改了，把她这个脱贫发展对象也改了。可是我告诉你，因为你是养牛合作社成员，我们把你列入了脱贫发展对象，这可是要享受国家政策的，你一分钱都不拿，到时候就分红，而且这牛还是你的，你想想，多合适。"

花婶说："行，白二蛋，我就信你个鳖孙的话。我也纳闷，这么好

的事，你们村委的人怎么都不参加啊。”

白二蛋说：“我倒是想参加。但是我要是参加了就成变相贪污了。告诉你，你要是不当这个发展对象，我可以替了你的户头，你给我写一个证明就行，我替代你入合作社，有了好处可是我的，行吗。”

花婶有些犹豫地说：“你这么说呀，我得想想。”

白二蛋说：“这收入还改不改呀？”花婶退着身子说：“改不改你们看着办，将来上面要是追查弄虚作假，可是没有我的责任。”

顾春杏对张琟竤说：“二蛋叔这人，就这样，看似不着调，关键时刻不掉链子。”

话是这么说，张琟竤还是非常着急，这三年脱贫的重担就压在她身上，这都过去半年多了，山上的庄稼都长起来了，可那些困难户们都还没有动起来。他们看到工作队和村干部就躲避，找的多了就锁门串亲去了。好几户人家，在外面加锁，人躲在家里不出来。

这天吃了晚饭之后，张琟竤给白二蛋打了一个电话说：“白书记，你在哪儿啊？”

白二蛋说：“我没有在村里，我在外面呢，你有什么事吗？”

张琟竤说：“白书记，咱们不能够只办一个养牛合作社就算交差了，这离总体脱贫差得远呢。你看了镇里工作规划的解释没有？咱们今年的任务是百分之三十的人脱贫啊。”

白二蛋说：“你放心，肯定能够完成，光这个合作社就能带动二十多户。小张啊，我还是那句话，我们要等的是豆儿熟啊，拔苗助长不行啊。这牛你得等它生了小牛，是吧。”

听了白二蛋的话，张琟竤也觉得自己是不是有点急躁呢。但是，下一个目标是什么呢，她觉得自己的思维有些短路。她想起父亲的话，便拿起父亲送给他的一本书——习近平专著《摆脱贫困》仔细地看了下去。习总书记最担心的不是贫困本身，而是担心“意识贫困”和“思路贫困”。他说：“我们不担心说错什么，只是担心‘意识贫困’，没有更加大胆的改革开放的新意；也不担心做错什么，只是担心‘思路贫困’，没有更有力度的改革开放的举措。”

张琟竑问自己：“我们现在是不是意识贫困和思路贫困了？”她还打电话问刘天亮：“我这工作是不是出问题了？”刘天亮安慰她说：“这事不能够着急，现在，人们都在看着养牛合作社。如果养牛成功了，人们就自然而然地跟着干起来。虽然现在还看不到效益，但是越是这个时候，越要耐得住寂寞啊。你是不是累了？不行的话，我找人换你下来。”

张琟竑说：“刘书记，你千万别这样想，我不累，就是觉得有劲没有地方使。”刘天亮说：“琟竑啊，我觉得你还是浮躁，人在下面，心在外面，你要真正地沉下去。你现在就不要想别的什么事，把你的全部的力气，都投入到工作上面去。你要把自己和事业连在一起，把自己的思想感情都投入进去，这个时候，你就不感到寂寞和孤独了。”

张琟竑笑了，说：“刘书记，你说得非常有道理，我也正在反思，什么是更有力度的举措。你这一说我明白了，只有把心贴在一起，才能够让群众相信。”

父亲也说过这样的话。她回保定的时候，父亲说：“知识分子要和工农相结合，就要把自己的利益和群众的利益绑在一起。你在上面指手画脚，老百姓是不会服气的。你身边的人，他的心里想什么，他有什么困难，你知道吗？你帮助了，但你给他创造条件了吗？”

张琟竑虽然和父亲总是拧着干，但是她认为父亲说的话还是非常有道理的。她梳理了一下身边工作的人，这些人的心理她都没有摸透。他们虽然表面上看，都在轰轰烈烈地干着工作，但他们心里想的是什么，他们有什么追求和理想，她都不知道。作为一个出校门进机关门的人来说，她现在需要的就是先和身边的人结合起来，靠他们去带动整个骆驼湾。想到这些，张琟竑的心开朗起来。她走到屋子外面，看到夜色中的大山，沉湎不语；看到整个骆驼湾村，灯光闪烁。

她的目光看到山坳里的养牛场，她看到那里闪着灯光，看到了几个人的身影在来回地忙碌着。她拿起手电筒，顺着崎岖的山路走去。

一头满身金黄的小母牛正在和骆山旺敌视着。在这些牛里就数它机灵和调皮，虽然骆山旺已经用绳子把它的头套住了，但是，几个人都不能将它拉到喂药的架子上。骆山旺已经和它过了几招，几次都被它甩倒。它表面上非常温顺，但是只要人近了它身边，它就会用头把人抵倒。

白大勺拿起一个大木棍说："山旺你闪开，我来教训这个鳖孙。"

骆山旺着急地说："你要干吗，你想吃牛肉了是吧。"

白大勺生气地说："我们这是为它好，它还这样，不教训它个鳖孙的，它就不知道这里是骆驼湾。"

正在弯着腰在大缸里搅和药水的赵四发说："大勺是不是嘴馋了，这牛肉肯定比羊肉好吃。"白大勺用棍子一捅赵四发："你个鳖孙的，怎么老是揭短啊。你能耐你去，你给它说说好话。你就说，我的牛姑奶奶，你过来吃药吧，我是为你好，你看它能够听懂你的话不。”

赵四发说：“我是傻，可是我不会像你这么傻吧，对牛弹琴。你个鳖孙的，真想的出来。”

白大勺着急地说：“我这不是着急吗，这牛就是媳妇，你懂个屌啊。”

赵四发说：“那你别娶川妹，你娶条牛吧。”

骆山旺正要发作，只见有电筒光来了。他以为是顾春杏来了，就说：“你黑夜来干什么，让老算子不高兴，我们犯不上跟他个老鳖孙生气。”

张琟竑走进牛棚，看到牛棚上的沼气灯明亮晃眼，骆山旺身上一身的粪土，白大勺拿着一根棍子，以为他们在打架，就说：“大勺，你放下，放下，都是亲兄弟，有什么话不好说呢。”

骆山旺看到是张琟竑就说：“是张书记呀，你怎么来了？”

张琟竑说白大勺：“你怎么还不放下棍子，有什么事好好说嘛。”

赵四发说：“对呀，张书记都知道它肯定听你的话，你还不快去说说呀。”

张琟竑听完骆山旺的解释，自己也笑了，说：“大勺，误会啊，误会啊。”

骆山旺说她：“这大晚上的，你还来干什么呀，顾春杏也来过，我们让她回去了。这里又脏，又臭的。”

看到几个同龄人，张琟竑的心里豁然开朗起来。她虽然已经二十七八岁了，但是说到底还是个孩子。她说：“你们这是斗牛啊？”

骆山旺告诉她，白天他请来一个老兽医，这牛虽然用四发爹带回来的土，放在水里饮过，但是，还是不大进食。老兽医和骆山旺他

们说：“你们这些饲草有问题，这山草秸秆太硬，牛吃了不消化，时间长了容易闹毛病。还有，你们喂的粮食太多，所以牛消化不了，这牛是反刍动物。”

骆山旺说：“我听说，北京的烤鸭就是填鸭式喂养，我就是想让它们长得快一点。”

老兽医说：“什么事情都有它的内在规律，不管干什么都要有科学依据，你们现在最好是按我给你们的饲料配方喂。”

骆山旺说：“那以后我们还需要注意什么呢？”

兽医说：“喂它们玉米秸秆、谷草之类的饲料，要配上促进消化的药物，青储饲料也要注意肠炎的发生。这样就可以经常性地预防疾病发生。你们先给它们喂上药，以后你们应该喂合成饲料，这样虽然成本高，但是可以防止不出问题。”

张琟翃脱下外衣说：“我来给你们帮忙。”

骆山旺说：“你帮什么忙，我们这几个大小伙子都拿它没有办法，你还是休息一下，回去吧。你是干大事的，你要负责骆驼湾一个村子。我们就是这几头牛，你放心，我们会办好的。”

张琟翃说：“山旺啊，这骆驼湾谁给我见外，你都不能够见外。你说是吧？”

骆山旺只好让她去搅合大缸里的药水。张琟翃说：“我给你们灌药，怎么着开始吧。”骆山旺让她站在身后，慢慢地向金色的小母牛走去，小母牛矫健地跳开，和骆山旺周旋起来，几次看着都要弄住它了，但是小母牛又跑开了。

张琟翃感到异常地兴奋，她想到的是罗马斗牛场上的场面。她跟着跑了几圈，累得她气喘吁吁的。她拿出手机来，想放一段音乐，给这个场面增加点气氛。谁知道，当她的音乐一开始的时候，小母牛突然放松了昂着的头，慢慢地向她走来。骆山旺怕伤着张竑琟，想拦住它。但是小母牛却非常温顺，这次没有用头拱骆山旺，而是慢慢地向着音乐的方向走去。张琟竑慢慢地将身子撤向喂药的架子，骆山旺和白大勺用绳子把小母牛栓上的时候，张琟竑的眼睛里竟然慢慢地渗出了泪水。

骆山旺和白大勺给牛灌药，小母牛痛苦地咽下药液，突然又张嘴喷了出来，牛喷出的药撒了他们一身。骆山旺看到张琟竑一身的药液，说："你看你身上脏的，你脱下来，我们一块儿洗了去。"

张琟竑说："咋能让你洗衣服呢。让你一个大老爷们给我洗衣服，这事，你不丢人我还丢人呢。"白大勺说："他这是做好人呢，他的衣服都有人洗。"

骆山旺踹白大勺一脚说："你个鳖孙的，不说话会当哑巴卖了你呀。"

白大勺说："你还不好意思，真的，都是春杏嫂子洗衣服。"

骆山旺说："没有给你洗啊，鳖孙的。"

张琟竑说："她是你们的领导，给你们洗衣服是应该的。"

骆山旺说："张书记，今天你真的神了，你看这调皮的牛都听你的。"

白大勺说："我们也听你的，你放心，我们肯定会把牛养好。肯定不会吃牛肉馅饺子的。"

张琟竑笑着说："行了，这个牛喂过了，还有几头，咱们趁热打铁呀。"

青春的活力在这里张扬着，有了张琟竑在场，他们几个干得更有劲了，直到把十头牛都喂完药。这时候，四下里的鸡叫声此起彼

伏，整个骆驼湾开始睁开眼睛，东方的山后面有红色的霞光映射出来。张琟竤虽然非常疲劳，但是这是她感到最愉快的一夜。她要提前走，因为今天镇上还有会。她的身影走在清晨的山路上，让这大山都感到了青春的活力。要改变这个山村的面貌，真的离不开这些人。他们虽然人少，但是，他们的青春活力，正在改变着这个世界。

29

骆驼湾的改变是悄悄进行的，就像山上的野花一样。开始的时候，就只有一个小苗苗，但是就在不经意之间，就开得漫山遍野了。

虽然还是这个有点破旧的山村，虽然人们还是有点木讷和落后，但是，脱贫攻坚战在骆驼湾引起的巨大反响已经开始产生效应了。许多人家开始琢磨自己的致富路子，因为人们心里都明镜似的，摽穷的生活是不可能了。这天，天还没有亮，就有一个人悄悄地离开了骆驼湾，他就是老算子。尽管，人们对脱贫攻坚战有着许多的看法和想法，但是，老算子心里非常清楚，这次，上面是动真格的了。

人如果不会利用天时，这个人就是傻子，就是没有脑子的混蛋。多少年的生活经验，让他感到机遇来了。修路拆猪圈的补偿，让他竟然得到了

旗子爷三万块钱。要不是脱贫攻坚战，他的猪就是再卖上几十回，也卖不了这些钱。对于这次成功，他既高兴，也有些惭愧。兔子不吃窝边草，他也是抱着试一试的心情，没有想到旗子爷竟然同意了，而且还保证了骆山旺不娶顾春杏。这事，顾春杏也不知道，因为这是他和旗子爷之间的秘密协议。

当许多人都在骆驼湾的炕头上等着喝早晨的玉米糊糊的时候，老算子已经走在县城的大街上了。

他是来找他的那些生意伙伴的，以往，他因为没有本钱，只是挣一个经纪钱。现在，他有了一个非常大的机密，就是要自己垄断龙泉关的生猪肉生意。因为这周遭各村的村民多以红薯等粮食喂猪，猪长成之后肉质很好。来自保定以及周边的顾客，专门开车到村里入户收购生猪肉。宰好的猪劈开成扇，一般可以卖到十四五元一斤，高的可以卖到十七元一斤。但是这种粮食猪很难量产，实际上很多顾客也只认农户家里自己圈里养的猪所产出的猪肉。

他要把这些猪都提前买下来，到出栏的时候，就由他来定价了。这样，他粗粗地算了一下，就只是这一项，每头猪挣一百块钱，一百头猪就挣一万块。想到这些，他的心里是非常地愉悦的。他在县城的样子也改变了，弯着的腰也挺了起来，眯着的眼睛也睁了开来。平时，他给人们的印象像一个病秧子，他有什么病，谁都不知道，他自己也不知道。

虽然改革开放很多年了，但县城的大集没有改，还是逢一三五七九日赶集。他出来的时候，没有跟顾春杏说干什么，只说让她在家照顾着乐乐，他要走一趟亲戚。他家祖上是大户。相传，他们的祖先在清朝乾隆年间从河北省井陉县北陉村迁到阜平县石坊村，后其中一支又迁移向阳庄落户。他这一支什么时候来的骆驼湾，基本上没有记载，但是，他和他的族亲们还有来往。

顾春杏对他说的话什么时候都是听一半，扔一半，这个公爹什么时候都不会跟她说真心话。他常说："见人别说十分话，话到嘴边留三分。"所以闹的骆驼湾的大部分人都看不起他。对这个事，他也对顾春杏说过："人过自己的光景，也不是给别人过的，他说你好，给你钱了还是给你东西了？他说你不好，你身上少了一块肉了？"

以往，不是集日的时候，县城大街上的人非常少，现在不论是不是赶大集，这人都是熙熙攘攘的，商品非常丰富。你看那些摆摊的人，把那些布、缕、菽、栗、筐、农具等产品摆得满大街都是。而且还有一个卖古玩的小摊子，就在大街口的牌楼下面，摆的是一些糊弄人的玉石等小玩意，还有当年的八路军臂章什么的。老算子这些年已经很少来县城赶大集了，但当年他跟着父亲来大集上的兴奋感，还依然存在。当年能够去县城赶一次大集，是一次盛大的聚会。村里人逢以上日期都聚集在一块儿，有钱的带钱来，没有钱的拿自己的东西和别人交换。只要用心找，总能找到自己需要的东西。

因为心情好，老算子哼着小时候的童谣："哏儿哏，嘎嘎嘎，关起门儿来搅疙瘩。搅里疙瘩生啦，气里老婆疯啦。老婆老婆你标疯，回来给你摊煎饼。摊里煎饼薄啦，气里老婆上老房啦。老婆老婆标上房，回来给你认干娘。认里干娘道儿远，骑上驴，打上伞，得儿驾得儿驾，往回赶。赶回去，爹见老，笑哈哈，娘见老，抱娃娃，嫂嫂见老，一扭拉。"

老朋友看到他，都跟他打招呼，因为这些人都靠着他在山里买黑猪肉。现在他来谈这个事，就更对了人们的胃口。他们把价钱和

运输等问题都落实到了实处，喝着茶水的时候，人们说起习总书记到骆驼湾的事情，这让老算子非常惊奇。他当经纪人的灵性，马上就来了。他告诉人们，习总书记走访骆驼湾村，对村里肯定是个好事儿，你们可以打这个广告啊。习总书记到过的骆驼湾，这里的黑猪味道肯定和别处不一样啊。骆驼湾这个地方非常有灵气，不然的话，新上任的总书记怎么就来咱骆驼湾啊。

生意上的事几句话就算说完了，只要人们打电话，他肯定就会把农户里的黑猪，给你轰到村口上。现在路都修好了，肯定不用人抬着下山了。站在县城街头，望着远处的层层山林，老算子的心胸突然的广大起来。他还想到了骆驼湾村可以依靠的资源有两个——靠山靠水。为什么就不能够利用辽道背的百草驼？上山十里地，就有一湾泉水。依靠泉水，可以发展养鱼业。游客来了，现吃现捞。烧烤啊、生鱼片都可以。开一个农家乐，到时候自己就是老板了。如果把儿子叫回来，让春杏当服务员，让儿子当大厨，一个非常美好的前景在他的脑袋里浮现出来。他没有想到，就在他高兴地要唱几句山西梆子的时候，三秃子出现在他的面前，几辆摩托车拦住了去路。三秃子说："老爷子，小日子过得不错呀，还来县城滋润来了啊。"老算盘绕开要走，三秃子一把抓住他说："走，跟我们到这边来一下。"老算子跟着他们来到一个僻静的地方，三秃子说："你有钱了，你儿子欠的钱该还了吧？"老算子一惊说："不是已经说了吗，有了钱给你们。我现在是没有钱，真的。"

三秃子说："你个老鳖孙的，你都往外放高利贷了，还说没有钱。你个鳖孙的，放高利贷算是没有钱，我们老板的账啥时还呀？"

老算子强硬地说："我什么时候放高利贷了，我要是有钱早就还了，我真没有钱啊。”三秃子说：“老家伙，不教训你，这钱就不还了是吧？来，给他松松筋骨。”

人们围上去就要打老算子，老算子急忙求饶说：“好汉手下不杀无名之辈，打人要有个原因。”三秃子说：“你表亲的岳父，就是那个给房地产集资的王建国，你在他那儿入了三万块钱的贷款，你还说没有钱。”老算子没有想到，自己做得非常绝密的事情，竟然让三秃子知道了。他只好说：“我现在就去找王建国，把钱要回来，马上还给你。”

但是，他没有想到，王建国已经被司法机关给带走了。他非法私募资金的案件已经由检察机关立案了。一个收拾残局的年轻人告诉他们，这钱都让王建国贷给地产商了，地产商不景气，这钱是收不回来了。

老算子被三秃子他们带到县城西边的山坡上，这里已经很少有人来，他们要把老算子的腿砸断，尽管老算子苦苦哀求都不济于事。老算子不想就这样被几个小混混给打了，他拼出全身力气，跳下高高的山沟，从山上滚下来。他用衣服遮着头，身上扎满了荆棘。

三秃子他们几个人从后面追过来，老算子拼命地叫喊着“救命啊，救命啊！”他看到一个三马车从山道上过来，就冲着三马车跑过去。

骆山旺驾驶着三马车走在山道，发现前面一个人被人围住殴打，急忙开过去把车停下。骆山旺跳下车冲过去说：“都给我住手！你们要干什么？”

三秃子歪着脑袋看过来说：“你个鳖孙的，别管闲事，快走！我们这是债务纠纷。”老算子这时候顾不得脸面，爬过来叫着说：“山

旺啊，救命啊，救命啊！他们绑架人啊，还打人。”

骆山旺今天是来县城拉复合饲料的，没想到会在这里碰上老算子。尽管他对老算子没有好感，但还是把老算子护在身后说：“各位，咱们能够说说为什么吗？”

三秃子说：“为什么，你问这个老鳖孙，他家娶媳妇这么多年了，借我们的钱该还了吧。”骆山旺说：“还钱就还钱，你们也不能够打人啊。告诉你们，你们这样是非法拷打和私设公堂。”

三秃子说：“你是干吗的，告诉你个鳖孙的，河边无青草，无需多嘴牛，你是朋友的闪开，不是朋友的就是敌人。”

骆山旺毫不在乎地说：“这是我的邻居。常言说得好，好汉护三村，好狗还知道护三邻呢。谁娶媳妇借的钱？怎么回事？你们说清楚。”

三秃子一听，几个人围上骆山旺，说：“听你这话的意思，你有本事把他欠的钱还了。”

骆山旺回身问老算子：“他们要的是什么钱啊？你什么时候借他们的钱了，你真没有还呀？”

老算子不说话，突然放声哭了起来：“当年为了娶顾春杏，为了给顾春杏她爹彩礼钱，刘根儿借了煤老板的钱——两万块钱，如今成了三万了。”

三秃子说：“好汉，你也知道了，明白了，怎么着，有钱就仗义疏财，把钱给还上。”骆山旺看着老算子恨铁不成钢的说：“老算舅啊，你真行啊。”他对三秃子说：“你们都跟我走。”

三秃子说：“上哪？去公安局报案呀，我成全了你，你去吧，我们还巴不得报案呢。这欠账不还，法院会给一个说法的。要不是这个老鳖孙，一再地不让我们报案，我们早就让他去里面吃饭牢饭了。你去吧，你去呀，省的我们去了。”

骆山旺知道，这事说别的没有用，没有钱不行。但是，他身上就只有购买牛复合料的几千块钱，他手上的流动资金就只有三万块钱。如果全给老算子还了债，牛场就会陷入困境。他说：“先给你们一万块，剩下的这个账，我后面会还了。”

三秃子说：“你拿什么作保啊，就你开着这个破三马子，也不像个有钱人。现在我提两个条件：一个就是你回去取钱，一个就是他回去取钱。还不了钱，我可是瞎子放驴不撒手啊。”

老算子悔恨交加地恳求骆山旺说：“山旺，咱们可是上三代都是好乡亲，好邻居啊，你可是要救救我呀……”

三秃子递给骆山旺一支烟说：“兄弟，一看你就是一个义气人。我还告诉你一个内部消息，我们真的不想要他的钱。我们老板说了，他家的儿媳妇当年是骆驼湾的美人，她已经和他的儿子离婚了，如果她嫁给我们老板，这所有的债就一笔勾销了。”

骆山旺脸上的肌肉跳了几跳说：“你们想干什么？欠钱说欠钱，这和嫁人不嫁人有什么关系呀。”

三秃子淫笑着说：“我们老板说了，只要这个小寡妇能做我们老板的情人，那可是要什么有什么。你说，在穷山湾里当寡妇，她是揣着宝贝找穷，再说也浪费资源吧。”

“你个鳖孙的！”骆山旺一拳就打的三秃子倒在地上，他上去按住三秃子的脖子说：“你个鳖孙，老子掐死你。”三秃子的几个人给骆山旺的举动吓住了，都不敢上前来。三秃子强作镇定地说：“你鳖孙的有种，你要不敢掐死我，你就是鳖孙养的。”

骆山旺手上一使劲，三秃子的脸都憋得紫红了。老算子给骆山旺跪下说："山旺啊，这是经济纠纷呀，你这一下手，我们俩谁都脱不了干系。三万块钱，不值呀，放了他吧，放了他吧。"

三秃子弹打几下身上的土说："骆山旺，你个鳖孙，有钱还钱，没有钱滚蛋。打死人还不容易，死个人比吐个唾沫都容易。鳖孙的有本事拿钱出来。没有钱，你充什么大个屎壳郎。"骆山旺跳上三马车对三秃子说："我去给你们取钱。"他刚要开车，老算子拽住他的胳膊说："山旺啊，你要救救你老算舅啊，你千万别跑了不回来啊。"三秃子说："今天咱们是不打不相识，我们在县城君悦大饭店等着你，只要你把钱还了，我请客。"

骆山旺到县城银行里的ATM机上取了钱，把三马子存上，就去了君悦大饭店。一进门就有服务员把他领进一个房间，老算子在中间坐着。骆山旺把三万块钱放在桌上说："欠条，拿出来。"

三秃子从贴身的衣袋里拿出欠条还给他，骆山旺把三捆整齐的刚从银行取出来的钱递给他说："从今天开始，你们再找他的事，咱们就公安局见了。"服务员已经开始上菜，三秃子说："老弟，我请教一下你的尊姓大名。我看你是个义气人，今后万一有个互相帮助的事，见面也算是朋友了。"

骆山旺说："我是骆驼湾的骆山旺。"

三秃子起身给他拱手说："知道，知道，你就是龙泉关大名鼎鼎的骆山旺啊，各位弟兄，给我们的骆山旺老弟见礼了。"骆山旺瞪老算子一眼说："老舅，你还不走啊。"

老算子战战兢兢地跟着骆山旺走出来说："老外甥啊，真的谢谢你了，你这真是我的再生父母啊。"

出了酒店，骆山旺回身生气地抓住老算子说："拆猪圈的钱哪儿去了？"

老算子知道拖不过去了，只好说了实话。他把钱通过自己的表弟王建国，放给开地产开发老板，说好月息一毛的利息，一个月一结，谁知道，他们的人跑了，找不到了。

骆山旺放开他说："老算舅，你看你办的好事。刘根儿是怎么回事，你说清楚。"老算子只好说了："刘根儿找了一个有钱的寡妇，就是一个煤老板的前妻。"骆山旺一听就着急了，他生气地说："老算子，你个老鳖孙的，你干的这拉血尿脓的好事。你既然都知道这样了，为什么还不放顾春杏一个活路。你还想霸占她呀。"

老算子一下就给骆山旺跪下了说："山旺啊，我对不起你呀。"

老算子打自己的耳光说："山旺，我也是糊涂啊，我就是想着不让乐乐没有了亲妈呀。你这钱，我还不了还有乐乐呢。山旺啊，咱们是百年不散的老乡亲啊。"

骆山旺把老算子揪起来，拽到一个面摊前，把一大碗面往他面前一放说："老算舅，你这是算计了别人一辈子，这次把自己算计进去了啊。"老算子喃喃地说："刚才我们还不如吃了他们个鳖孙的，不吃白不吃。"骆山旺又气又笑地说："你真是贼心不死啊。"

30

骆山旺的心里燃烧着熊熊大火，这几年顾春杏就是活在谎言中，这个老算子谁都算计，竟然算计到了自己的儿媳妇和孙子身上。他因为没有拉着复合饲料也窝火，三马车开得飞快，让许多山道上开着摩托车过来的人都惊奇地看着他说："这鳖孙的，开车疯了吧，找死呢。"

骆山旺把脚下的油门踩到底了，还嫌不快，颠得老算子紧紧地抓住槽帮大声地吆喝着："山旺啊，慢点，慢点啊。"

凛冽的山风吹着他的头发，就像一头愤怒的狮子。在一个拐弯处，他因为踩慢了刹车，前轮紧贴着山崖边，幸亏转过去了，要不真的就会窜下山沟里去。

直到了东下关，他才慢下来。他趴在车把上，要想想怎么给赵四发和白大勺解释。今天，他替老算子还账这事，算怎么回事。他怎么能够拿着集体的钱，给私人还账呢。

他冷静下来，把油门关掉。他要捋捋自己的思绪，究竟是为了什么。就在这个时候，他的手机突然响了起来，是顾春杏打来的，说丢了两头牛，是白大勺放牛的时候丢的。骆山旺的脑袋一下就炸开了，他大声地叫喊着："混蛋，混蛋啊。"

老算子被他的举动吓着了，他想躲开他，跳下车来，往路边走开。骆山旺大声地叫着他："回来，你要干什么啊？"

老算子说："我要尿尿啊。"

骆山旺知道自己有些失态，但是还是很大声地叫着："憋着，快点回去，牛丢了。"老算子也一震，这个事情比自己刚才在县城的事情还大。日头已经落山了，这山里的落日比平原上要早。骆山旺的三马车就像一头暴怒的狮子一样，直扑向骆驼湾。

三马车进了牛场，天已经黑了下来，顾春杏和赵四发都迎上来。顾春杏有些好奇，已经颠得发昏、满身的尘土老算子，怎么在后面马槽里。她顾不得问这些，只是着急地告诉骆山旺："山旺，丢牛了，丢了两头。"

骆山旺这时已经冷静下来，他知道，该来的肯定会来，不该来的打死也不会来。他说："别着急，是怎么回事呀？"

顾春杏说："你让四发说吧。"

骆山旺问赵四发说："怎么丢的？"

赵四发说："大勺放牛回来，我觉得少了两头，他愣说没有少。"

骆山旺说："在南坡放牛了是吧，走，找去，丢不了。"

赵四发说："大勺已经找去了。"顾春杏说："你们还没有吃饭吧，我给你们拿点干粮去。"骆山旺说："还吃什么饭，春杏，你去把我妈叫过来，你们给看着家里，我和四发去找。"顾春杏从随身的袋子里拿出几包干脆面说："这是给乐乐买的，你们拿着垫补一下。"

骆山旺深情地看了顾春杏一眼，这些日子自己是疏远她了，他有些愧疚地看着她说："这里就交给你了。"

顾春杏也感到了骆山旺今天的语言和往日不同，心里突然地涌上一股热流，这些日子的委屈突然都涌了上来，眼泪不由自主地流下来。骆山旺说："别哭，是福不是祸，是祸躲不过。"他这一说，顾春杏哭得更厉害了，但是她很快就止住了。她知道现在不是抒情的时机，这牛要是出了问题，是对骆山旺最大的打击。她带着泪笑笑说："你去吧，我在这里等着，肯定不会出问题的。"

骆山旺和赵四发打着手电顺着山路寻找着，赵四发一边走一边擦眼泪说："都是我这个第一副社长没有当好。"骆山旺说："你们都怎么了，一个个眼泪啪嚓的，不就是个牛吗，真的丢了咱们还可以重新买，怕什么。"赵四发说："这都是我的责任，我承担损失，我把钱拿出来。"骆山旺说："这时候说这个没有用，就是真的出了事故，也不能够让一个人承担。哭什么哭，哭就能把牛哭出来吗？"

赵四发悔恨地打自己的耳光说："我他妈的这么没有用啊，你撤了我这个副社长吧。"骆山旺脚下生风地踩这乱石，对赵四发说："撤了你，想得倒美，我还想撤了我这个社长呢。咱们这是一个绳上拴着三个蚂蚱，跑不了我也跑不了你，咱们谁也别想跑。你们都撤了，剩下我一个人当光杆司令啊，我才不干这傻事呢。"

本来，今天出去放牛，应该是赵四发去，留大勺在家清理牛圈，给沼气池添料。这个时候，川妹打电话过来，说是在山上等着大勺。白大勺争着去放牛，就是为了和川妹见面。

就在骆山旺他们满山遍野地寻找丢失的牛时，骆婶和顾春杏在牛场里细心地照顾着吃草的牛。好几头牛都卧下开始反刍了，乐乐觉得好笑，就问妈妈："这牛为什么吐白沫啊。"顾春杏笑着说："他们这是把吃到肚子里的东西，又吐出来重新地嚼一下。"

骆婶白天在山坡地上刨土豆，给玉米地锄草，正在给儿子准备晚饭时，听顾春杏说牛出了事，就把锅一盖来牛场了。骆婶把乐乐搂在怀里，心里非常的酸楚。当年要是有十万块钱，这个孙子就是自己的了。她看着乐乐不由得眼泪溢出来。乐乐说："姑奶，你怎么了，流眼泪了是吧？"

骆婶掩饰地说："不是，人老了这眼泪就不由自己。"

大山已经被夜色遮掩得非常模糊了，牛场里的沼气灯非常明亮，乐乐在骆婶怀里睡着了。顾春杏过来，要把他放在草堆上，骆婶疼爱地说："我抱着他睡吧，这孩子真的很招人喜欢。"顾春杏笑着说："大姑要是爱见他，就给你当孙子吧。"骆婶的眼睛一亮说："行啊，我巴不得有这么一个好孙子呢。"她这一说，心里的酸楚又涌了出来，叹一口气说："我们山旺没有这份福啊。"

顾春杏到牛棚里看了一遍，在骆婶身边坐下来。她仔细地看着这个已经有些衰老的山里女人，这就是当年有名的铁姑娘啊。岁月就这么催人老，记得她还听人说过，骆驼湾的铁姑娘能够挑二百斤的担子。从小没有母爱的顾春杏这时候觉得，眼前这个大姑，就是自己的母亲。她偎在骆婶身边，轻轻地闭上眼睛，她要好好地回味一下骆山旺刚才的眼神。

养牛场丢了牛的消息，悄悄地在村里蔓延着，人们有着各种各样的议论，这些议论从石头门楼里流出来，又在炕头上演绎着。只有骆婶知道，这牛要是出了问题，明天就会是一场大的风暴。这个儿子啊，他身上担的责任实在是太重大了。她担心儿子又走了父亲的路子。当年，就是因为小尾寒羊，也是这个时候，各家各户的羊同时出了问题，都病倒了。村民们把快死的羊，都送到自己家里来。她把自己家里所有的东西都喂光了，但是这羊还是都一个个死了。

男人就是在那一年得病了，他是外火攻心啊。信用社里的贷款，他都自己承担了，没有让养羊户还一分钱。他就是这个脾气啊，他也是想让村里致富起来啊。她担心儿子别再走了父亲的路啊，她在心里暗暗地祈祷："牛儿啊，快点回来吧。"

顾春杏睡着了，她的儿子睡着了，只有牛棚里的牛，还在不时地发出一声叫。骆婶也不知道山旺他们找到牛没有？这不能出差错呀，出错，这养牛合作社就垮台了呀。突然，骆婶似乎听到了牛的惨叫声，她突然醒过来，看到整个牛棚里非常安静。夜寒了，风都是凉的，她慢慢地起身，把衣服给顾春杏和乐乐盖上，又一个个地看了一下正在反刍的牛们，没有动静。她松了一口气，但是马上就又担心起来，骆山旺他们到现在都没有回来，是不是出了什么事情。她的心一惊，急忙把顾春杏叫醒。她让顾春杏马上去叫人，她在这里看着孩子和牛场。顾春杏正梦到找着两头牛了，她醒来才知道是在做梦。她马上给张琟竤打了电话，立即集合人们，去山上接应骆山旺他们。

骆山旺他们走在悬崖绝壁的地方，听到了摔在山崖下的牛发出哀痛的叫声。骆山旺向下面一照，白大勺跪在摔到下面的两头牛前面。骆山旺和赵四发慢慢地攀着树木下到沟里。他的到来并没有让白大勺抬头，他的心一惊："这个鳖孙的，不会是死了吧？"

"大勺，大勺，"骆山旺小心地叫着他。白大勺的眼睛死死地盯着骆山旺，人都僵硬了似的，看得骆山旺心里发毛。周围的树林里传来猫头鹰的叫声，让人毛骨悚然。骆山旺照着白大勺的脸，使劲地拍了一下，白大勺好像突然醒过来。当他看到眼前的骆山旺，又看看两头即将死去的牛，突然大哭起来："山旺哥呀，我对不住你们呀。"骆山旺心里非常难受，这一下死两头牛，是他没有想到的，这损失也太大了。他强压着心里的悲痛，抚摸着不肯闭上眼睛的牛，慢慢地将它们的眼睛合上。骆山旺痛苦地仰天看去，大山在夜色里庄严地矗立着。忽然，他听到满山遍野的呼叫声，在山谷中久久回响。就在悬崖的上面，突然亮起了许多的火把和手电筒。

死了两头牛的压力像山一样的沉重，这让骆驼湾的脱贫攻坚战蒙上了一层悲壮的情绪。虽然胜败乃兵家常事，但是这次是属于人为的事故，这让骆山旺不能够饶恕自己。两头牛的皮是赵四发哭着剥开的，牛肉都无偿地分给了村民。

旗子爷从辽道背上下来，先找的白二蛋，说："二蛋，这时候，咱们应该鼓鼓劲。"白二蛋正在洗手抹脸："旗子爷，你说怎么办？"

旗子爷说："发展骆山旺入党的事情，你们研究了没有啊？"

白二蛋一边给旗子爷筛水一边说："研究了，想在这牛出成绩的？开会通过。"旗子爷动情地说："你没有打过仗，我们那时候，都是在战斗非常艰苦的时候，发展人入党，火线入党。越是到了情况紧急的时候，越要发挥党的作用。"

白二蛋说："旗子爷，我明镜着哩，但是这不是战争年代了，我们

这是搞经济建设。打仗的时候，一宣誓，冒着炮火一冲，就胜利了。这搞经济，不是一冲就解决了的。”

旗子爷非常生气地灌下一碗水说：“个鳖孙的，怎么说这话，你就是不明镜。我为骆山旺当介绍人，你这个一把手，拿个主意，我要参加支部会。”

会上，白二蛋也提出了许多群众的意见。他们都说，这养牛不是个道路，因为这牛吃得太多，现在又是封山育林，山上让放牧的地方不多。要不是这个，白大勺也不会到悬崖边上去放牛。有的党员也建议，马上把这些牛处理了。

旗子爷说：“他们是说卖牛啊，是这么说的吗？”白二蛋说：“是这么说的，这是人家的个人意见。现在赶紧地把牛处理了，还能够多卖个钱，保个软通。”

旗子爷生气地说：“卖牛！啊呸，这不是正确的意见，这只是个人偏见。这不是卖牛，这是卖我们骆驼湾的志气。这仗一打，哪有不出问题的时候，这脱贫攻坚战，也要付出代价。我给你们明镜说吧，哪一个胜仗没有烈士？我们这时候，出了这么一点事故，就想当逃兵啊。告诉你们，从我这就办不了。”

张琟竑没有说话，只是狠狠地咬着牙，在日记本上记录着人们的谈话。

顾春杏也非常坚定地说：“我不同意卖牛，我支持旗子爷的观点。”

村会计说：“就从山旺他们开始养殖到现在，平均每头牛由一万一千跌到了现在的八千元。就是现在出手，加上饲料和人工成本他们每头要赔五千元。十头牛，就是十万块钱，这些损失算是谁的。如果让村里负担，我不同意。”

顾春杏小声地说：“按你这么一说，这些困难户脱贫的希望又没有了。这些刚刚有了希望脱贫的养牛户，又要重新回归贫困了。”

村会计说：“我不是这个意思，我只是客观地说了事实。”

他这样说了之后，谁都不说话。顾春杏说：“骆山旺他们的牛卖不卖，我认为这是他们自己的事情。他们要卖谁也阻挡不住，但是他们要不卖，村里也不能够行政命令让他们卖。”

旗子爷说：“我同意春杏的意见，二蛋你看怎么办好？”

白二蛋说：“市场经济，要根据市场办事，我们谁都不要感情用事。这个问题，我们可以管也可以不管，这是他们自己的事情。但是，作为村里的第一个脱贫典型，我觉得，我们还是要管的。但是，我的要求就是只许胜，不许败。你们谁有这个把握？”

张琟竑说：“白书记，你这么说是什么意思，难道我们的一切努力都只是为了验证失败吗？今天，我们是讨论什么问题，是发展入党积极分子。现在进入下一个程序，养牛合作社的事情，我和白书记一个观点，就是只许胜，不许败。我们还是执行上一个支部会的决议，让顾春杏负责把养牛合作社的事处理好。”

顾春杏有些为难地说：“我……怕没有这么大的能力啊。”

旗子爷说：“我同意琟竑的意见，春杏啊，你就大胆地干吧，只有你们先行把事办好了，咱们骆驼湾的脱贫攻坚战才能够打胜。我提议，发展骆山旺为入党积极分子。”

张琟竑站起来说：“我作为驻村工作队发表意见，我们的青年党员太少了，我建议，把骆山旺、赵四发、白大勺都发展了。”

旗子爷着急地说：“张队长，这不行，别人都行，就是大勺这个

人，不行。他就是被我惯坏了，他不能够入党，他不够格。”

白二蛋说：“旗子爷，你这话说得不全面，咱们这是培养积极分子，他合格不合格，看他们自己的发展。”

经过一番争论，最后白二蛋总结发言：“就当前的工作，一是养牛合作社由他们自己决定，村党支部和村委不要强加干涉。二是发展入党积极分子，大面积地培养预备青年党员，符合党的工作方针。”这两条都举手通过了，并且定好了开党员大会的时间。但是，说到村里的整体工作，旗子爷给大伙提了一个意见，就是只是局部开展，没有遍地开花。白二蛋做了检讨，他对这一阵自己的观望态度，做了深刻的检查。他说，我就是有点求稳，其实是当了群众的尾巴。”

骆山旺早就知道村里人对养牛合作社有很大的意见，他们三个在支部开会的时候，就等在牛棚里。他们几个算了一下账，连两头牛的损失，他们现在的欠账是八万块钱。如果按现在的行情把牛卖了，他们三个就是一个人背着不到三万块钱的账。骆山旺的心情有点酸酸的，轰轰烈烈地开场，就这么凄惨地收场，他接受不了。白大勺低着头半晌才说：“谁要敢卖咱们的牛，我就和他拼命。”赵四发说：“我也是，真的。”

只有骆山旺心里还有着几分淡定。昨天晚上，顾春杏来过，因为明天要开党支部扩大会，她也要参加的。她来就是问一句话：“山旺，你卖牛还是不卖呢？”看着这些刚刚适应了水土的牛，骆山旺有些心酸，那头金黄色的小母牛也扬起脑袋看着他们。

骆山旺抚摸着那头金黄色的小母牛的脑袋，无比遗憾地说：“就是卖，这头牛也要给你留下。”

顾春杏眼睛一瞪说：“卖牛，你想卖牛，卖完之后你干什么去？

离开骆驼湾是吧，当逃兵是吧。五年前，你当了逃兵，你把一切不幸都让我一个人承担了。今天你又要当逃兵，你这样对的住我吗，你的心里好受吗？你给我留下一头牛干吗，想给我一个安慰吗？别以为只有你能够出去打天下，我也能够。谁离开这里还吃不上饭了是吧，你是在怜悯我是吧？”

骆山旺着急地说：“你以为我愿意卖呀，只要一卖就会赔七八万，银行的贷款谁还？如果真的卖牛，我也会想办法把贷款还上，你们每个股东一分钱的债务都不会担负。这头牛白给你，一分钱都不要。”

顾春杏说：“骆山旺，你是社长，我们是股东，你可以有别的出路，你可以丢下我们远走高飞。这脱贫攻坚战，谁当了逃兵谁就是历史的罪人，你要当这个罪人，就去当吧。”

骆山旺辩护地说：“卖了牛，我要去挣钱，要还贷款，我还回来给你一个幸福的答案。”

顾春杏深情地说：“山旺，我不想让你再走了，刘根儿提出跟我离婚的时候，我也觉得天都塌了，什么都没了。我当时特别恨，恨自己生在这么个穷山沟，想死的心都有。可是我不能死，不能就这样放弃，因为我还有孩子，还有老人。我也不想屈服，不想认命，没有人生下来注定是穷人。我想和你一起奋斗。”

骆山旺被她的深情打动了，说：“春杏，我没有办法阻止村里卖牛啊。”

顾春杏悄悄地把手伸出去说：“没有人能够把你压垮，只要你自己不垮。”一只白皙略显粗糙的手，悄悄地寻找着，把一只满是青春老茧的手拉住……

31

那天的骆驼湾党员大会开得史无前例，这是这几年骆驼湾召开的一次最大规模的党员大会。为开这个会，刘天亮亲自进行了部署，许多外地的党员也都回来了。他们走在村里宽敞的大道时，一个个都流下了激动的泪水。刘天亮嘱咐张琟竑和白二蛋，这次大会一定要开出水平来，一定要把这次大会开成骆驼湾新的起点。

原来集体时代的大库房，被顾春杏她们打扫得非常干净，主席台上的桌子还用白被单蒙上了。正面墙上挂的是习总书记来骆驼湾的照片，照片两边是党旗，红色的党旗上黄色的镰刀斧头格外醒目。发展骆山旺他们三个为入党积极分子的材料，通过各个渠道都发了出去，每个在外面打工的党员都收到了。

顾春杏还在张琟竑的指导下，将骆山旺他们几个的材料，传到了网上，只要外面的党员在电脑上点一下骆驼湾，就会出现一个新的界面。这里面有工作队的介绍，村里脱贫指标的表格，全村人的名单，还有过去的介绍。骆山旺和白大勺、赵四发的头像在上面不住地闪动，而且还滚动播放习总书记来视察的视频。

只要能够出动的人都来了，大库房盛不下这么多的人，小孩子们都趴到墙头上。白二蛋早就在喇叭里吆喝了，开完会之后，镇上的文化站要演出节目，这还是真新鲜，搅动的人心都飘飞了起来，就像这村街的石头墙上贴的红红绿绿的标语。

会议按照准备的程序开始，张琟竑代表村党支部宣布大会开始，人们在庄严的《国际歌》声中扬起自己的头颅。他们这些年都在低头走路，因为他们是贫困村里的贫困户，他们是顶着贫困帽子的党员。

白二蛋的发言惹人哄笑，他是代表村领导班子作总结的。他一开口就说："儿不嫌母丑，狗不嫌家穷，这些年都是我给大伙打脸了，你们可以骂我个鳖孙的白二蛋，是我给你们带上了贫困帽子。人要脸，树要皮，墙子要的是一把泥。佛争一炉香，人争一口气。你们可以骂我鳖孙，但是你们不能够鳖孙。"其实他的话下面的人都有感受。这些在外面打工的、做各种生意的，他们看到人家的家乡都非常富裕的时候，总有一种失落感。白二蛋的话说到人们心里去了。

白二蛋说："你们别一个个觉得自己好像是个城里人了，西服挺挺头头的，你们这是自己糊弄自己，是自己演个城里人。骆驼湾才是你们真正的家。这个家总是像叫花子一样，你们心里好受吗？"

下面的人悄悄地议论着，白二蛋说："你们一会儿再进行小组讨

论，今天咱们开这个全体党员大会，就是请咱们大家对前一个阶段的扶贫工作进行总结，然后讨论咱们下一步的工作计划。全体党员同志们，在说新的计划之前，我就村里养牛的事向你们做深刻的检讨，请你们原谅。这些牛本来该揣犊子了，可是就是没有揣上，这都怨我。”

下面哄笑起来，刘天亮也低下头笑了一下：“这个白二蛋，把这么严肃的会给开得稀松起来。”这些天，因为前一段骆驼湾的工作不错，走在全镇的前列，他把主要精力放在了几个偏远的村里，那些地方的工作更不好开展。他们现在主要的是缺少青年人，骆驼湾有骆山旺他们几个，确实比别的村显得风生水起。白二蛋悄悄地找刘天亮，问他：“这脱贫攻坚战到了总结的阶段没有？”

刘天亮说：“你个鳖孙的，把话说明了，给我玩这个花花转。说吧，想干吗？”

白二蛋说：“我们的牛赔了你知道不？摔死了两个。这些我看养也是白养，这要到下了牛犊卖钱，得等到明年去了。我想村里赔点钱，把这个牛处理了，你看行不行？就怕到时候，让村民们赔得顶不住了，这还是我的责任。”

刘天亮说：“你的牛养不好，这是你的责任，要是把牛卖了也是你的责任，这我管不着。可是这脱贫攻坚战刚刚开始，你就想结束，除非你是中央主席。”

白二蛋说：“得得，你别这么说了，我是中央主席，你就是联合国书记。这么说这脱贫攻坚战，要来真的了？”

刘天亮说：“我刚刚到县里参加了县委扩大会议，全县所有的科局乡镇一把手都参加了。没有别的事，一句话，一个主题，就是脱贫，脱贫。这次谁耍花招也不行，脱贫和美丽乡村建设联系在一起，我们都立了军令状了。”

白二蛋说：“我以为修修路、通通自来水就行了，还来真的呀。这，我可得好好地琢磨一下。”刘天亮把县里的文件甩给他说：“拿着回去好好看去，这上面都说了，你们骆驼湾，必须脱贫。”

白二蛋说：“我们可是国家级贫困村啊，我们的难度大，你们要支持我们。”

“支持，这是肯定的，但是没有资金支持啊。还是开始的时候说的，谁有项目就给谁资金。没有项目，还是和从前一样，就不要想了。”

白二蛋说：“刘书记，我可是指着你了，我这次是重中之重了，敢死队。”

刘天亮说：“想撒鸭子是吧，除非你犯了错误，除非你进去。除了这两条，你就得给我上。你是党员，你不是一个普通的党员，你是支部书记。平时我都没有给你压过担子，但是，这次你白二蛋给我表个态，你怎么办？这些年都躺在国家身上喝奶水了，别的先不说，如果断了你们的奶水，你怎么办？现在全镇十几个村都看你们怎么走了。”

白二蛋说：“你放心，我这人你知道，平时吊儿郎当的，可是真的到了要紧的时候，你放心，我白二蛋也不是怂包软蛋。刘书记，你设法多给我几个入党指标。”

刘天亮说：“你可是有几年没有要过指标了，这个我满足你，但是要质量合格。”

白二蛋也没有想到，他的这个全体党员会，竟然把十几个村的

党支部书记都引来了，他们都是来向骆驼湾学习的，看白二蛋怎么进行工作的。他们一个个都给白二蛋打电话：“你个鳖孙的，悠着点，别把我们甩得太远了。”“你个鳖孙的，你们吃贫困补助优先，脱贫还优先，刘书记是你的亲戚吧，怎么对你这么优待。”

白二蛋说：“嫉妒了吧，这就是傻小子睡凉炕，凭的是时气壮。”

这些支部书记们平时开会玩笑惯了，听白二蛋说牛不揣犊子怨他，大伙都笑了。白二蛋说：“不光我，还有我们支部的一班人，牛的事没有办好，主要责任在我们支部。”张琟竑也说了一句话：“我们工作队负主要责任，因为我是第一书记。”

白二蛋说：“不，主要责任在我。”

旗子爷站起来说：“你们就别争了，这也不是什么戴光荣花的事。我想说几句。”

刘天亮说，旗子爷：“你到台上来说吧。”

旗子爷说：“我就在这里说吧。刘书记，还有兄弟村的领导们，我卖卖老，说几句话。我说对了，你们就采纳；说错了，我检讨。今天全村的党员大部分都来了，我问一句话，六十岁以上的举手。”

会场上的大部分人都举起来。他又问：“五十岁以上的举手。”这次只是少部分人举起来。旗子爷又问四十岁以上的举手的时候，就一个人举起手来。旗子爷非常激动地对着大伙说：“三十岁以上的举手。”人们都向会场的四下寻找，整个会场寂静无声，没有人举手。

旗子爷对刘天亮说：“我的话完了，你们都看到了，我们现在缺少的是什么。该发展新鲜血液了，我的同志们哪。”他的话一说完，全场响起热烈的掌声。白二蛋站起来说：“根据目前村里的状况，我们支部想推荐骆山旺、赵四发、白大勺三个为入党积极分子，提请党员大会通过。”通过方式采取了无记名投票，到会的二十八个人，都非常严肃地投了自己的一票。

经过镇上来的工作人员的唱票、计票，最后骆山旺二十四票通过，白大勺和赵四发都没有过半数。当刘天亮宣布投票程序真实可信，并且宣布有效的时候，人们都鼓起掌来。

骆山旺的事通过了，白二蛋安排顾春杏负责让他填写入党积极分子表，这是骆驼湾这几年来的大事。他说完了，刘天亮代表镇党委，传达了县扩大会议的精神：“打破旧的生产习惯和模式，以大农业的方式，对全县的经济和生产模式，进行深化改革；把全县的土地和资源统一起来，采用企业形式进行管理。具体的计划就是山坡上以科学的方式重栽果树，山底的土地进行大棚香菇种植。还有许多太阳能发电的项目，要在咱们镇上落地。会后，我们将组织各村部分村民去外地参观，看看人家是怎么进行深化改革的。人家凡是土地都流转到专业合作社，专业合作社每亩每年付给租户租地费用600元。凡是有能力流转了土地的村民，都到合作社上班，付给工资。我们的脱贫攻坚战已经进入战略进攻阶段。还有县里组织的专家团，就要到我们镇上来了。他们会深入到各个村，进行准确把脉，给我们的脱贫项目进行精准辅导。我可以这么说，我们骆驼湾，我们龙泉关的春天就要到来了！”

白二蛋带头鼓掌，人们的掌声更热烈了。

这次党员大会在骆驼湾掀起了滔天大浪，回来参加党员大会的人们不用说了，就是那些原来还在观望的人们，也都在跃跃欲试。这个大会的效果让张琟竑都没有想到，竟然会有这么大的反响。骆

婶也比别的人高兴，因为儿子这次能够被推选为积极分子，她的脸上也非常光彩，她让旗子爷来家中吃饭，说要感谢他。旗子爷说，他就是想把骆山旺培养成骆驼湾新的带头人。

骆山旺的心情已经不能够用“激动”二字来形容了，他觉得自己走在村街上的时候，已经和原来不一样了。春日里他带着那个女人回来，除了想显示自己的成功，还想给骆驼湾一个难堪。就在他主持修路的时候，他的内心还存有显示一把的想法。但是在养牛合作社成立以后，他的心胸开阔起来，他已经不是五年前到北京去看奥运的大男孩了。连花婶都拉着自己说：“这孩子啊，和他爹一样啊。”

骆婶特地热了一壶酒，给旗子爷端上。她让儿子陪着旗子爷喝一杯。旗子爷非常兴奋地说：“自从吃上贫困村的照顾之后，我这个老党员就不敢出门了。到集上去，就怕人家说自己是贫困村出来的。”

骆山旺说：“旗子爷，我敬你一杯，是你把我领到这条路上来的。”

旗子爷说：“是你有这个能力，大勺就不行，我们共产党员讲究的就是天下为公。”平日里，骆山旺和旗子爷说不了很多的话，但是今天骆山旺和旗子爷的话却很多。

旗子爷说：“有压力不？”

骆山旺说：“有。”

旗子爷对着北京的方向一举杯说：“山旺，扶贫这么多年了，都没有今年这么大的力度啊。我给你说吧，这是真龙天子下凡了啊，这太平盛世就要来了。以往工作队来，就是送米送面，送钱送物，把城里人穿过的衣服送到咱们这里来。这好吗？好，扶危济困嘛，这是我们共产党的传统。可是，咱们真的要拔掉咱们的穷根儿呀，不能够光靠人家的照顾，你说是吧。今天，你旗子爷说几句酒话，你小子救老算子救得好。钱算什么，钱是人挣的。老算子有毛病，但是也不算是大毛病。君子爱财，取之有道。山旺，有句话我不该说，当时为了让你能够顺利地把路修好，我答应了老算子的要求，不让你和春杏有什么联系，这是我的不对。今天咱们是同志了，我向你道歉，我不应该干扰你个人的婚姻。不过，我也给你说一个信息，老算子的儿子已经给人家招女婿了。他也说了，只要春杏不带着乐乐走，只要春杏还待在骆驼湾，她想嫁给谁就嫁给谁，他不阻拦了。”

骆山旺脸上红了说：“旗子爷，你喝酒。”

旗子爷说：“你别脸红啊，你和春杏就是一对金童玉女。当时谁让咱们都穷啊，让老算子家捡了便宜。我知道你心高，可让我说呀，这春杏啊，也是咱们龙泉关这一溜十几个村里的美女呀。”

骆婶说：“旗子爷，你当这个大媒吧，我先敬你一杯。”

旗子爷说：“这个还用我吗，我早就听大勺说了，春杏非常在乎山旺。说到这，我问山旺一句话，大勺那个对象是真的还是假的？”

骆山旺说：“真的，这假不了，人家愿意嫁给大勺。但是有句话，就是他必须真正富裕了才行。她有个穷爹，她不想让自己的孩子也有个穷爹。”

旗子爷笑了说：“有了她这句话，我就放心了。脱贫攻坚战打胜了，咱们不想富裕都不行啊。山旺，我们就看你的了，我这个孙子媳妇能不能娶到家，就看你的了。”

白大勺和赵四发提着两瓶酒进来，看到旗子爷就想走。旗子爷

说:“你们两个来得正是时候,我这正说你们呢。坐下,大勺。爷爷从前不让你喝酒,是怕你学坏了。今天,你和四发都坐下,我正式地批准你们,可以喝一点了。”

骆山旺把三个酒杯倒满说:“大勺,四发,我是入党积极分子了,虽然我还不是党员,但我宣誓,我要在脱贫攻坚战中起模范带头作用,不辜负习总书记的期望,一定要把咱们村建设好,人人脱贫,向总书记交一份满意的答卷。”

骆山旺郑重地看着他们两个说:“我希望咱们三个还要摽着劲干。”

赵四发说:“我们肯定向你学习。”

白大勺说:“我也是。”

骆山旺说:“大勺,你在家喂牛,我和四发明天带着村里的人去参观。”

赵四发说:“大勺,你可别宰着牛吃了呀。”

山旺妈给他们端上饭来:“他敢,看我不撕烂了他的馋嘴。”

在欢快的笑声中,旗子爷说:“我给你们说一个祥瑞。昨天,我掀开一堆柴草,看到下面是一丛香菇。”

骆山旺问:“什么是香菇?”

旗子爷说:“早年咱们龙泉关的香菇,还是皇上五台山进香时的贡品呢,只不过是失传了。你说,它早不出现,晚不出现,这个时候出现了,是什么意思啊?”

骆山旺说:“是不是在咱们这儿也搞一下这个?”

旗子爷说:“还是山旺的心灵通透,我就是这个意思。”

门突然被推开了,川妹气哼哼地进来,指着白大勺说:“白大勺,你个鳖孙的，你种上了种子就不管了是吧？”

白大勺摸着脖子说：“什么意思啊？”

川妹把衣服一掀说：“你看看，都好几个月了，你说怎么着啊？”

骆婶先是一惊，接着就欣喜地说：“我的乖乖呀，这是好事啊，你别着急，别着急。”

川妹一下子就扑倒在骆婶怀里哭起来说：“我爹说了，不管是谁的，拿十万块钱来，就算拉倒。拿不回钱来，就去医院。”

骆婶说：“孩子，你想怎么着啊？”

川妹说：“大勺说吧，你要这个孩子，就拿钱；不要这个孩子，我就去医院。”

旗子爷听了这话，伸手就打了白大勺一个耳刮子说：“你这个混蛋，你连自己都养不起吧？”

骆山旺拦住旗子爷说：“川妹，这么办，你看行不行？我们现在没有现钱，只有牛。我们这一头牛是一万五千块钱，给你六头牛的所有权，也就是十万块钱，一会儿咱们写一个协议。你看这样行不行啊。”

川妹哭着说：“我不要牛，我想要这个孩子啊？”

白大勺说：“你要怎么着啊？这牛怎么了，这都是钱啊。”

32

骆山旺为了白大勺的孩子，用八头牛作抵押，在信用社贷了十万块钱。川妹的爹拿了钱之后，同意川妹和白大勺登记。他低着头说："她兄弟也不小了，这是为儿子定媳妇的钱。我也不想作孽，可是谁让咱们是穷人呢。"

虽然这给了骆山旺很大的压力，但是，他也理解老人的心情。旗子爷为这事，差点给骆山旺跪下。他说："山旺啊，大勺几辈子都还不清你的情啊！"

骆山旺现在着急的是这几头母牛到发情的时间了却不发情。只要这母牛都怀上了小牛，他们这个合作社就有了希望。他请来了县兽医站的医生，仔细地把所有的牛都检查了一遍，对每一头牛都把脉问诊。医生的结论是没有毛病。但是根据他的经验，这些牛现在应该发情的，他建议骆山旺去科学院找人问问。

送走了兽医，骆山旺看着这些牛非常着急。他低头围着牛棚来回地转，突然感到背后有人，以为是白大勺，就说：“你把你的本事用在牛上就好了。”身后的人说：“你怎么知道我有本事啊？”

骆山旺回头一看，是一个山里老汉，脚上的山杠鞋钉了厚厚的胶皮，身上的运动服一看就是捐献的，因为上面还写着石家庄十三中的字样。他说：“请问老叔，你是来干什么的？”

老汉说：“我是川妹的爹。”

骆山旺心里一惊说：“你老人家这是来看闺女呀？”

老汉说：“我是看闺女，更要看的是牛。听说你们这些是从陕西买来的牛？我平时就这爱好，养牛啊、驴呀什么的，就是一辈子没有发过财。我问一下，你是山旺吧？”

骆山旺说：“老叔有什么教导的，你说。”

老汉说：“你就是骆山旺，好，好，真是个挺头的汉子，不嘎古，懈里人。我今日来，一个是给你们道个喜，我家小子定下了亲事，请你们喝喜酒哩。还有一个就是来商量一下川妹的亲事怎么办。”

骆山旺说：“你老人家说，只要我们能够办到的，肯定给你办。”

老汉说：“得找个媒人，虽然他们两个是自由恋爱的，可是也得找个媒人。”

骆山旺说：“既然这样，那咱们先家去，看看闺女再说别的事情。”

老汉说：“我这来就这一句话，说了就走。闺女不看了，她自己的事情，心里明镜着哩。我早就听说过你们这里，闺女这次是找到

好地方了。”

老汉看着牛说：“应该发情了，没有动静吧？”

骆山旺说：“没有，我们正着急呢？”

老汉看了看他们喂的饲料说：“你们这样不行，喂得饲料太好了。你看你们这牛养的，一个个都是肉牛样，不行啊。胖女人不怀崽，肥牛羊不揣羔。”

骆山旺兴奋地说：“你老人家说怎么办啊？”

老汉说：“一看到这群牛，我就眼热啊，这是聚宝盆啊。你要相信我，我就帮你想个辙。”

骆山旺说：“老人家，只要能够让这些牛怀上犊子，你说怎么着都行。”

老汉说：“一个字，饿。把它们的骨头架子饿出来，就行了。还要让它们跑起来，每天出去翻山越岭地跑跑。一个月之后，它们要是不发情，你把我这老骨头从山顶上扔下去。”

骆山旺欣喜若狂地说：“老人家，今天你来了就别走了，就在这给我们当顾问吧。”老汉说：“我还是要走的，不过一个月之后，我会再来的。”

牛的事情找到了解决的路子，但是村里的大棚养殖却遇到了困难。那天去参观的人不少。前往香菇基地参观的村民们，坐在镇上派来的大旅游车上，走进了人家的基地。他们看到一排排香菇大棚巍然壮观。

一排排的支撑架上，摆满了香菇料包。在节能灯的光线里，架上的香菇长得胖嘟嘟的，就像娃娃的脑袋。大家参观着，恰有客户过来拉蘑菇。他们有的打听价钱，有的打听行情。

老算子说：“我这精打细算了一辈子，也没算出来这钱这么好挣。”

花婶看着大把的票子揣进了种植户的腰包，羡慕不已，眼睛里放出光来。

花婶说：“哎哟，俺里娘呀，一下赚这么多钱呀。俺这辈子都没见过。”

张琟竑说：“花婶，这下放心了吧。”

花婶说：“放心，放心，俺还要承包大棚哩。”

赵四发说：“花婶，你不是烧个香就能求到财吗？还承包大棚干吗，多累人呀。”

花婶踢了四发一脚：“臭小子，哪壶不开你提哪壶。”

参观回来，专家又来给人们上课。他告诉大伙儿，咱们这天是蓝的，山是绿的，空气质量非常好，这种环境下人工培植出来的菌类产品，那绝对是优质茹。营养价值非常高，又是绿色有机产品，肯定会有很大的市场。但是建大棚，投资大，要进行企业型生产，要改变原来的小农经济意识。

大伙都认真听着，还不时地提问。“销售了就挣了钱了，销售不了那怎么办？”

专家告诉他们：“县里为了保证蘑菇销售得好，引进了一批龙头企业。他们有资金，又有销售能力，老乡们就放心吧。”

就在骆驼湾的人们都发动起来准备进行大棚建设的时候，村会计把土地亩数和人口都报到龙头企业以后，人家发回来的名单上，少了骆山旺、白大勺、赵四发、老算子、花婶等十几户人家的名字。这个消息传出去，村里的人都来村委会看贴出去的名单，都在上面找自己家的名字。老算子没有找到自己的名字，也没有看到花婶的

名字，原来给养牛合作社担保的人家都没有。

那些有的人家，心里非常地兴奋。有的说："幸亏当时没有给牛场担保，也没有入他们的股份。"花婶当时就把墙上贴的名单撕了，说："我们没有想通的时候，你们给我们做工作。现在我们都扭转了，你们又不要我们了。我们这是武大郎攀杠子，上下都够不着是吧。"

白二蛋听说花婶撕了名单，就来问她："你这是干什么。"

花婶说："白二蛋，你们这是又要干吗呀？贴这名单干吗？"

白二蛋说："这是各户责任田地亩数清单，明天香菇公司要过来签合同。"

花婶问："签合同干吗呀？"

白二蛋说："这不是给你嘴里抹蜜吗，给你送钱啊。这地都不用你自己种了，一亩地一年600块钱，到了一年还有股份分红。"

花婶反问他："白二蛋，你快给我说说，我多少地多少钱？"

白二蛋看了半天说："花婶，这上面怎么没有你家？"

花婶说："白二蛋，当时给养牛合作社担保的时候，你是怎么说的。现在，怎么会没有我家？"

白二蛋让花婶问住了。他给村会计打电话："为什么这上面没有这几户的名字啊？"

村会计说："谁让他们贷款不还。人家银行征信系统把他们养牛的都拉进了黑名单。"白二蛋说："你怎么不早说呀，这时候你才说，我要不问你还不说是吧。"

村会计说："你们又没有问，我说什么。"

白二蛋说："你马上在大喇叭里广播一下，就说刚才的名单有错误，等我们核实了之后再说。"

白二蛋骑着摩托车进镇政府的时候，张琟竤正从里面出来说：“白书记，你怎么也来了？”白二蛋说：“我去找他们说说，这是怎么回事。”张琟竤说：“我去找了，你别去了，这是信用社基金会时代的老账，也没有多少，我正在想办法呢。”白二蛋说：“你想什么办法，养牛贷款十多万呢。”

张琟竤说：“不光是养牛的贷款，还有养羊时候的。这是上世纪八十年代的贷款，一共二十多万元。”

白二蛋说：“八十年代的贷款都挂账了，怎么现在又翻出来了？”

张琟竤说：“这具体的事情我就不清楚了。”

他俩同时去找刘天亮说这事。刘天亮让财政上翻出老记录本子说：“这是当年骆山旺的父亲当支部书记的时候，在镇基金会借的款，二万块钱。”

白二蛋说：“这些都是挂了账的，怎么现在还算数？”

刘天亮也爱莫能助地说：“这次信用社转成农业银行，人家这些老账当然要算。你可以挂着，但是不允许你进行经营性质的金融活动。”

白二蛋说：“刘书记，个鳖孙的说的是人话吗？”

刘天亮说：“就这么个意思，你要是永远是穷人，这钱就不要了，但是你要贷款就不能了。”

白二蛋知道当年骆山旺他爹当支部书记的时候，曾经贷款搞过小尾寒羊的养殖，当时很出名，报纸上都登着他的文章《牵着小尾寒羊奔小康》。但是，由于种种客观原因，这批羊都死了，这贷款就一直挂着，这些曾经进行过联户担保的，现在都在黑名单上。

白二蛋说：“有没有什么合理的解决办法？”

刘天亮说："这次咱们全镇的项目担保，都是县里成立的担保基金公司出面，他们对这个黑名单上的人也没有办法。"

白二蛋说："你个鳖孙的，你这是故意掐我们的脖子。我就一个骆山旺，你们还不让他贷款，还拉上黑名单。攻坚战，攻坚战，我们攻坚，他们捣乱。行，我也不贷款了，我马上发动群众去县城，找他们理论，不行我就去北京问习总书记。"

刘天亮生气地说："白二蛋，你这一阵子是不是骄傲了？还去找习总书记，你怎么不先找找我？"

白二蛋说："你别给我吹胡子瞪眼睛的，我这是着急，你说怎么办，我听你的。"

刘天亮说："怎么办，凉拌，你先还款。"

白二蛋说："你们找我谈话让我接支部书记的时候，可是说得好好的，擎福不擎祸的，前任的欠账，不管是吧。现在我把群众都发动起来了，你们在我后面开黑枪。我不干了，你另选高明吧。"

刘天亮把桌子一拍说："你现在撂挑子给谁看？你解决不了的事情，人家张琟竑难道解决不了啊。"

白二蛋转向张琟竑说："琟竑，你有办法啊？"张琟竑说："我已经在想办法了。"

白二蛋看看刘天亮和张琟竑说："你们这是合伙算计我是吧？"

刘天亮说："看着你这一阵子顺风顺水的，给你上点眼药。说真的，你还别给我总是撂挑子，只要骆山旺上来了，我就马上让你退休，你信不？"

白二蛋擦擦脑门上的汗说："你们呀，差点没把我吓死。我已经走访了许多户人家，要是骆山旺他们不参加，人家就不参加。"

出了刘天亮的办公室，白二蛋问张琟翃："你怎么想的办法，以后你教教我，别让我净在领导面前耍二百五了。"

张琟翃说："我向老爸要了二十五万块钱，他们明天就能够打过来。"

白二蛋惊讶地说："这怎么行？这不行。"

张琟翃说："你可不许跟别人说，这是我对骆驼湾的一点贡献。"

白二蛋惭愧地说："琟翃啊，我原来是低看你了，没有想到你真有点大领导的做派。"

带着人在外地进行大棚种植学习的骆山旺，接到白大勺打来的电话，就马上开着摩托车返回来。当他连夜赶回来的时候，看到的是待在自己家里的十几户人家，旗子爷、花婶、老算盘、四发、大勺等人都闷着头不说话。顾春杏看到他回来，就说："吃饭了没有？"

骆山旺说："吃什么饭。怎么回事，你们谁说得清楚？"

白大勺和川妹的眼睛都通红，旗子爷已经骂了他们半天了，就是他们为了自己的事情连累了大伙儿。

骆山旺说："人家给咱们作菌种的料都拉回来了，就等咱们的大棚建起来，交给咱们作菌种。这次我不会辜负大伙儿的，不行把这牛卖了，先还贷款。"

白大勺说："山旺哥，我对不住你，给你添累赘了。我和川妹这就走，我们出山去打工，该你的钱我们会还上的。"

骆山旺生气地说："大勺，你个鳖孙的，这时候了还说胡话。这牛是咱们的靠山，我还指望你和川妹把牛养好呢？"

白大勺说："养不了啦。"

骆山旺说："为什么？今年这牛就全部地怀上牛犊了，我们的好日子就要来了。"

白大勺看看他又垂下头说："我把牛……"

骆山旺着急地说："大勺，把牛怎么了？"

白大勺说："我把牛还给工作队了。咱们养牛的贷款欠着银行的，被银行列入黑名单了。凡是养牛担保人贷款人，都上了银行的征信系统，这次香菇养殖公司签大棚种植合同，凡是上了黑名单的人家，都不给签，有二十几家办不了。"

骆山旺脸色沉重："大勺，你小子太混了，这也不怨人家工作队呀。"

白大勺不服气地说："山旺，你就是好欺负。这牛是谁让养的，这贷款是谁给办的？咱们白贴了功夫，没挣到钱不说，现在倒好，上了黑名单了，咱们成黑人了。"

骆山旺说："春杏，你去把牛牵回来，我问问情况。"

花婶起来说："旺儿，你的好心我们都领了，黑名单就黑名单吧，你花婶不怕这个，这蘑菇咱们不种了。"

老算盘也说："山旺，你别遭难，我们都不怨你。"

旗子爷说："山旺啊，这事咱们也没有想到啊。这些年呀，多少贷款都挂账了，谁知道这次会这样。"

骆婶说："儿子，实在没有办法，咱们就不种了。"骆山旺着急地说："妈，你怎么这样说呀？"

骆婶说："大伙儿都知道你遭难呀，要是把妈这一百多斤剁了能还上银行的钱，妈连眼睛都不带眨的，可这不是办不了吗！"

骆山旺无奈地看着大伙说："白大勺，走，跟我去，把牛轰回来。"他们刚一出门，就看到白二蛋把牛轰回来了。骆山旺愧疚地走过去，要接白二蛋手里的鞭子。白二蛋大声地说："大勺个鳖孙的，放牛也不负责任，怎么把牛放到村委会去了。快点，把牛赶回去。”

村委大喇叭里，张琟竑正在公布参加香菇种植合作社的名单，这次是全员参加。骆山旺听着自己的名字和白大勺、赵四发、顾春杏的名字都列入其中了，激动地流下了眼泪。

这个冬天，骆驼湾的山地里轰响着大功率推土机的声音。山脚下的沟沟壑壑，在强大的机械施工面前，都变成了平整的土地。支部村委班子和党员们都义务地投入了劳动。在愚公移山的精神鼓舞下，党支部和全体党员、全村的村民，大家一起动手，把山地整平了。几乎就在一夜之间，十几栋崭新的大棚就从平地上矗立起来，一座座食用菌大棚全部封顶。五星红旗插在高坡上，迎风飘扬。看着恢弘壮观的大棚群，老算子欣喜地说：“穷日子快过到头了，再有两个多月就能出蘑菇卖钱了。花婶，我这次可算准了，这财运可不是你拜的财神爷给送来的。”

花婶说：“共产党就是咱的财神爷。”顾春杏也高兴地说：“是呀，我们的好日子来啦。”但是，花婶在夜里还是悄悄地给菩萨上了香，说：“菩萨保佑啊，让山旺这次的大棚蘑菇成功吧。”她的香火刚点着的时候，村喇叭就开始广播了，是张琟竑的声音：“乡亲们注意听着，蘑菇大棚竣工，这是我们龙泉关脱贫奔小康的开始。以后我们就可以在家门口当工人，挣大钱，数票子了。”每个石头院的人都在细心地听着。人们高兴地互相传递着，在家门口挣大钱，数票子，这是做梦都想不到的事，

继养牛合作社之后，香菇种植合作社也成立了，骆山旺全票当选为合作社主任。看着骆山旺这么高的人气指数，白二蛋有些感慨地说：“我给全村人要了多少年的补助款，也没有骆山旺的威信高。”

33

这年腊月里，养牛场一下子就添了六头小母牛。这些小母牛因为是优质的山地肉牛品种，一个以三万块钱的价格出售，一下子就收入了十二万元，还有两头牛要在正月里下犊。这小牛犊还在母牛肚子里，就被畜牧局给定购了，一个五万元，先给了五千元的定金。这个消息像过年的爆竹一样，响到人心里去了。银行也来人了，因为这个项目是他们的金牌项目，银行也说了，只要他们需要贷款，要多少给多少。

老算子拿着分到手的一万多块钱的分红，有点结巴地说："春杏啊，我看山旺这孩子行，你要不想想你俩的事。"

其实，顾春杏早就和骆山旺说好了，等香菇大棚见了效益，就准

备结婚。

川妹在镇医院生下了一个大胖小子，大勺高兴得哭起来。川妹说："你个鳖孙的，你哭什么。"白大勺说："要不是脱贫攻坚战，我白大勺还是个混蛋。"

川妹说："你鳖孙的现在就不混蛋了？你还不赶紧地给山旺哥报信，就说咱们也算是当爹当妈了。"

这天晚上，担任香菇总技师的赵四发一个人在大棚里值班，他从一个大棚到另一个大棚，看了温度，看湿度，还在微喷灌的药壶里，加上了菌粉肥料，这样能保证香菇不会出现腐烂现象。

温暖的大棚里，一排排木架上，一个个胖娃娃一样的菌袋子上面，密麻麻地长出来了小香菇耳朵。因为骆驼湾天生的水质，还有这里天然性氧吧的气候，昨天负责收购公司的技术员来看过，他们把测试的结果拿回来，告诉赵四发，这里是非常适合菌类生产的地方。他们这里的水是山泉水，不用加任何微量元素，就是上好的矿泉水。还有他们的土壤里面，没有任何污染。可以这么说，他们的香菇上市的时候，正是春节期间，可以卖到五六十块钱一斤。

一天，有一个熟悉的身影好像是闪了一下，赵四发已经有两年没有想过她了，这就是他在山下的肉食加工厂的女朋友。他摇头笑笑，人家已经不想你了你怎么还想别人啊。

但是，他固执地又看了一下。透过不算清晰的大棚薄膜，他看到了那个熟悉的身影。他想这次不会是梦吧，他刻意地咬了一下自己的胳膊，很疼，梦里也是有疼感的，他想。但是，他听到大棚上有轻微的敲击声。

忽然，手机响了一下，他一看是微信的朋友圈。他真的没有想

到，是她的头像在闪动。她打字说：“想我吗？”

他回她说：“想又怎么样？”

她说：“真的不想我吗？”

他说：“真的想又怎么样？”

她说：“我离婚了，在电视新闻上看到你们的变化，我想去找你行吗？”

赵四发的心有点颤抖地说：“你是来看看，还是真的来找我过日子？”

她说：“你想要什么？”

赵四发说：“我想让你真心的和我在这里发展事业。”

她说：“欧拉。”

这个冬天是在人们的期盼中度过的。就在正月里，牛场里又下了两头小牛。十万块钱的收入，让骆山旺真的觉得这世界正在幸福地向自己走来了。那天他和顾春杏开着微型小卡，拉着牛饲料刚进牛棚，白大勺就幸福地跑出来说：“下了两个小牛犊，川妹的老爹收生的。”他笑着说：“该你们发财呀，都是母牛。”

刘天亮也来看这新下的小牛犊。他和张琟竑站在高处凝思远望，他们脚下就是一片高档大棚。张琟竑说：“不愧是老区人民，觉悟就是高。”

刘天亮说：“琟竑，这就是老区人民的骨气。这就说明，为什么当年只有十万人口的阜平县，有两万人参加了八路军。”

张琟竑说：“有了这样的群众，满山的石头都能够变成金子啊。”

刘天亮高兴地说：“琟竑很有诗人气质呀。”

看到他们，骆山旺兴冲冲地走上来说：“刘书记，张队长，下了两个小牛犊，都是母的。”

张琟竑高兴地说：“我得去看看啊。”

喜事一个连着一个，香菇大棚开棚的日子也到了。人们把那些精心选出来的香菇，在盐水里洗过，装在精致的保鲜箱里。骆山旺昨天就把这送货的保鲜货柜小卡，冲刷地非常干净。

本来说好的，他和顾春杏今天送第一车货，因为他们生产的香菇，要交给龙头企业的加工基地，顾春杏还要和他们洽谈电子商务和快递业务。但是骆山旺在昨天下午的时候听说刘根儿回来了。白大勺说："这个鳖孙，这个时候回来干嘛啊。"川妹正抱着他们的儿子福来喂奶说："山旺哥，要是春杏变了心，我给你介绍一个比她还漂亮的。"白大勺说："你看你，什么话到你嘴里就变味了。你怎么知道春杏变心了，我看你才变心呢。"

川妹说："你个鳖孙的，你穷光蛋的时候，我都跟你了，现在你有钱了，想让我变心哪，美死你个鳖孙的。白大勺，你要是变了心，我抱着儿子跳下辽道背上的山顶。"

白大勺心疼地说："行了行了，怎么说风就是雨呀。当年我天天给你宰羊吃的时候，你要是说这话，咱们早就拜拜了。山旺哥，你看这人，有她这样的吗。"

川妹子嘻嘻地笑着说："我看，春杏就配不上山旺哥。我看咱们的工作队长和山旺哥就非常般配。"

白大勺说："你胡说什么，咱们是癞蛤蟆，人家是天鹅。这话可不要瞎说。"

川妹说："我说的是真心话，没有山旺哥，就没有咱们福来。"

赵四发拿着出货单子来找骆山旺签字。他听见川妹的话说："大勺嫂子，你刚才这话可是说得没有道理呀。我看你们福来哪儿都像大勺。你怎么说，没有山旺哥，就没有福来呢？"

川妹笑着踢了赵四发一脚说："你大还是大勺大？平时都叫你哥哥的。"

骆山旺笑着说："行了，行了，开玩笑也要有个边界。"

骆婶过来接了川妹的孩子。她现在已经是姑奶奶了，川妹在香菇大棚，大勺在牛棚，这孩子就放在骆婶这。骆婶抱着福来说："你们快去忙吧，这好日子刚开头，要干的事还多着呢。"

赵四发不愧是在山下的食品厂当过班长，这十几个大棚的工作安排得井井有条。他和骆山旺一块向大棚走去的时候，悄悄地看了一眼骆山旺。骆山旺说："偷看什么，你鳖孙的媳妇快来了吧？"

四发媳妇是拿着离婚证来的。她跟着四发在大棚里干了一个多月。骆山旺不得不佩服赵四发的眼光，这个山下的女人，长得非常调顺，削肩细腰，看着非常文弱，但是干活儿却不次于山里人。

她回去处理一下父母的事情，就回来和四发登记结婚。她在四发家住的这些日子，四发爹和四发妈都非常满意。赵四发说："山旺哥，她还带着一个女孩。她不想让她的前夫抚养，要带过来。"

骆山旺说："怕啥，带过来，咱们养得起。"

赵四发说："春杏的男人回来了是吧？"

骆山旺说："他回来，怕什么，这是他的家，他还不回来了吗？"

赵四发说："那你和春杏的事情怎么办呀？"

骆山旺说："该怎么办还怎么办，这有什么呀。"

赵四发小声地说："山旺哥，我倒觉得，张琟竑和你有点那个。"

骆山旺严肃地说："这话可不许瞎说，人家工作队有纪律的，就和当年八路军的'三大纪律八项注意'一样。再说了，咱们和人家不般配。人家是什么家庭，人家是高级知识分子家庭，咱们可别癞蛤蟆想吃天鹅肉。这话只许说一次，没有下次。”

他们走到装车的地方，顾春杏早就到了。她笑着招呼着人们把保鲜箱抬进大棚里去。花婶和一群老女人都穿着雪白的工作服，带着防菌口罩。她们觉得非常新鲜，一个个开着不伤大雅的玩笑。

花婶把头发都装进工作帽里，脸色被映衬得白白的，一双眼睛更显明亮。一个老姐妹抱住她说：“花婶啊，你这是不减当年啊。”负责过磅的四发爹说：“我的美女们，快点吧，今后这上班可是有时间的。”

花婶说：“你看你，这么多年不当记工员了，是不是又想过过瘾啊。”

一个老姐妹说：“人家现在是会计啦。”人们又是一阵轰笑着走进大棚里去。外面春风料峭，里面却如沐春风。人们都说，这比咱们自己家的热炕头都暖和。

顾春杏看骆山旺走过来，说：“那边联系好了，就等咱们过去呢。只要这一车检验合格，北京和天津几个大超市，就会和咱们签订长期合同。”

骆山旺小声说：“你怎么来了？”

顾春杏说：“不是说好的吗，今天要和人家签订电商快递合同。”

骆山旺说：“他不是回来了，你还出来。”

顾春杏俏皮地说：“吃醋了？”

骆山旺笑笑说：“我吃得着吗？”

顾春杏生气地说：“你这话是什么意思，你怎么就吃不着啊。”

昨天，顾春杏刚刚做熟饭，就看见刘根儿进了院子。他看到顾春杏就跪下了，他回来是要把乐乐带走的。他拿出一个提包来，说：“我对不住你们。”这是给这些年他给春杏养育乐乐的钱，他请求顾

春杏能够原谅他。顾春杏不屑地说："滚开。"

刘根儿声泪俱下地说："可我还是乐乐的爸爸。"他一把抓住春杏的手，希望她能够让他把儿子带走。顾春杏挣脱开他说："松手，松开。"

刘根儿说："我去幼儿班看乐乐了，他还叫我爸爸了，我对不住你和儿子，现在有钱了，我把这些给你。"刘根儿把黑提包打开，里面是一捆钱。

刘根儿说："我虽然和那个富婆在一起，可是我不幸福，这是我用来赎罪的。我要把儿子带走，不希望他还留在这穷山沟受罪。"

顾春杏不屑地说："告诉你，我的儿子肯定会在这里幸福成长的，你当年要我贷的高利贷，我替你还了。但是你爹放出去的高利贷，三万块钱没有回来。要不是骆山旺，你的老爹现在会不会活着都不好说。这三万块钱你必须要还，别的，你拿走。想买我儿子，别想。"刘根儿哀求地说："你就原谅我吧，让我赎罪吧。"

不仅顾春杏不答应刘根儿的要求，就是老算子都不答应。老算子悄悄地问顾春杏说："你和山旺要是在一起了，他要乐乐吗？"

骆山旺说："你怎么回答他的？"

顾春杏低头说："我还没有征求你的意见呢，不知道你什么态度。"

骆山旺着急地说："我什么态度，我什么态度，他不是早就喊我妈奶奶了吗？"

顾春杏噗嗤笑了说："我都替你答应了，傻样。"

装满车之后，骆山旺和顾春杏都坐进驾驶室。骆山旺说："我今天想亲亲你行吗？"

顾春杏故意绷着脸说："不行。"骆山旺把她抓过来，狠狠地要亲吻顾春杏的时候，赵四发敲着车窗说："你们的出库单据。"骆山旺头都不抬地说："鳖孙的，没有看到我这正忙着吗。"顾春杏笑着推开骆山旺说："专心开车。"

手机响了，是张琟竑从北京传来的微信。她告诉骆山旺，她已经和一个大型的开发公司进行商谈了，那公司想整体地对骆驼湾进行文化包装，具体事务等她回来后再说。

张琟竑的声音非常清脆。她说："骆山旺你不够朋友，你为什么出卖我？"骆山旺一惊说："琟竑，这话怎么说呀，我出卖你什么了。"张琟竑说："你去还钱，怎么不和我说呢，我父亲还怕我是贪污受贿呢。"

要不是白二蛋说，骆山旺还真的不知道，是张琟竑从家里拿了二十五万块钱，还了积年的沉贷，才解除了骆山旺几家的黑名单。张琟竑说："回去再和你算账。"骆山旺发了一个敬礼的图标说："领罪领罪。"

当时，骆山旺到张琟竑家还钱的时候，吓的张琟竑的父亲说："你们的心我们领了，这钱千万不能够收啊，这是要犯罪的呀。"

白二蛋说："这是张琟竑借给我们的钱，这是要还的。"直到张琟竑父亲知道了事情真相之后，他才敢把这钱收下了。张琟竑父亲说："琟竑啊，你这是不信任一个老马列主义者。如果你当时就告诉我们事情的真相，我们一定会支持你的。"

张琟竑在手机里撒娇地说："老爸，我不应该以小人之心度君子之腹，请罪啊。"

父亲说："你何罪之有啊？"张琟竑说："我说了假话。"父亲戏

谑地说："善意的谎言是用来给这个世界弥补裂隙的，这是人类的需要。"

张琟竤笑了，说："老爸，如果是这样的话，我就说一句真话，用你和老妈的名义，捐给骆驼湾小学好吗？"父亲当时就答应了。等女儿回来后就办这件事。

关了手机，骆山旺非常高兴地说："咱们骆驼湾的春天真的来了啊。"骆山旺加油向前开去，他在后视镜里看到骆驼湾的山坡上，有几束山花在隐隐地开放了。

已经近八年都没有新人结婚的骆驼湾，一下子就有三对人娶亲，这事惊动了镇党委。刘天亮对白二蛋说："这个婚礼一定要办好。"那天的骆驼湾是秧歌扭起来，锣鼓敲起来，歌儿唱起来，彩旗飘起来，一片欢声笑语。

刘天亮为新人们颁发了结婚证书，还放飞了彩气球。

张琟竤带着家人来了，在一片欢笑声中，举办了一个骆驼湾小学捐献仪式。

白大勺穿着厨师服，拎着大勺子，在大灶上施展着自己的手艺，笑迎八方来客。

村里的广场上站满了人，人们把送给新人的东西拿出来，好像是举行技能比拼大赛。花婶花馍的独特创意受到了大家追捧，旗子爷、白二蛋带领制作的非物质文化遗产毛掸子也大受欢迎。会场上彩旗飘扬，十八般兵器飞舞。

来客们吃着农家饭，听着孩子的阵阵欢笑声，乐乐等一群小孩儿无忧无虑地追逐打闹着。从外面回来的村民们，尤其是年轻人们，纷纷地拿出手机，向外播放着小视频。

镇上文化站的婚礼主持人问访骆山旺："面对今天的幸福生活，你有什么要说的没有？"骆山旺高兴地说："希望你们能够告诉习总书记，我们脱贫啦，小康啦，我们骆驼湾人民盼望着总书记能再来一次骆驼湾，看看我们的好日子。"

举行婚礼后的一个月，张琟竑、白二蛋，还有刘天亮他们都前往北京，整体开发合作协议要在北京签订。作为开发公司法人的骆山旺骄傲地开着结婚时买的轿车，顺着高速公路向北京奔驰。顾春杏坐在副驾驶上，窗外闪过一座座山峰。她伸手打开了汽车上的音响，是电视剧《红高粱》的插曲。

身边的这片原野
手边的枣花香
高粱熟了红满天
九儿我送你去远方

骆山旺的眼睛湿润了，他想起八年前，他和顾春杏趴在运输煤炭的大汽车上，也是顺着这条山路，奔向混沌甜美的北京。他问顾春杏："你忘了没有？"

顾春杏深情地说："永远都忘不了。"

2019年5月20日于定州